DREAMBOOKS

DREAMBOOKS

단우비 8

박찬규 신무협 장편소설

ORIENTAL FANTASYSTORY & ADVENTURE

dream books
드림북스

단우비 8 (완결) 이상과 현실

초판 1쇄 인쇄 / 2015년 10월 13일
초판 1쇄 발행 / 2015년 10월 23일

지은이 / 박찬규

발행인 / 오영배
책임편집 / 편집부
펴낸 곳 / (주)삼양출판사 · 드림북스

주소 / 서울특별시 강북구 도봉로 173
대표 전화 / 02-980-2112 팩스 / 02-983-0660
편집부 전화 / 02-980-2116 팩스 / 02-983-8201
블로그 / blog.naver.com/dreambookss

등록번호 / 제9-00046호
등록일자 / 1999년 3월 11일

값 8,000원

ISBN 978-89-542-5522-6 (04810) / 978-89-542-4634-7 (세트)

* 지은이와 협의하에 인지는 생략합니다.
* 잘못된 책은 구입한 곳에서 바꾸어 드립니다.

이 도서의 국립중앙도서관 출판시도서목록(CIP)은 서지정보유통지원시스템홈페이지
(http://seoji.nl.go.kr)와 국가자료공동목록시스템(http://www.nl.go.kr/kolisnet)에서
이용하실 수 있습니다. **(CIP제어번호: 2015027350)**

단우비
8
이상과 현실
박찬규 신무협 장편소설
ORIENTAL FANTASYSTORY & ADVENTURE
dream
books
드림북스

목차

단우비

백리소연 구출 작전

복건 북부의 천석(川石) 근처엔 울창한 소나무 숲이 펼쳐져 있다.

여름이 성큼 다가온 칠월 중순의 야심한 밤, 여섯 인영이 어둠에 몸을 숨긴 채 소나무 숲으로 다가갔다. 세 명의 노인과 청년 둘, 소녀 하나로 다들 범상치 않은 기도를 풍겼다.

소나무 숲 동편으로 들어간 일행은 북서쪽으로 방향을 바꾸었다. 목적지가 정해져 있는 듯 이동에 거침이 없었다.

그들이 숲 북부에 다다랐을 무렵 전방의 나무 위에서 흑의인 하나가 날렵하게 지상으로 내려왔다. 그는 세 노인 앞으로 다가가 정중하게 부복을 취했다.

"적마대 이부 사조원 강진이 부가주님, 원로원주님, 양지각주님을 뵙습니다."

단우세가 양지각주 노기는 매서운 눈으로 주변을 훑으며 물었다.

"안전 상태는?"

"십삼 일 전부터 저희 적마대 오십 명이 숲 북부 전체에 감시망을 펼쳐 놓았습니다. 지금까지 미세한 위협조차 감지되지 않았습니다."

"다행이군. 가주는?"

"열흘 전에 도착하셔서 회복 중이십니다."

회복이란 말에 세 노인은 흠칫하며 민감하게 반응했다. 부가주 단우몽이 강진을 다그쳤다.

"회복? 부상? 그런 보고는 받지 못했어! 어떻게 된 일이냐?"

강진은 급히 손을 들어 올리며 난처한 표정을 지었다.

"그, 그런 게 아닙니다. 피로를 회복 중이십니다. 진조방 사건 이후 지금까지 십사 개월 동안 휴식다운 휴식을 취한 적이 없으셔서……."

오해였음을 알게 된 세 노인은 안도했다. 뒤이어 노기와 단우몽에게 찾아온 감정은 미안함이었다. 원로원주 단우공이 그런 두 노인을 힐난했다.

"흠, 나 없는 동안 가주를 너무 부려 먹었구먼."

두 노인은 눈을 내리깔며 단우공의 시선을 회피했다. 그러다 노기가 의식적으로 목소리에 힘주어 변명했다.

"전쟁의 핵심은 가주이니 어쩔 수 없지요. 가주의 활약 덕분에 절망적이던 상황이 이렇게나마 만회된 것이니까요. 앞으로도 우리는 가주를 최대한 활용하는 전략을 구사해야 합니다. 아니, 이 방법밖에 없습니다."

뭐라고 반박하기 힘들어 단우공은 무거운 한숨만 내뱉었을 뿐 더 꾸짖지 않았다. 그도 단우비가 살아 있는 한 희망이 유지되지만, 죽으면 모든 것이 끝난다는 걸 잘 알고 있기 때문이다.

강진은 선두에 서서 여섯 명을 숲 안쪽으로 이끌었다. 자신이 맡은 지역 가장자리까지 간 후, 다음 지역을 지키던 동료에게 인수인계를 했다.

그는 자신의 자리로 돌아갔고 여섯 명을 넘겨받은 적마대원은 계속 안쪽으로 이동했다.

그도 자신이 맡은 지역 가장자리까지 간 뒤 걸음을 멈추었다. 몇 번 나직하게 규칙적인 새소리를 흘리자 근처 나무 위에서 늘어지게 자고 있던 황추가 번쩍 눈을 떴다.

번개같이 지상에 내려온 황추는 잔뜩 긴장한 얼굴로 주변을 훑었다. 그러다 적마대원과 여섯 명을 보고는 어깨를 늘어뜨리며 긴장을 풀었다.

"으하아함, 약속 시간은 내일 아니었어?"

그는 눈곱이 덕지덕지 붙은 눈을 비비며 투덜거렸다. 노기가 대뜸 호통을 질렀다.

"호위대란 놈이 자빠져 자고 있어? 가주가 잘못되기라도 하면 어쩌려고?"

황추는 머리를 움켜쥐며 괴로워했다.

"아으, 소리치지 마쇼. 덜 깨서 머리 아프니까!"

"이이익!"

짜증 나는 황추의 태도에 노기는 주먹을 떨었다.

그때 뒤늦게 단우공의 존재를 확인한 황추가 급격히 안색을 굳혔다. 새삼 일행의 머릿수를 파악한 그는 단우공을 지그시 노려보았다.

"죽었는지 살았는지 소식 하나 없던 양반이 뜬금없이 나타나셨군. 이대로 온 거라면 제비한테 죽을걸?"

노기와 단우몽의 얼굴도 무거워졌다. 그러나 단우공은 초연히 웃었다.

"각오하고 왔단다."

어깨를 으쓱인 황추는 어느 한 방향을 가리키며 길을 열었다. 경고를 했으니 뒷일은 내 알 바 아니라는 뜻이었다.

그런데 노기가 황추를 불렀다.

"너도 같이 가자."

황추는 영문을 몰라 눈을 동그랗게 떴다. 노기는 지나가듯 덧붙였다.

"이번 작전에서 네 역할도 있다. 그러니 잔말 말고 앞장서라.”

물끄러미 노기의 얼굴을 쳐다보던 황추는 갑자기 대소를 터뜨렸다.

“와하하하! 영감이 드디어 이 몸의 진가를 알아보셨군! 핵심 수뇌들의 비밀 회담에 이 몸을 초대하다니! 암, 그래야지! 모두 나를 따르라, 으하하핫!”

과장되게 손을 휘두른 황추는 온갖 거드름을 피우며 앞장서서 걸었다. 세 노인은 고개를 설레설레 저으며 뒤따랐고, 동행한 호위 두 명과 소녀도 다리를 놀렸다.

황추가 안내한 장소는 한편에 작은 샘이 놓인 공터였다. 샘 옆에 밑동이 잘린 나무가 한 그루 있었는데, 단우비는 그 나무 위에 등을 보인 채 가부좌를 틀고 앉아 있었다.

운기 중인 듯 그의 몸을 중심으로 무시무시한 기가 휘몰아쳤다.

그 기운들은 급격히 단우비의 몸 안으로 빨려 들어가 이내 흔적도 없이 사라졌다.

대화할 준비가 되었다고 판단한 단우몽은 한 발 앞으로 내디디며 입을 열었다. 한데 그때 단우비가 뒤도 돌아보지 않으며 냉랭하게 내뱉었다.

“혼자 온 거라면 보고 싶지 않습니다. 돌아가서 함께 오십시오.”

단우공의 기척을 느낀 것이 분명했다. 황추는 내 이럴 줄 알았다는 듯 단우공에게 눈을 흘겼다. 다른 이들도 단우공과 단우비를 곁눈질하며 숨죽였다.

나직이 숨을 내쉬어 마음을 다잡은 단우공은 등에 멘 봇짐을 살짝 치며 온화하게 웃었다.

"함께 왔단다."

일순 단우비의 몸이 빳빳하게 굳었다.

진주와 아이의 기척이 느껴지지 않았다. 그런데 단우공은 함께 왔다고 한다. 이것이 의미하는 바는 하나뿐이었다.

고개 숙인 단우비는 전신을 부들부들 떨었다.

추측을 확인할 용기가 차마 생기지 않아 몸을 돌리지도, 뭐라고 입을 열지도 못한 채 계속 그렇게 떨기만 했다.

반 각이 흘렀다.

다른 방위를 지키던 동, 춘, 흑요가 소식을 듣고 은근슬쩍 회의에 참석하기 위해 모습을 드러내었다. 그러나 그들도 장내의 분위기가 너무 무거워 일단 다른 이들처럼 숨죽인 채 기다렸다.

가까스로 평정을 회복한 단우비는 느릿하게 몸을 돌렸다. 섬뜩한 분노의 시선을 단우공에게 꽂았다.

단우공은 천천히 봇짐을 풀어 몇 가지 물건을 바닥에 내려놓았다.

생후 사십여 일쯤 된 갓난아이의 뼈와 진주, 진제의 유골함, 절반밖에 없는 야명주, 그리고 미라화된 육십 대 초반 노인의 머리였다.

저 야명주는 진주가 항시 품에 지니고 다니던 보물이었다.

현실을 인정하지 않으려야 않을 수가 없는 상황, 단우비는 갓난아이의 뼈를 뚫어져라 노려보았다. 어느샌가 그의 두 눈에서 뜨거운 눈물이 흘러내렸다. 자식을 잃은 아버지의 눈물이었다.

"설명하십시오!"

슬픔과 분노로 얼룩진 단우비의 차가운 일갈이 숲을 꿰뚫었다. 대답 여하에 따라서는 단우공의 머리통을 박살 내겠다는 노골적인 살의가 담겨 있었다.

힘없이 바닥에 주저앉은 단우공은 손가락으로 노인의 머리를 가리키며 차분하게 입을 열었다.

"내가 찾아내었을 때는 이미 늦었더구나."

몇 달 동안의 끈질긴 추적 끝에 단우공은 진주, 진제가 숨어 사는 사천 동부의 한 산속에 도착했다. 단우비에게 돌아가자고 설득할 말을 되뇌며 오두막집에 다다른 그를 처참한 광경이 반겨 주었다.

오두막은 부서졌고 진주와 진제는 시체가 되어 있었다.

진주의 배는 납작했다. 이미 아이를 낳은 상태라는 것, 그러나 주변을 샅샅이 뒤졌건만 아이는 보이지 않았다. 대신 한 괴인의 발자국을 발견했다.

반 시진 동안 발자국을 추적한 그는 꺼진 모닥불과 근처에 널브러진 갓난아이의 뼈를 발견했다.

끔찍하게도 괴인은 이렇게 어린아이를 구워 먹은 것이다!

치를 떤 단우공은 이대로는 단우비에게 돌아가지 않기로 결정했다. 천인공노할 짓을 저지른 괴인을 반드시 찾아 끝장을 보기로 마음을 굳혔다.

장기전이 될 가능성도 있어 그는 진주, 진제의 시신을 화장해 단지에 넣었다. 갓난아이의 뼈도 수습한 뒤 식인마의 흔적을 쫓아 사천 동부를 누볐다.

애석하게도 번번이 한발 늦어 식인마 대신 아이들의 뼈만 찾았다. 모두 생후 십이 개월 미만의 어린아이들이었다.

간간이 정보를 수집해 단우공은 시천 동부에서 십 년 이상 악명을 떨치는 식인마가 하나 있다는 것을 알게 되었다. 갓난아이만 노린다고 하니 그가 쫓고 있는 놈과 동일인이 분명했다.

워낙 무공이 고강하고 신출귀몰해 여태까지 누구도 식인마를 처단하지 못했다고 한다.

그러나 단우공은 겁먹지도, 추적을 중단하지도 않았다. 오히려 더욱 굳은 결의를 다졌다.

끈질기게 추적을 거듭한 그는 석 달 전 마침내 식인마를 찾아내었다.

반나절 간의 사투 끝에 식인마를 제압했다.

심문을 해서 이름이 소치홍(沼置弘)이며, 진주와 진제를 살해한 것과 사내아이를 구워 먹은 일을 자백받았다.

소치홍의 머리를 잘라 짐 속에 넣은 단우공은 복건성으로 돌아갔다. 그제야 전쟁이 시작되었다는 것을 알아 우선 아들인 단우몽을 만났다. 그 후 이렇게 함께 이곳으로 온 것이었다.

단우공의 이야기가 끝나기 무섭게 단우비는 소치홍의 머리를 짓밟아 산산이 터뜨렸다. 그러고는 무너지듯 바닥에 주저앉아 아기의 뼈를 만지작거리며 흐느꼈다.

"아들…… 아들이었구나……."

그 안타까운 모습을 지켜보며 단우공은 다시금 마음을 독하게 먹었다.

그의 이야기는 절반 이상이 거짓말이었다.

진제와 진주를 죽인 그는 갓난아이마저 죽이려고 했다. 그런데 잠깐 한눈을 판 사이 누군가에게 도둑맞았다.

그자는 유하였는데 단우공은 그 사실을 몰랐다. 유하의 계략에 빠져 근처에서 갓난아이의 뼈를 발견해 식인마의 소행이라고 철석같이 믿었다.

그가 있는 곳은 사천 동부였고, 몇 달 전 진주를 추적하던 중 이곳에서 악명을 떨치는 식인마에 대한 소문을 들은 적 있기 때문이다.

사실 유하도 그 소문을 접한 적 있어 이런 계략을 꾸민 것이었다.

진주의 시체를 뒤져 야명주를 훔친 단우공은 식인마를 쫓기로 했다.

악인을 처단해야 한다는 사명감 같은 것이 아니라 자신의 선에서 끝을 내기 위함이었다. 식인마에 대해 알면 단우비는 사천으로 갈 것이 틀림없으니까. 그저 그런 사태를 막고 싶었을 뿐이었다.

소치홍을 찾아 제거한 단우공은 머리는 짐 속에 넣고 몸뚱이는 불태운 뒤 빻아 진제의 유골함에 넣었다. 그리고 근처 묘지를 뒤져 여성의 시체 한 구를 화장해 진주의 유골함에 넣었다.

두 사람의 시신을 회수하러 가는 건 상당히 귀찮은 일이었기에.

야명주란 명확한 증거가 있으니 화장한 사유만 잘 둘러대면 될 거라고 여겼다.

"끝내…… 나를 떠난 이유를 듣지 못하겠군."

단우비는 진주의 유골함을 문지르며 증오, 안타까움, 슬픔 등등의 복잡한 감정을 드러내었다. 자신의 거짓말을 모두 믿는 것이 분명했다.

이로써 모든 것이 끝났다.

진실은 어둠 속에 묻히고, 단우세가의 후계는 자신의 뜻대로 원만하게 흘러갈 것이다!

단우공이 내심 흐뭇하게 웃을 때 단우비가 고개를 들어

한풀 누그러진 어조로 말을 건넸다.

"수고하셨습니다."

"아니, 아니야. 내가 조금만 더 빨리 찾아내었더라면……."

"최선을 다하셨을 거라 믿습니다. 게다가 이렇게나마 제 가족을 돌아오게 해 주셨으니까요."

"……미안하구나."

"안전한 곳에 보관해 주십시오. 차후 세가를 되찾으면 그 곳에 묻어 주시기 바랍니다."

"알았다. 내 그렇게 하마."

단우공은 펼쳐 놓은 물건들을 주섬주섬 챙겼다. 그때 단우비가 갑자기 아기의 갈비뼈 하나를 움켜쥐었다. 잠시 머뭇거리다 야명주도 잡았다. 그러고는 두 가지를 조심스레 천으로 감싸 품에 넣었다.

다들 그의 심정을 알 것 같아 가만히 지켜보았다.

물건들을 모두 수습한 단우공은 봇짐 속에 넣어 등에 메었다.

단우비는 나무둥치로 돌아가 엉덩이를 걸쳤다. 그런 뒤 단우몽을 지그시 응시하며 화제를 바꾸었다.

"직접 만나서 이야기해야만 할 정도로 중대한 사안이 대체 뭡니까?"

어색한 헛기침을 터뜨린 단우몽은 옆에 오도카니 서 있는 소녀를 가리켰다.

"험험, 딸아이를 데려왔다오, 가주."

심정은 이해하나 그래도 안면이 있는 사이이건만 지금까지 눈길 한 번 주지 않은 것이 못내 섭섭하다는 말투였다.

단우몽의 막내딸인 단우설은 단우비에게 다소곳이 인사했다. 나이는 열네 살이었고 키는 오 척으로 작았다. 귀엽고 복스러운 외모에 전체적으로 마른 체형이었다. 성장이 덜 돼서 그런지 가슴과 엉덩이가 납작했다.

"안녕하세요, 가주님."

단우비는 알 것 같다는 듯 씁쓸하게 웃었다.

"그렇구나. 너로 결정된 거구나."

옅게 웃은 단우설은 당차게 대답했다.

"네, 그래요. 소녀는 가주님과 혼인해 세가의 후계자를 낳을 거예요."

"후, 알았다. 너는 아직 어리니 이 이야기는 차차 하도록 하자."

그러나 단우설은 바로 고개를 저었다.

"아니요. 소녀는 이미 아이를 낳을 수 있는 몸이에요. 지금부터 가주님을 따라다닐 거예요. 임신을 하면 그때 안전한 곳으로 피신해 출산을 할 거고요. 안심하세요. 소녀는 둘째 언니 같은 실수는 저지르지 않아요."

기가 막힌 말에 입을 반쯤 벌린 단우비는 한동안 뭐라고 말문을 열지 못했다. 그러다 정신을 차리곤 단우몽을 노려보았다.

“짐만 될 뿐이니 빨리 임신시켜 돌려보내라는 거군요.”

정곡을 찔렀는지 단우몽과 단우공은 멋쩍은 표정을 지었다. 그들을 대신해 노기가 진중하게 내뱉었다.

“맞소이다. 후계 문제 해결은 빠르면 빠를수록 좋다는 게 우리 수뇌들의 입장이오. 게다가 아이를 잃은 슬픔은 새 아이로 치유하는 게 최선이라오, 가주. 정신적으로 가주를 안정시키려는 우리의 충심을 헤아려 주시기 바라오.”

한동안 생각에 잠긴 단우비는 허탈하게 웃으며 어깨를 으쓱였다.

“후후, 설득당했군요. 알겠습니다. 뜻대로 하지요.”

그는 단우설에게 손을 내밀었다. 단우설은 당차게 다가가 단우비의 내민 손을 맞잡았다. 그 상태로 두 사람은 잠시 동안 온화한 눈빛을 주고받았다.

단우설은 단우몽 일행 대신 한편에 모여 있는 호위대에 합류했다. 앞으로 잘 부탁한다며 서로 간단한 인사를 나누었다.

단우비는 재차 단우몽을 응시했다.

“용건은 이게 전부입니까?”

“아니, 이제부터 본론이외다.”

단우몽은 노기에게 다음을 넘겼다.

노기는 두 걸음 앞으로 나와 단도직입적으로 말했다.

"정검회가 묵인 생산 공장을 다시 만들고 있소."

말이 끝나기 무섭게 호위대는 헛바람을 집어삼켰고, 단우비는 섬뜩한 살기를 내뿜었다.

"그 미친 짓을 아직도 포기하지 않았군요."

"그만큼 엄청난 위력의 병기들이란 게지요."

"어디입니까?"

"독고세가!"

단우비가 내뿜는 살기에 불같은 증오심이 더해졌다.

독고세가주 독고진은 그의 눈앞에서 양부 단우영을 죽인 원수이기 때문이다.

이를 간 단우비는 노기를 추궁했다.

"얼마만큼 확실한 정보입니까?"

"정검회 주변에 풀어 둔 본 각의 부하들이 수집한 정보를 바탕으로 우리 수뇌들이 두 번 세 번 철저히 검토한 끝에 내린 결론이오. 확신이 없었다면 이렇게 가주를 직접 찾아오는 모험을 하지는 않았을 게요."

노기의 목소리엔 일말의 흔들림도 없었다. 그래서 단우비는 다음으로 넘어갔다.

"모든 정보를 원합니다. 모든 것을! 단 하나도 빠뜨리지 마십시오."

"흠, 물론이오!"

십사 개월 전 노기는 양지각의 정예 삼십 명을 정검회로 보냈다. 전쟁이 시작되었으니 정검회의 일거수일투족을 파악해야 하기 때문이다.

노기의 뜻대로 양지각도들은 정검회 주변에 흩어져 목숨 걸고 정보를 수집하기 시작했다.

다들 뛰어난 인재들이라 그간 단우세가는 그들의 정보 덕을 톡톡히 보았다. 그 정도로 그들의 정보는 신뢰도가 높았다.

두 달 전 양지각도들에게 정검회 내부로 들어가는 일단의 무리가 목격되었다. 독고세가주 독고진을 위시한 독고세가의 무인들이었다.

독고진은 한 달 전 정검회를 떠났다. 들어갈 때는 마차 한 대와 오십 명이었는데 나올 때는 마차 한 대, 천으로 덮어놓은 짐수레 스무 대, 백 명으로 늘어나 있었다.

들어갈 때의 마차는 호위 병력이 없었다. 그런데 나올 때는 정검회 무인 여섯 명이 전담해 철통같이 지켰다.

이것은 정검회의 어떤 중요한 인물이 동행 중임을 증명했다.

양지각도들은 그 인물의 정체와 수레의 내용물, 독고진의 목적지를 알기 위해 은잠술의 달인 다섯 명을 뽑아 미행을 시작했다.

북상하는 것을 보아 독고세가의 본거지인 녕덕(寧德)으로 돌아가는 것 같았다.

하루 반나절이면 도착할 거리인데 짐수레가 있다 보니 이동 속도는 상당히 느렸다.

첫째 날 저녁, 독고진과 동행한 독고세가의 수뇌들이 은밀하게 회담을 가졌다. 그 회의 내용 중 일부를 목숨 걸고 잠입한 양지각도들이 엿들었다.

시체들, 정략결혼, 혼례식 준비, 백리소연이란 단어가 언급되었다.

입수한 정보는 이게 다였지만 정황을 유추하기엔 충분했다.

독고진은 묵인 생산 공장을 만드는 대가로 백리산의 사위라는 무소불위의 권력을 받기로 한 것이다!

이 비열한 거래에 이용된 정략결혼의 희생자는 다름 아닌 백리소연, 지난 칠 년 동안 정검회 내부의 고서탑에 감금되어 살아오던 단우비의 아내였다.

그러니 마차에 타고 있는 인물은 백리소연이 틀림없었다. 마차에 거머리처럼 붙어 있는 여섯 명은 백리소연을 지키는 것이 아니라 도망치거나 딴짓하지 못하도록 감시하는 것이었다. 수레의 내용물은 묵인으로 만들어질 시체들이고 말이다.

이 충격적인 정보는 바로 전서구를 통해 단우몽에게로 보내졌다.

이튿날 저녁, 독고진 일행은 여전히 녕덕에 도착하지 못했다. 이 속도라면 내일 오후쯤에야 도착할 것으로 예상되었다.

독고진과 수뇌들은 다시 밤늦게까지 회의를 나누다 잠들었다.

그리고 셋째 날 아침이 되었다.

출발 준비를 서두르는 독고진 일행과 숨어 있던 양지각도들마저 경악하게 만든 사건이 발생했다.

어느샌가 마차는 텅 비었고 감시하던 여섯 명마저 흔적도 없이 사라져 있었다.

당연하게도 모두가 발칵 뒤집어졌다. 독고세가의 무인들과 짐수레를 지키던 정검회의 무인들까지 총동원되어 수색을 벌였다.

그 결과 놀랍게도 마차를 감시하던 여섯 명이 백리소연을 납치해 도주한 것으로 드러났다. 아마도 지난밤을 틈타 은밀하게 일을 벌인 것 같았다.

대노한 독고진은 정예 병력 삼십 명을 뽑아 즉각 추적에 나섰다.

정검회 측도 백리산에게 전서구를 날려 보고했다. 그 후 그들은 나머지 독고세가 무인 이십 명과 함께 짐수레를 끌고 독고세가로 향했다.

이것은 그들에게 있어 백리소연을 되찾는 것보다 짐수레를 독고세가로 옮기는 것이 더 중요함을 뜻했다.

그 행위 덕분에 양지각도들은 독고세가가 묵인 생산 공장을 만들기로 했다는 것을 확신하게 되었다.

"한 달 전? 한 달 전의 일을 이제야 내게 말하는 겁니까?"

노기의 말을 끊은 단우비는 진심으로 분노했다. 그는 노기를 씹어 먹을 것처럼 노려보았다.

사마영영, 단우시, 진주, 백리소연, 마음을 준 네 여인 중 벌써 세 명이 죽었다. 살아 있는 이는 백리소연 뿐이었다.

단우비로선 백리소연에게 집착할 수밖에 없는 것이다!

이런 상황을 예상했는지 노기는 침착하게 대처했다.

"이것이 백리소연을 미끼로 가주를 제거하려는 정검회의 함정일지도 몰랐기 때문이오. 가능성이 영이 아닌 이상 우리는 시간이 걸리더라도 모든 정보를 철저하게 검토해야만 했소. 가주의 목숨은 가주 혼자만의 것이 아니오! 세가와 수십 개 동맹 방파 수천 명의 것이기도 하오! 가주가 죽으면 전쟁은 끝나니까! 우리 모두의 운명도 끝나니까 말이외다! 가주의 안전을 염려하는 우리의 마음을 정말 모르시겠소?"

충심 어린 노기의 호소에 끓어오르던 단우비의 피가 차갑게 식었다. 머리마저 맑아져 그는 분노를 거두었다.

"후…… 좋습니다. 그러면 함정은 아니라는 거군요."

"다행히 그렇소. 여섯 명의 인상착의, 정검회와 독고세가의 대처, 주변의 상황, 이 모든 것이 입증하고 있소. 백리소연은 정말로 정략결혼을 하고 싶지 않아 여섯 명의 도움을 받아 도주한 거라고 말이오!"

"납치가 아니라 도주?"

"확실하오."

"그 여섯 명의 정체를 밝혀낸 것 같군요. 누구입니까?"

"가주도 아는 자들이라오. 과거 장무가 외부에서 받아들인 가주의 호위대, 바로 그들이외다!"

"인교? 맙소사!"

단우비는 탄성을 터뜨렸다.

칠 년 전 장무는 인교, 악부, 애진, 여호, 오용, 윤계, 살왕 묵노 일곱 명을 선별해 호위대를 결성했다.

그로부터 몇 달 후 단우비와 백리소연의 혼례식이 열렸다. 인교 일행은 단우비가 정검회를 탈출할 시간을 벌기 위해 자진해서 미끼가 되었다.

그들의 희생 덕분에 단우비는 무사히 정검회를 빠져나올 수 있었다.

단우세가를 차지한 후 단우비는 인교 일행의 생사를 알기 위해 백방으로 노력했다. 그러나 지금까지 아무런 소득이 없었다.

한데 그런 그들이 살아 있고 백리소연을 빼돌렸다니, 단우비는 그야말로 감개가 무량했다.

"이 멋진 자식들! 겨우 몇 달밖에 안 된 인연인데, 아직도 나를 따르고 있다니! 나를 위해 소연이를 구출하다니!"

"후후, 가주의 인품이 훌륭한 덕분이지요."

넉살 좋게 아부를 한 노기는 표정을 진지하게 바꾸었다.

"아마도 정검회에 충성하는 척하며 목숨을 부지했고, 그 동안 백리소연 곁을 지켰던 모양이오. 그러다 그녀가 독고세가에 도착하면 정략결혼을 막을 수 없을 것 같아 도망치기로 한 게지요."

단우비는 당장이라도 백리소연에게 달려갈 것처럼 엉덩이를 들썩이며 노기를 다그쳤다.

"그들은 어디에 있습니까? 독고진에게 잡혔습니까? 아니면 아직도 도주 중입니까?"

"다행히 아직 잡히지 않았소."

일주일 동안 수색했음에도 아무런 소득이 없자 독고진은 독고세가로 돌아갔다. 물론 포기한 게 아니라 작전을 바꾼 거였다.

백리산은 그에게 인교 일행이 배신을 해 백리소연과 도주했을 가능성이 높다고 전했다. 이유야 어찌 되었든 네 책임하에 일어난 일이니 네가 알아서 백리소연을 되찾으라고, 정검회의 지원은 없다고, 실패하면 독고세가는 크나큰 대가를 치를 거라는 협박도 받았다.

납치가 아니라 도주라는 게 드러난 이상 백리소연의 목적은 뻔했다.

단우비와 만나는 것! 그러니 단우비를 쫓으면 자연스레 그녀를 찾게 될 것이다.

문제는 단우비가 그의 존재를 아는 즉시 수단 방법을 가리지 않고 단우영의 원수를 갚으려고 할 거라는 거였다.

곁에 든든한 부하들이 있지만 그래도 그는 단우비의 근처로 가는 모험을 할 용기가 없었다. 그와 싸워 이길 자신이 없었다.

그래서 그는 단우비와 싸워도 이길 수 있는 실력자들에게 백리소연 탈환을 맡기기로 했다.

독고진이 독고세가로 들어가고 얼마 지나지 않아 열한 명의 노인들이 밖으로 나왔다. 독고세가 원로원 소속의 절정고수 전원이었다.

백리소연을 되찾지 못하면 독고세가의 존립이 위태로워지기에 원로원이 나설 이유는 충분했다.

그 원로들은 현재 복건 북부의 병남(屛南)에 머물고 있었다. 단우비가 가장 최근에 모습을 드러낸 도시인 까닭이다.

여기까지가 양지각도들이 가져온 정보를 토대로 수뇌들이 내린 결론이었다. 더 이상은 그들도 알지 못했다.

단우비는 동에게 손짓해 당장 떠날 채비를 갖추라고 지시했다. 그런 후 세 노인을 바라보았다.

"우선 병남으로 돌아가야겠군요. 소연이를 반드시 찾아 보호하겠습니다."

말릴 이유가 없어 노기는 옅게 웃었다.

"이 회담을 위해 소집한 적마대 오십 명을 데려가시구려.

정보 수집을 그들에게 맡기면 될 게요."

"그러지요."

고개를 끄덕인 단우비는 바로 몸을 돌렸다. 그러나 노기의 말은 끝난 것이 아니었다.

"그럼 다음으로 넘어갑시다."

흠칫한 단우비는 고개를 갸웃거렸다.

"다음? 또 뭡니까?"

"응? 묵인 생산 공장이 재가동되는 것을 내버려 두자는 게요?"

노기의 예리한 반문에 단우비는 마음이 조급해 시야가 좁아졌음을 깨달았다. 짜증을 억누른 그는 나무둥치에 다시 엉덩이를 걸쳤다.

"절대 내버려 둘 수 없습니다!"

"맞소!"

"무슨 복안이 있는 것 같은데 말씀해 보십시오."

"결론부터 말하자면 이 기회에 독고세가를 박살 내 정검회 측의 전력을 약화시키며, 독고진을 죽여 아버님의 원수를 갚고, 그곳에 있는 묵인 생산 공장을 세인들에게 공개합시다. 가주가 백리소연을 보호하면, 그녀가 세인들에게 이 음모를 직접 공표하고 말이오!"

"진조방처럼 소연이를 써먹자는 거군요."

"바로 그거요. 백리산의 친딸이 직접 하는 말! 진조방도 전원의 말보다 백 배, 천 배 더 큰 위력을 발휘할 것이 틀림없소!"

"더더욱 소연이의 보호가 중요해지는군요."

"그렇지요. 가급적이면 독고세가의 노괴물들과 부딪치는 상황은 피해 주시오. 백리소연만 찾은 뒤 빠져나오면 됩니다. 가주를 믿지만 행여나 불상사가 발생할까 봐 두렵구려. 그들은 세가의 원로원과 비등한 힘을 지닌 집단이니 말이외다."

단우비는 고집스레 내뱉었다.

"그 문제는 상황을 보고 알아서 하겠습니다. 걱정하지 마십시오."

더 충고하면 단우비의 심기를 거스를 것 같아 노기는 못 이기는 척 고개를 끄덕였다.

"후, 알겠소이다."

"독고세가를 어떻게 칠 겁니까?"

독고세가는 녕덕 남부의 해안에 위치했다. 육만 평의 부지 내에 거대한 항구도 만들어져 있었다. 그들은 그 항구와 보유한 수십 척의 선박으로 운송, 무역업을 해 수익을 거두었다.

무인들의 머릿수는 칠백오십여 명이었다. 정검회의 오른팔치곤 그리 많은 숫자는 아니었다.

지난 칠 년 동안 전쟁으로 잃은 전력을 회복하려고 애써 왔지만, 무인은 하늘에서 뚝 떨어지는 것이 아닌 까닭이다.

한 명의 쓸 만한 무인을 키워 내려면 오랜 시간과 노력, 자금이 필요했다.

그렇기에 만족할 만큼 세를 회복하려면 최소 몇 년은 더 소요될 것으로 예상되었다.

단우세가 수뇌부는 이 기회에 독고세가를 철저하게 박살 내 단우세가의 힘을 복건의 방파들과 백성들에게 똑똑히 보여 줄 작정이었다.

계획대로만 되면 최소 십여 개 이상의 방파가 정검회에서 단우세가 쪽으로 옮겨 올 가능성이 높았다. 민심도 크게 이동할 것이고 말이다.

그만큼 이번 작전에 사활을 걸고 임해야 한다는 뜻이었다.

독고세가를 치려면 천 단위의 대규모 병력이 필요했다. 그 정도 병력은 있지만, 문제는 그 병력을 정검회 몰래 독고세가까지 옮길 방법이 마땅치 않다는 것이었다.

육지로는 불가능했다. 정검회와 산하 방파 무인들의 수없이 많은 눈이 복건 중부와 동부 전역을 감시 중이기 때문이다.

아무리 논의를 해 봐도 그들 몰래 병력을 독고세가로 이동시킬 방법은 떠오르지 않았다.

하지만 바다는 달랐다. 단우비는 육지에서만 활동해 왔기에 정검회의 감시도 육지에 집중되어 있었다.

그러니 계획만 잘 짜면 정검회와 독고세가 몰래 독고세가 내부의 항구에 병력을 가득 실은 배들을 정박시킬 수 있었다. 독고세가를 박살 낸 후 병력을 다시 배에 실어 해상으로 떠나면 되니 도주도 무척이나 용이한 편이었다.

단우비는 흡족한 미소를 머금었다.

"바다라니, 좋은 계책입니다."

그러나 노기의 표정은 그리 좋지 못했다.

"세가의 병력은 아끼고 대신 정참맹과 쌍칼 해적단을 투입했으면 하오. 도합 이천사백이나 되는 데다 독고세가 원로원이 빠진 상태니 큰 희생 없이 쓸어버릴 수 있을게요."

"흠, 정참맹주에겐 세가의 오른팔 자리와 독고세가의 터전을 주기로 약속했지요."

"바로 그 점 때문에 정참맹을 쓰기로 한 게요. 이미 그들은 자신들의 손으로 독고세가를 무너뜨려 정당하게 그 자리를 차지한다는 열망으로 가득 차 있소. 사기가 하늘을 찌를 듯 높다오. 쌍칼 해적단은 해로에 능통한 데다 정참맹 전원을 실어 나를 수 있는 함선을 보유해 이번 작전에 반드시 필요하고 말이외다."

한 번 호흡을 고른 노기는 황추를 곁눈질하며 말을 이었다.

"문제는 쌍칼 해적단의 반응이오. 이놈들이 좀처럼……."

"협조를 거부하고 있는 겁니까?"

"에잉, 괘씸한 것들! 전투 시 정참맹을 보조하기만 하면 된다고 못 박았건만…… 수백 명이 죽을 거고, 단우세가에 협조하고 있다는 것마저 정검회에 알려질 테니 절대 불가라고 고집을 부리고 있소. 차라리 대추를 죽이라고 외치더구려."

노기는 재차 황추를 힐끔거렸다. 그러나 뭐라고 직접 황추에게 말을 걸지는 못했다. 그의 심산을 간파한 단우비는 열심히 눈알을 굴리고 있는 황추를 손짓으로 불렀다.

황추는 더듬더듬 단우비에게 다가갔다. 단우비는 지그시 황추를 응시하며 목소리에 힘을 주었다.

"네가 직접 가서 네 아버지를 설득해. 설득이 안 되면 힘으로 선장 자리를 빼앗아. 너는 이미 네 아버지보다 훨씬 더 강하니까 말이야."

"허, 허흐! 무, 물론 그렇지! 이 몸은 무적이니까! 그, 그, 그런데…… 그게……."

"이번 작전이 성공하고 세가가 복건의 주인이 되면, 정검회의 터전인 복주를 네게 주겠어. 쌍칼 해적단은 세가의 왼팔이 된다! 복주에서 자리를 잡고 힘을 키워 봐. 그래서 내 뒤통수를 쳐 봐. 네 꿈은 천하제일인이잖아?"

뜬금없는 폭탄선언에 장내에 있는 모두가 입을 쩍 벌렸다.

당황한 노기는 얼른 뭐라고 외치려 했다.

일개 해적단이 복건 최대의 도시인 복주를 차지하고 단우세가의 왼팔이 된다니! 이건 그의 예상을 벗어나도 한참은 벗어난, 너무도 과분한 혜택이었다.

그러나 단우비의 의지는 확고했다. 그는 손을 들어 노기에게 가만히 있으라고 엄중히 경고했다. 그런 후 느릿하게 몸을 일으켜 황추에게 다가갔다. 주먹으로 황추의 가슴을 치며 두 눈을 뜨겁게 불태웠다.

"지금 나는 네게, 네 꿈을 이룰 기회를 주고 있는 거야. 계속 아버지를 무서워하며 겁쟁이처럼 살 건지, 아니면 네 손으로 기회를 잡을 건지 선택해! 입으로만 떠드는 허풍쟁이인지, 꿈을 행동으로 옮길 용기가 있는 사나이인지 네 그릇을 지금 이 자리에서 보여!"

흔들리던 황추의 눈망울이 멈추었다. 그의 눈은 단우비만큼이나 열기를 내뿜었다. 목소리도 더는 떨리지 않았다. 처음으로 더없이 진지하고 무게감이 있었다.

"진심이냐?"

"단우세가주의 이름으로 약속해. 이 자리에 있는 모두가 증인이야."

"내가 정말 네 부하로 만족할 거라고 생각하냐? 내 꿈은!"

"그 꿈을 펼쳐! 입으로만 떠들지 말고 행동으로 옮겨! 할 거야? 아니면 다른 방법을 찾아야 해?"

딱딱하게 굳은 황추의 안면에 비릿한 미소가 그려졌다.

"계획대로 진행해! 때가 되면 쌍칼 해적단은 정참맹과 함께 독고세가를 친다!"

단우비도 마주 웃었다.

"됐군. 노 각주를 따라가. 머리를 맞대고 계획을 철저하게 짜. 너희 쪽의 준비가 끝나면 소연이를 데리고 독고세가로 가겠어. 내 도움을 기대하지는 마. 네가 꿈을 이룰 자격이 있는지 내 눈으로 직접 지켜보기만 할 거니까."

단호하게 선을 그은 단우비는 섬뜩한 살기를 드러내며 덧붙였다.

"독고세가를 박살 내고 독고진을 산 채로 내 앞에 끌고 와. 산 채로!"

"훗, 좋다! 이 위대한 동맹 결성을 기념하는 선물로 주지. 복주의 주인 섬혼쌍도 황추! 장차 천하제일인으로 군림할 위대한 무인! 천 년, 만 년, 십만 년, 백만 년 이상 길이길이 기억될 전설적인……!"

"그만! 그만! 이 자식은 어떻게 된 게 반 각 이상 무게를 못 잡아?"

"와하하하! 그게 이 몸의 매력이지!"

황추는 경박하게 대소를 터뜨렸고, 단우비는 눈을 감고 고개를 설레설레 저었다.

잠시 후 황추는 의기양양한 걸음으로 노기 일행에게 합류했다. 흑요도 얼른 황추의 옆에 붙었다. 그녀와 황추는 한 벌이나 마찬가지였기에 누구도 제지하지 않았다.

이것으로 모든 사안이 마무리되었다.

한 식경 동안 세부적인 사항을 논의한 노기 일행과 단우비 일행은 작별 인사를 나눈 뒤 흩어졌다.

노기 일행은 동쪽으로, 단우비 일행과 적마대 오십 명은 남동쪽으로 향했다.

운계

소나무 숲을 가로 지르며 단우비는 동에게 운을 띄웠다.

"소연이를 어떻게 찾지?"

흠칫한 동은 반사적으로 고개를 돌렸다. 단우비는 다 안다는 듯 옅게 웃었다.

"완벽하지 않아도 좋아. 지금까지 생각한 거라도 말해 봐."

동은 머리를 긁적이며 자신 없는 어조로 대답했다.

"소연 님은 몸이 안 좋아 여기저기 분주하게 돌아다니기 힘들어. 그러니 어딘가 안전한 곳에 숨어 계실 가능성이 커. 그분을 인교 님들 중 한두 분이 지키고, 나머지가 대장을 찾고 있겠지. 이 방법이 가장 효율적이니까."

"과연, 그들의 입장에서 생각해 보는 거군. 계속해."

단우비의 칭찬에 자신감이 생기는지 동의 목소리엔 점점 힘이 들어갔다.

"우리는 그동안 짧게는 며칠, 길게는 몇 주의 불규칙한 간격을 두고 정검회가 예상치 못한 의외의 장소에 나타나 신속하게 치고 빠지는 전법을 구사해 왔어. 이 행동 양식을 갑작스레 바꿀 경우 정검회가 의심을 할지도 몰라."

"아무것도 모르는 척 기존의 행동 양식을 고수해야 한다?"

"그렇지."

"병남으로 가면 안 되겠군. 두 번 연속 같은 장소에 간 적은 없으니까."

"아니, 가긴 가야지. 은밀하게. 그곳에 인교 님들이 있을 가능성이 있고, 없다고 하더라도 독고세가 원로원을 감시하는 양지각도들을 만나 최신 정보를 들어둘 필요가 있거든. 다만……."

"뭐지?"

"소연 님이 대장에게 들은 대로 똑똑하신 분이라면, 대장의 뒤를 쫓는 방법과 목적지를 예상해 미리 가서 기다리는 방법을 동시에 쓸 거야. 한 가지 작전에 매달리는 것보다 더 나으니까. 어쩌면 벌써 우리가 출현한 장소를 시간 순으로 정리해 다음 목적지를 몇 곳으로 압축해 둔 상태일 지도 몰

라. 이 추측이 맞는다면 그 장소들에 인교 님들 중 몇 분을 분산 배치해 두었겠지. 우리는 두 달 치 계획, 세 문파를 회유하는 일정을 이미 짜 두었어."

"소연이가 예상한 곳들과 우리가 계획한 장소들 중 하나라도 일치하는 게 있다면!"

"소연 님을 찾게 되겠지. 높지는 않지만 그래도 가능성이 있긴 하니, 적마대에게 인교 님들의 인상착의를 알려 주고 셋으로 나눠 그 세 장소로 보내는 게 어떨까?"

단우비는 씩 웃는 것으로 대답을 대신했다. 그는 즉각 적마대에게 상황을 설명한 후 셋으로 나누어 서쪽의 보현(輔縣), 동쪽의 허진(墟陳), 남서쪽의 계구(溪口)로 출발시켰다.

적마대가 모두 떠나자 단우비는 단우설을 등에 업었다. 그녀의 내공은 팔 두에 불과했기에 최대한 빨리 병남에 도착하려면 이 방법이 최선이었다.

전속력으로 질주한 단우비 일행은 사흘 거리를 하루 반나절 만에 주파해 병남에 다다랐다.

병남의 주인은 적권문(赤拳門)으로 현재 봉문 상태였다. 문주와 수뇌부 전원이 사망한 까닭이다.

단우비와 호위대의 작품이었다. 회유하려고 방문했는데 도저히 말이 통하지 않아 어쩔 수 없었다. 끝내 적이 되는 걸 선택했으니 자업자득이었다.

십삼 일 전의 일이라 병남 곳곳엔 아직도 전투의 흔적이 남아 있었다. 민심도 뒤숭숭했다.

때는 오후로 날이 저물려면 아직 멀었다. 춘, 단우비, 단우설은 근처 숲에 숨고 동 혼자 병남 내부로 들어갔다.

단우비는 동을 그리 걱정하지 않았다.

동과 춘은 지난 십사 개월 동안 부지런히 풍마신장을 수련해 무려 이십일 두의 내공을 쌓았다. 개세적인 무학답게 성장 속도가 그야말로 엄청났다.

게다가 숱한 실전 경험 덕분에 현재 내공으로 가능한 풍마신장의 초식들을 모두 원활하게 쓸 수 있었다.

동은 춘과 달리 머리마저 좋으니 큰 이변이 없는 한 무사히 돌아올 것이었다.

시간은 느리게 흘러가 자정이 되었다.

단우비의 예상대로 동은 상처 하나 없이 돌아왔다. 삼십대 초반의 중년인과 함께 말이다. 그는 오류학(五流學) 도혜(度慧)로 독고세가 원로들을 감시하는 양지각도 다섯 명 중 하나였다.

"가주님을 뵙습니다."

도혜의 인사를 건성으로 받은 단우비는 본론을 던졌다.

"현재 상황은?"

독고세가 원로들은 열흘 전 병남에 도착했다. 그들은 적권문 내부로 몰래 숨어들어 가 생존자들을 만났다. 단우비에 관한 정보를 얻기 위함이었다.

애석하게도 쓸 만한 정보는 없었다. 두 명은 적권문에 남고 아홉 명은 흩어져 병남을 이 잡듯 뒤졌다. 혹시나 백리소연 일행을 찾을지도 모르기 때문이다.

아무런 성과 없이 이틀이 흘렀다.

그맘때쯤 정검회 육검대원 세 명이 적권문에 나타났다. 목적은 독고세가 원로들과 동일했다.

원로들은 옳다구나 육검대원들을 압박해 육검대주 백리정과의 면담을 약속받았다. 단우비 추적의 총지휘관은 백리정이니 쓸 만한 정보가 있을 가능성이 높다고 판단해서였다.

정검회는 백리소연 탈환을 돕지 않겠다고 못 박았지만 원로들에겐 문제가 되지 않았다. 전원 백리산의 아버지인 백리소와 같은 시대에 활약한 무인들이었고, 몇몇은 백리소와도 친분이 있었기 때문이다.

그런 노고수들의 요구를 일개 육검대원에 불과한 자들이 거절하는 건 힘들었다.

일주일 전 원로 두 명이 육검대원들과 함께 백리정을 만나러 갔다. 나머지는 병남에 남아 대기했다.

문제는 그들이 너무 은밀하게 떠났다는 것이었다.

양지각도들은 반나절 후에야 그들이 이미 사라진 상태라는 걸 알게 되었다. 아무런 흔적을 남겨 놓지 않아 추적은 불가능했다. 그래서 그들은 나머지 아홉 원로들만 감시하고 있었다.

시간이 꽤 오래 걸리는지 지금까지 두 원로들은 감감무소식이었다.

"이상입니다."

보고의 마무리가 좋지 못해 도혜는 죄인처럼 고개를 숙였다.

다행히 단우비는 그를 꾸짖지 않았다. 오히려 비릿하게 웃었다.

"매번 허탕만치는 백리정 따위에게 손을 벌리다니, 어지간히 단서가 없는 모양이군."

백리정은 단우비의 출현 지점을 예상해 미리 잠복하는 전법을 주로 쓰고 있었다. 애석하게도 번번이 예측이 빗나가 지금까지 단우비의 그림자조차 보지 못했다. 그렇게 멍청한 놈이니 단우비가 비웃은 것도 무리는 아니었다.

생각을 정리한 단우비는 도혜에게 지시했다.

"당분간 이곳에 머물 거야. 돌아가서 계속 감시해. 변화가 있으면 즉각 보고하고."

"예!"

머리를 조아린 도혜는 몸을 돌렸다. 그가 한 걸음 움직였을 때 동이 단우비의 눈치를 보며 얼른 불렀다.

"잠깐, 한 가지 묻고 싶은 것이 있습니다."

"뭡니까?"

"어떤 방법을 썼기에 지금까지 들키지 않은 겁니까?"

의혹이 다분한 물음에 도혜는 기분이 나빠졌으나 상대가 상대라 공손하게 대답했다.

"송구하지만 저희는 일류 자객 이상의 은잠술을 터득한 상태입니다. 가진 기술마저 총동원하고 있지요. 단언컨대 독고세가 원로들은 저희의 존재를 감지하지 못하고 있습니다."

도혜의 얼굴엔 자부심이 가득했다. 동은 정중하게 사과했다.

"그렇군요. 죄송합니다."

"아니, 아닙니다."

다시 단우비에게 머리를 조아린 도혜는 병남으로 돌아갔다.

단우비는 동을 슬그머니 쳐다보았다.

"감시가 너무 수월한 게 마음에 걸리는 거야?"

동은 멋쩍게 머리를 긁적였다.

"괴물들이라고 들어서…… 뭐, 기우인 것 같네. 아무리 강해도 허점은 있지. 일류 은잠술로 그 점을 잘 파고들었다면 납득이 돼. 무엇보다 노 각주님이 직접 선별한 인재들이니까."

"흠, 그렇군. 보현에 가기로 한 게 언제였더라?"

"대추 형이 수련할 시간이 많이 필요하다고 대장을 졸라서 넉넉히 잡았잖아? 다음 달 십삼 일로 말이야."

"이십육 일 뒤로군."

"하지만 이제 대추 형이 없으니까 좀 더 일찍 가도……."

"아니, 됐어. 수련은 하면 할수록 좋으니 예정대로 하자. 여기서 보현까지의 거리는?"

"나흘 정도."

"이곳에서 이십이 일 동안 수련하며 양지각도와 적마대의 연락을 기다리면 되겠군. 아무런 소득이 없으면 보현으로 가는 거야."

"그러면 적마대에게 팔월 십삼 일까지 보현으로 오라고 지시해 두는 편이 좋겠어. 우리가 보현에서 임무를 마치고 떠나면 그 소문이 퍼져서 인교 님들 중 누군가가 모습을 드러낼 가능성이 높아. 실마리가 나타난 셈이니 그걸 무시할 수는 없거든."

"그거 괜찮군. 잠깐! 인교들이 쫓아오도록 흔적을 남겨 두면서 이동하면 어떨까?"

동은 생각할 가치도 없다는 듯 즉각 거부했다.

"안 돼. 인교 님들보다 백리정이 먼저 우리를 찾아내면 큰일 나."

"흐음……."

단우비가 탐탁지 않은 기색을 드러내자 동은 재차 간곡하게 설득했다.

"백리정은 육검대 이백칠십 명과 수십 구의 묵인들을 보유하고 있어. 몇 달 전에 대장이 그 사실을 두 눈으로 직접 확인했잖아? 아직 노 각주님은 묵인 파훼법을 알아내지 못하셨어. 그러니 우리 중 묵인을 처리할 수 있는 건 대장뿐이야. 그것도 한 번에 하나씩밖에 처리하지 못하지. 그사이 나머지 놈들이 파상 공세를 퍼부을 거야."

"후…… 그래서 파훼법을 알아내기 전까지는 백리정과 싸우지 않기로 합의했었지."

"맞아! 그러니 내 계획대로 하자, 응?"

"쩝, 알았어. 적마대에게 전서구를 날려."

단우비가 마음을 바꾸자 동은 안도의 한숨을 내쉬었다. 그러곤 얼른 품에서 호각을 꺼내 숲에 풀어 놓은 전서구를 불렀다.

세 마리의 전서구가 숲을 떠나는 것을 확인한 단우비 일행은 교대로 망을 보며 단잠에 빠졌다.

이튿날 아침부터 단우비, 동, 춘은 각자 무공 수련에 매진했다.

단우설은 단우비의 곁을 떠나지 않으며 하루하루 날이 저물기를 기다렸다. 마침내 밤이 오면 자신의 임무를 충실히 수행했다.

양지각도들은 매일 저녁 교대로 방문해 음식과 그 날의 정보를 전해 주었다.

어느덧 이십 일이 지나 팔월 칠 일이 되었다.

이틀 뒤면 보현으로 떠나야 하는데 독고세가 원로들은 이렇다 할 변화가 없었고, 적마대도 전서구로 인교 일행을 찾지 못했다는 보고만 되풀이했다.

다시 하루가 더 흘렀다.

그 날 오후, 도혜가 예정된 보고 시각보다 훨씬 일찍 방문했다. 상기된 얼굴로 거친 숨을 내뱉었고 두 눈은 흥분과 초조함으로 가득 차 있었다.

"무슨 일이지?"

단우비의 추궁에 도혜는 다급하게 외쳤다.

"조금 전 원로들이 전서구를 받았습니다. 한 명이 '드디어 배신자들의 꼬리를 잡았군!' 이라고 쾌재를 불렀습니다. 지금 적권문을 출발해 북서쪽으로 이동 중입니다. 동료들이 뒤를 쫓고 있습니다."

"배신자? 빌어먹을!"

분통을 터뜨린 단우비는 얼른 무기들을 챙긴 뒤 단우설을 업었다. 춘은 짐을 등에 메었고, 동은 전서구들을 불러 새장에 넣었다.

준비가 끝나자 다섯 사람은 쾌속하게 북서쪽으로 신형을 날렸다.

동이 오만상을 찌푸리며 자학했다.

"내 잘못이야! 백리정의 성격을 염두에 두지 않았어."

단우비는 신경질적으로 고개를 돌렸다.

"무슨 소리야?"

"그동안 백리정은 정검회의 정보망을 총동원해 소연 님 일행을 추적했던 거야! 독고세가를 위해서가 아니라 자신을 위해서! 소연 님을 미끼로 대장을 유인하려고! 그분이 정검회를 탈출했다는 둥, 모처에 숨어 있다는 둥, 이야기를 그럴듯하게 꾸며 소문을 흘리면 대장이 제 발로 함정에 들어올 거라고 확신한 거지! 그놈은 대장을 죽이기 위해서라면 주저없이 이복동생을 미끼로 쓸 수 있는 개자식이니까!"

이를 간 단우비는 도혜를 노려보았다.

"목적지는? 그리고 누가 발각된 거지?"

"그것까진 모릅니다. 죄송합니다."

"제길! 양지각도와 합류해 원로들을 미행한다! 기회를 틈타 발각된 사람을 구출한다! 이동 시 흔적을 남기지 말고, 기척 또한 최대한 죽여!"

"예!"

단우설을 제외한 세 사람은 우렁차게 외쳤다.

원로들을 추적 중인 양지각도들은 일정한 간격으로 암호를 남겨 단우비 일행이 뒤따라 올 수 있도록 해 두었다. 도혜는 그 암호를 발견하는 족족 외운 뒤 말끔하게 없앴다.

단우비 일행은 잠도 자지 않고 하루 동안 부지런히 달렸다. 그러나 양지각도들과 합류하지는 못했다. 그들과 마찬가지로 원로들 역시 겨우 잡은 단서를 놓칠 수 없어 휴식이

나 수면을 일절 취하지 않은 까닭이다.

그래도 단우비 일행은 희망을 품었다.

병남을 출발했을 당시 원로들과의 격차는 두 시진이었는데, 최근에 발견한 암호에 의하면 한 시진으로 줄어들어 있었다. 하루 동안 격차를 절반으로 줄였으니 내일쯤이면 따라잡을 수 있을 것이었다.

한데 그 날 오후 단우비 일행에게 한 마리 전서구가 날아왔다. 보현에 있는 적마대가 보낸 것으로 길보임과 동시에 흉보였다.

적마대는 어제 보현 시내를 돌아다니는 윤계를 찾았다.

도망치는 윤계를 따라잡아 단우세가 문도들에게만 지급되는 호패를 보여 줬건만 완전히 자신들을 믿지 않았다. 정검회의 하수인일지도 모른다고 의심했다.

그래서인지 그는 백리소연이 숨어 있는 장소를 알려 주지 않았다. 단우비를 만나게 해 주면 믿겠다는 말만 되풀이했다.

현재 보현 동쪽 이십 리 떨어진 산에 숨어 있다. 단우비가 있는 곳으로 데려가도 될지 지시를 내려달라고 했다.

단우비는 혼란에 휩싸였다.

"발각된 걸 몰라? 게다가 어제 찾았다고?"

적권문에 있던 독고세가 원로들이 전서구를 받은 게 어제였다.

백리정은 최소 며칠 전에 윤계를 찾았다는 뜻이다.

그런데 그 윤계가 불과 어제까지 자유롭게 보현 시내를 활보했고 적마대에게 발견되었다니, 단우비는 뭐가 어떻게 된 건지 영문을 알 수가 없었다.

심각하게 고민한 동이 입을 열었다.

"원로들은 북서쪽으로 가고 있어. 보현도 북서쪽에 있지. 그러니 발각된 게 윤계 님인 건 의심의 여지가 없어."

"그러니까 더 말이 안 되는 거잖아?"

"가능성은 두 가지야."

"뭐지?"

"첫째는 윤계 님과 적마대가 이미 백리정에게 잡혔고, 협박당해 전서구를 날렸다는 것. 대장의 위치를 알기 위해서 말이야."

단우비는 주저 없이 고개를 저었다.

"그건 아니야. 죽었으면 죽었지 나를 배신할 리 없어! 나는 내 부하들을 믿어!"

동은 옅게 웃었다.

"나도 이 가능성은 희박하다고 생각해. 대장이 있는 곳으로 가겠다고 했으니까. 윤계 님과 적마대는 모두 대장의 부하들, 부하가 대장이 있는 곳으로 가는 게 이치에 맞지. 문제는 대장을 잡으려면 가는 것보다는 오게 만드는 게 더 확실하다는 거야. 함정을 만들어둘 수 있으니 말이지. 그러니 백리정에게 잡힌 상태라면, 상하관계의 이치 따윈 무시하고 대장에게 자신들이 있는 곳으로 오라고 적었을 거야."

결국 첫 번째 추측은 버려도 되는 것이었다. 단우비는 쓸데없는 말로 시간 낭비를 한 동을 노려보며 추궁했다.

"둘째는 뭐지?"

"며칠 전 수색 중이던 소수의 무리가 윤계 님을 발견한 거야. 아마도 그들에게 윤계 님 생포는 불가능한 일이었던 것 같아. 그분의 실력이 어느 정도인지 들어 두었을 테니 싸우지 않고도 승패를 점칠 수 있었겠지."

소매로 입술을 훔치며 호흡을 고른 동은 바로 말을 이었다.

"무리하게 공격했다가 실패하면 겨우 잡은 유일한 단서를 놓치게 돼. 자신들의 목숨으로 그 대가를 지불해야겠지. 그래서 그들은 공을 세울 수 있으며 목숨도 부지하는 안전한 방법, 윤계 님을 미행하며 백리정에게 연락하는 걸 선택한 거야."

"과연, 그렇다면 발각된 걸 모르는 거나 어제까지 자유로웠던 것도 말이 되는군. 응? 잠깐! 내가 백리정이라면 보현의 단검문(短劍門)에게 전서구를 날려 윤계를 생포하라고 지시했을 거야. 그게 더 확실하니까."

동은 조소를 머금었다. 단우비가 아니라 백리정을 향한 것이었다.

"아니지. 단검문은 대장을 추적하라는 정검회의 지시를 일 년 이상 이 핑계 저 핑계를 대며 계속 거부 중이야. 그것으로 우리는 단검문이 포섭될 가능성이 높다고 판단했어. 반대로 정검회는 언제 배신할지 모르는 믿을 수 없는 방파라고 판단했겠지. 그래서 백리정은 단검문을 쓰지 않기로 한 거야. 단검문이 대장에게 잘 보이려고 윤계 님을 어딘가 안전한 곳으로 빼돌리면 큰일이니까."

"핫! 그런 거군!"

속 시원한 대답에 의문이 풀려 단우비는 쾌재를 불렀다.

그런 그와 달리 동은 미소를 지우고 심각한 표정으로 돌아갔다.

"대장, 적마대가 윤계 님과 합류했다는 정보는 이미 백리정의 귀에 들어갔다고 봐야 해. 우리가 소연 님에 대해 안다는 걸 그들도 알게 된 거야! 그런 이상 이제 아무것도 모르는 척 행동할 필요가 없어졌어. 시간 싸움이 되었어! 누가 먼저 윤계 님을 확보해 소연 님을 찾느냐는 시간 싸움!"

"합류 시간을 단축시키려면 전서구를 날려 우리 쪽으로 오라고 해야겠군."

"아니, 그건 안 좋아."

"이유는?"

"어제와 오늘, 하루의 간격이 있으니까. 그사이 백리정이 도착해 윤계 님과 적마대를 잡았다면, 우리가 날린 전서구는 대장의 위치를 알려 주는 것밖에 되지 않아. 놈들이 대장의 현재 위치를 모른다는 게 우리가 가진 유일한 패인데, 그걸 잃게 되는 거지.”

“그렇구만. 역시 시간이 문제로군. 최대한 빨리 그 산에 도착해 상황을 파악해야 해. 잡혔다면 구출하고, 아직 아니라면 미행 중인 놈들을 제거한 후 도망쳐야지.”

“맞아. 현재로썬 그게 최선이야.”

결심을 굳힌 단우비는 업고 있던 단우설을 바닥에 내려놓았다. 그런 뒤 네 사람을 돌아보며 단호하게 명령했다.

“너흰 너무 느려. 너희 속도에 맞출 여유가 없어. 먼저 간다! 최대한 빨리 뒤따라와!”

“대, 대장!”

“제비 님!”

너무도 냉정한 말에 동과 단우설은 황급히 단우비를 불렀다. 그러나 단우비는 이미 신형을 날린 상태였다. 뒤 한 번 돌아보지 않고 빛과 같은 속도로 벌판을 가로질러 순식간에 동 일행의 시야에서 사라져 버렸다.

분통을 터뜨린 동 일행은 죽을힘을 다해 달렸지만 허사였다.

그 정도로 그들과 단우비의 실력 차는 컸다.

오후에 동 일행과 헤어진 단우비는 이튿날 이른 새벽까지 달리고 또 달려 목적지에 도착했다.

날이 밝으려면 아직 반 시진 정도 남아 있었다. 기척을 죽인 그는 산으로 들어갔다.

윤계와 적마대는 산 남부의 으슥한 동굴에 숨어 있다고 했다. 단우비는 그곳으로 향하며 감각을 최대한 끌어 올렸다.

얼마 지나지 않아 저 멀리서 미약한 기척들이 감지되었다.

좀 더 접근하자 보다 확실해졌다. 무공을 익힌 자 세 명이 나무 위에 몸을 숨기고 있었다. 그곳에선 동쪽으로 사십여 장 떨어진 동굴이 한눈에 들어왔다.

단우비는 우선 동굴을 중심으로 원을 그리며 크게 한 바퀴 돌았다. 백리정, 육검대, 독고세가 원로들은커녕 사람의 기척 자체가 전혀 감지되지 않았다.

천만다행으로 그가 먼저 도착했다는 뜻이다.

감시자들이 숨어 있는 나무로 다가가며 단우비는 비릿하게 웃었다.

세 명뿐인데 흩어지지 않고 모여 있다니, 미행을 들키지 않을 정도로 실력이 있는지는 몰라도 감시의 개념 자체는 한없이 부족한 놈들이었다.

숨소리로 미루어 보아 둘은 자고 한 명만 깨어 있었다. 아마도 교대로 감시를 하는 것 같았다.

단우비는 신속하게 나무를 올라갔다. 그는 뒤에서 접근해 깨어 있는 자의 목을 주저 없이 꺾었다.

목이 부러지는 소리가 을씨년스럽게 울려 퍼졌다. 불안정한 자세로 잠들어 있던 두 명이 번쩍 눈을 떴다. 그러기 무섭게 단우비가 양손으로 그들의 뒷목을 움켜쥐었다.

"먼저 말하는 놈을 살려 주겠다. 백리정은 언제 도착하지?"

도둑질하다 들킨 것처럼 두 사람의 몸이 크게 움찔거렸다. 그들은 저항하려는 시도조차 하지 못했다. 단지 뒷목이 잡힌 것뿐인데 전신이 쇠사슬에 속박되기라도 한 것처럼 꼼짝달싹할 수 없었다.

상대는 그들과는 차원이 다른 괴물인 것이다!

두 사내의 반응으로 단우비는 백리정 일행이 아직 도착하지 않았다는 걸 확신하게 되었다. 그는 손에 힘을 주어 두 사내를 더욱 압박했다.

왼쪽 이십 대 후반의 사내가 혀를 내민 채 죽어 있는 동료의 끔찍한 몰골과 오른쪽 사내를 힐끔거리더니 결심이 흐려질세라 얼른 내뱉었다.

"오, 오늘 저녁이오."

'반나절 이상!'

격차가 예상보다 커 단우비는 쾌재를 불렀다.

그는 뭐라고 다급하게 외치려 하는 오른쪽 사내의 목을 꺾었다. 그의 시체를 나뭇가지에 눕힌 뒤 죄책감과 안도감에 괴로워하는 왼쪽 사내에게 음산하게 말했다.

"짐작하겠지만 나는 단우비다. 백리정에게 가서 내 말을 전해라. 너는 또 한 번 실패했다고!"

"아, 알겠소! 내, 그, 그러리다!"

단우비는 손에 힘을 약간 풀며 무게감이 사라진 어조로 물었다.

"참, 그런데 너는 누구지?"

"후우…… 건양(建陽) 나가장(拏家場)의 미고(微鼓)라 하오."

"훗, 반 년 전에 동맹 제안을 거부한 놈들이군. 이삼십 놈쯤 처리하고 떠났었지."

"그, 그 일로 장주님께서 수색을 더욱…… 강화하셨소. 범위도 세 배 이상 늘렸고."

"윤계를 어디서 찾았지?"

"보현이오. 단검문이 협조하지 않는다며 우리더러 보현 주변을 수색하라고 하셨지. 찾자마자 장주님께 알리려는데 저, 저 친구가 말렸소. 장주님께 공을 양보하지 말자고, 정검회의 문도가 되어 부귀영화를 누리자고 하더군. 그래서 우린 정검회 육검대주님께 직접 전서구를……."

그는 뒷말을 잇지 못했다. 단우비가 비정하게도 그의 목마저 구십 도로 꺾어 버렸기 때문이다.

간계를 써서 의문을 모두 해결했고, 살려 두면 백리정과의 격차가 줄어들지도 모르니 죽이는 게 최선이었다.

지상으로 내려간 단우비는 동굴로 신형을 날렸다. 십여 장 앞까지 다가가자 동굴 안쪽 입구 근처에 숨어 주변을 감시하던 적마대원 두 명이 놀란 눈으로 튀어나왔다.

"가, 가주님? 어떻게 벌써?"

단우비는 그들의 질문을 씹으며 명령했다.

"저쪽 사십 장 떨어진 나무 위에 시체 세 구가 있다. 모두 땅에 묻은 뒤 흔적을 지워!"

"네? 그게 무슨……?"

"내 말 못 들었나?"

"예. 예, 예!"

잔뜩 겁먹은 두 명은 부리나케 단우비가 가리킨 방향으로 질주했다.

단우비는 동굴 내부로 들어갔다. 바깥의 소란을 들었는지 쉬거나 자고 있던 열다섯 명 전원이 우르르 달려왔다.

선두는 삼십 대 중반의 잘생긴 중년인, 남월표 윤계였다.

"주군!"

윤계는 감격에 젖어 눈물마저 글썽이며 그대로 단우비를 덮치듯 끌어안았다. 예의를 무시한 행위였지만 단우비는 그저 힘주어 윤계의 등을 두드려 주기만 했다.

"오랜만이다! 다시 만나 너무도 기쁘구나."

"예! 정말 오랜만입니다! 살아서 다시 주군을 만날 줄은 생각지도 못했습니다!"

그렇게 두 사람이 회포를 나눌 때 이곳의 적마대를 이끌고 있는 이부 사조장 강선이 조심스레 물었다.

"가주님, 하루 반나절 전에 전서구를 보냈는데 어떻게 이렇게 일찍……?"

단우비는 짜증을 드러내며 상황을 간략하게 설명해 주었다.

며칠 전부터 지금까지 쭉 미행당했다는 사실에 윤계는 큰 충격을 받았고, 적마대도 나가장도들을 감지하지 못했기에 고개를 푹 숙였다.

단우비는 거친 말투로 그들을 일깨웠다.

"죄책감에 젖을 시간이 없어! 윤계, 소연이는 어디에 있지?"

"네. 그분께선 인교 대장, 악부 형님과 함께 무이산 북부에 숨어계십니다. 여차하면 강서로 도주하기 위해 그곳을 택하셨습니다."

"그렇군. 너와 나는 무이산으로 간다. 강 조장."

"예!"

"부하들과 이곳의 흔적을 지우고 시체 처리를 도와. 내 호위대, 나머지 적마대와 합류해서…… 음, 허진과 계구 중 어디가 더 가깝지?"

"허진입니다. 가주님께서 그곳을 공략할 때를 대비해 은

신처도 마련해 두었습니다."

"허진 북동쪽 산의 버려진 도관이던가?"

"예! 거기가 맞습니다."

"좋아! 그곳을 확보한 뒤 주변을 감시해! 소연이를 데리고 그곳으로 가서 정비를 할 거야. 알겠나?"

"예!"

"백리정에게 절대 꼬리를 잡히지 마!"

"예!"

적마대는 분주하기 움직이기 시작했다.

단우비도 윤계와 함께 동굴 바깥으로 나가 산을 떠났다.

방향은 서북, 목적지는 무이산이었다.

재회의 결과

산을 내려온 직후, 윤계는 등에 메고 있던 새장을 품에 안았다. 새장 속엔 새하얀 비둘기 한 마리가 들어 있었다.

“인교 대장께 떠날 준비를 해 두라고 전서구를 날려도 되겠습니까? 소연 님께서 여장을 꾸리는 데 시간이 꽤 걸리기에…….”

백리소연은 아픈 몸이라 한 번 움직이려면 많은 준비가 필요했다.

단우비는 당연한 걸 왜 묻느냐는 듯 피식 웃었다.

“어서 날려. 내가 가고 있다는 말도 꼭 덧붙이고.”

“후후, 예.”

마주 웃은 윤계는 전서를 작성해 비둘기를 날렸다.

아침 하늘을 가로지르는 비둘기를 응시하던 단우비는 문득 의문이 생겼다.

"용케도 전서구를 구했군."

윤계는 씁쓸한 표정을 지었다.

"네 마리밖에 구하지 못했습니다. 그래서 애진, 여호, 오용 형님과 제가 한 마리씩 가진 채 흩어졌지요."

"소연이는 전서구가 없는 거야?"

"예. 세 명이 주군을 찾는 것과 네 명이 찾는 건 차이가 크니까요."

"하긴 그렇지."

"저희가 날린 전서구로 답장을 보내는 건 가능하기에 지금까지 정기적으로 연락을 주고받고 있습니다."

납득한 단우비는 다음으로 넘어갔다.

"다른 세 명은 어디에 있어?"

"소연 님께서 주군의 출현 장소를 시간 순으로 정리해 다음 출현 지점을 열두 곳으로 압축하셨습니다. 각자 세 곳씩 맡았지요. 저는 포성, 보현, 조양을 맡았고, 애진 형님은 이전, 고추, 화덕을, 여호 형님은 태현, 사명, 민전을, 오용 형님은 하항, 병남, 주안을 맡았습니다."

"병남? 오용이 병남을 맡았다고?"

"사실 주군께서 병남에 출현했다는 소문을 접했을 때 오용 형님께 기대를 걸었습니다. 소연 님께 계속 전서구를 날려 오용 형님의 연락이 있는지 없는지 물었지요. 한 달쯤 전에 오용 형님이 주군을 놓쳤다는 전서구를 보냈다고 하시더군요. 후후, 꽤나 좌절했었습니다."

"쩝, 그랬구만. 그러면 너는 포성, 보현, 조양을 주기적으로 순회하고 있었던 거야?"

"예. 정검회도 아닌 나가장 따위에게 꼬리를 잡히다니, 면목이 없습니다."

결과적으로 이렇게 만나게 되었으니 마음에 두지 말라고 윤계를 다독인 단우비는 화제를 바꾸었다.

"그간 너희의 생사를 알려고 백방으로 노력했지만 허사였어. 어디서 어떻게 살아온 거야?"

"조금 긴 이야기입니다만."

"해 봐. 빨라도 이틀 후쯤에야 무이산에 도착할 테니 시간은 많아."

"그건 그렇군요."

칠 년 전, 단우비 일행이 도주하도록 최대한 시간을 끈 인교 일행은 정검회에 투항했다. 그들과 백리소연 때문에 단우비를 놓친 거라 백리산은 화가 머리끝까지 치솟았다.

그는 백리소연에게 영원히 고서탑에서 썩으라고 외쳤다. 그녀를 평생 동안 보필해 온 유모, 고노를 보란 듯이 죽였고 인교 일행마저 죽이려고 했다.

인교 일행은 갖은 방법으로 협상을 시도했으나 씨도 먹히지 않았다. 결국 그들은 체념해 죽음을 받아들였다.

그때, 고노의 죽음으로 넋이 나가 있던 백리소연이 느닷없이 백리산의 앞을 막고 나섰다.

그녀는 눈앞에서 살해당한 고노로 인해 제정신이 아니었다. 그래서인지 태어나 처음으로 백리산에게 반항했다. 더는 사람을 죽이지 말라고, 인교 일행을 살려달라고 외쳤다. 단우비는 놓쳤지만 숙청은 성공하지 않았냐고, 숙청 성공의 원동력은 미끼인 자신이 아니었냐고, 그러니 이 정도 요구를 할 자격은 있다고 부르짖었다.

실패작이라고만 생각했던 막내딸의 당찬 모습은 백리산에게 신선한 충격을 선사했다. 그도 사람인지라 변덕이 생겨 아비로서 딸의 요구를 들어주었다.

백리소연과 인교 일행은 고서탑에 감금되었다.

부상을 회복한 뒤부터 인교 일행은 죽은 고노를 대신해 백리소연의 수발을 들며 하루하루 지냈다.

그들은 흘러가는 시간 동안 수많은 일들을 겪었다. 백리산이 인교 일행의 충성심을 시험하려고 농간을 부리기도 했다. 그때마다 그들은 힘을 합쳐 난관을 타파해 나갔다.

당연지사 인교 일행과 백리소연의 유대감은 시간이 지날수록 끈끈해졌다.

어느덧 칠 년이 지났다.

백리산은 다시 한 번 백리소연을 이용해 먹기로 했다.

칠 년 전과 비슷하면서도 더 비정한 방법으로 말이다.

요약하면 위와 같이 짧았으나 윤계의 실제 이야기는 반나절 이상 이어졌다.

날이 저물어 두 사람은 근처 숲에서 잠시 쉬었다 가기로 했다. 단우비는 사흘 가까이 휴식을 취하지 않은 상태라 조금이라도 눈을 붙여 둘 필요가 있었다.

윤계가 소지한 식량으로 배를 채운 두 사람은 한 시진 동안 단잠에 빠졌다. 그 뒤 그들은 흔적을 지우고 다시 달리기 시작했다.

단우비는 한 가지 이해가 안 되는 부분이 있어 물었다.

"백리산이 소연이를 택한 건 이해돼. 나를 엿 먹이고 싶었겠지. 하지만 독고진은 아니야."

독고진은 올해 마흔여덟 살이었다. 일찍 혼인했다면 손자가 있어도 이상하지 않을 나이건만, 그는 자식조차 없었다. 그로 인해 독고세가의 차기 가주는 사촌 조카인 독고강인(獨孤强靭)으로 내정되었다.

하지만 그가 자식을 얻는다면 이야기는 달라진다.

그도 인간인 이상 백리산의 제안을 받아들여 정략결혼을 결심했다면, 아이를 낳을 수 있는 아내를 바랄 터였다.

백리소연은 그의 욕구를 들어줄 수 없다. 하루하루 살아가는 것만 해도 벅찬 몸이니 말이다.

백리산의 일곱 딸 중 미혼이 백리소연 하나뿐인 것도 아니었다. 아직 혼처가 정해지지 않은 건강한 딸이 두 명이나 남아 있었다.

그런데 왜 독고진은 백리산에게 백리소연 대신 그 두 딸 중 하나를 달라고 하지 않은 건지, 단우비는 도무지 알 수가 없었다.

"그놈도 자식마저 포기할 정도로 나를 엿 먹이고 싶었던 걸까?"

말을 하며 단우비는 살벌한 냉기를 내뿜었다. 윤계는 심각한 표정으로 고개를 저었다.

"그게 아닙니다. 더 큰 음모가 있었습니다."

단우비의 두 눈이 부릅떠졌다.

"뭐라고?"

"역시 모르고 계셨던 것 같군요."

"말해 봐."

"소연 님과 저희가 독고세가에 도착하면, 백리산과 독고진은 혼례식에 관한 소문을 대대적으로 퍼뜨릴 계획이었습니다. 그리고 저희는 기관 장치들을 설치하는 작업에 투입될 예정이었고요."

뭔가를 깨달은 단우비는 주먹을 움켜쥐며 이를 갈았다.

"또 가짜 혼례식? 나를…… 유인해 죽이려고?"

"혼례식은 진짜입니다. 주군의 목을 천지신명께 제물로 바쳐 두 방파의 결합을 축하할 거라고 했으니까요."

"빌어먹을! 그래서 너희가 도망친 거구나."

"네. 놈들의 계획을 가만히 지켜보고 있을 수는 없었습니다. 소연 님이 다른 사람의 아내가 되는 것을, 주군이 함정에 빠지는 것을 어떻게든 막아야 했습니다."

충심이 묻어나는 윤계의 발언에 단우비는 적잖은 감동을 받았다. 그는 윤계의 어깨를 굳건히 움켜쥐며 웃었다.

"고맙다. 정말 고마워."

머쓱해서 윤계는 볼을 붉혔다.

"응당 해야 할 일을 했을 뿐입니다."

그 후에도 두 사람은 백리산, 독고진을 씹거나 화기애애한 대화를 나누며 길을 재촉했다.

이튿날 정오 백리소연에게 날렸던 전서구가 돌아왔다. 전서에는 수고했으며 제삼 지점에서 기다리겠다는 내용이 적혀 있었다.

단우비도 아는 백리소연의 친필이었다. 글자 하나하나에 그를 향한 애정이 듬뿍 묻어 있었다.

칠 년이나 지났건만 그녀는 아직도 그를 사랑하고 있는 것이다!

그게 너무 기뻐 단우비는 전서를 고이 접어 품에 갈무리했다. 만면에 미소를 지우지 못하며 그는 윤계에게 물었다.

“제삼 지점?”

“한 곳에만 계속 머무는 것보다는 여기저기 옮겨 다니는 게 더 안전해 은신처를 다섯 곳 정도 정해 두었습니다. 제삼 지점은 무이산 북쪽 하부의 광대한 소나무 숲으로 은신처들 중 가장 지상과 가깝습니다. 합류 후 서너 시진만 이동하면 산을 벗어날 수 있지요. 아마 그래서 그곳을 택하신 것 같습니다.”

“호오, 그렇군. 역시 소연이는 머리가 좋단 말이야.”

“후후, 예. 정말 대단하신 분입니다.”

하루를 더 달린 단우비와 윤계는 아침 무렵 드디어 무이산 동남쪽 하부에 다다랐다.

여기서 목적지에 가려면 험준한 산세를 가로지르는 것보다는 동쪽으로 에둘러 평지를 달리는 게 더 빨랐다. 문제는 이동 경로에 마을이 몇 개 있어 사람들의 눈에 띌 위험이 크다는 거였다.

고심 끝에 마음을 굳힌 단우비는 윤계와 함께 산으로 들어갔다. 시간도 중요하지만 안전은 그보다 더 중요하기 때문이다.

그때부터 목적지를 아는 윤계가 앞장서서 단우비를 이끌었다. 두 사람은 신속하게 비탈길을 오르고 협곡을 가로질렀다.

어느 순간 윤계의 뒤를 따라 달리는 단우비의 전신을 기묘한 감각이 휘감았다. 칠 년 만에 백리소연을 다시 만난다는 흥분이라고 여겼는데, 그게 다가 아니었다.

저 멀리 솟아 있는 산봉우리가 낯익었다. 지나온 길에 봤던 큼지막한 바위와 협곡도 마찬가지였다. 그 낯익음이 그리움, 기쁨, 슬픔 등등의 복잡한 감정들을 끌어내었다.

곰곰이 생각해 보니 자신은 무이산에서 정말 많은 일을 겪었다.

이곳에서 단우영과의 인연이 시작되었고, 사마영영을 만나 풋풋한 첫사랑의 감정을 맛보았다. 그뿐 아니라 통검을 찾아 자신도 모르는 사이에 사천마황의 전설에 깊숙이 개입하게 되었다.

주변의 정경이 낯익은 건 십이 년 전 사마영영을 수색하느라 몇 달 동안 산을 이 잡듯이 뒤진 적이 있기 때문이었다.

'후후, 내 인생 제이 막이 시작된 곳인가?'

마치 황추나 할 법한 낯간지러운 대사를 읊조린 그는 멋쩍어 피식 웃었다.

날이 저물 무렵 두 사람은 남부의 중턱에 위치한 해담권문에 다다랐다. 총 문도 수는 이백여 명이고 문주는 십이 년 전과 마찬가지로 해담 정근수였다.

단우비는 정참맹도들의 가족이 모여 사는 추남촌을 걱정해 여태까지 무이산 근처에도 가지 않았다. 정검회가 추남촌을 의심할 그 어떤 빌미도 주지 않기 위해서였다.

그런데 문득 이왕 이렇게 오게 되었으니 정근수를 만나 회유를 해 보고픈 욕심이 생겼다.

신중하게 고민한 그는 쓴웃음을 지으며 고개를 저었다.

지금은 정근수를 만날 때가 아니었다. 백리소연을 안전한 곳으로 옮기는 일이 최우선이었다.

두 사람은 왼쪽으로 에둘러 해담권문을 통과했다. 자정까지 달리다가 근처 숲에 숨어 한 시진 동안 눈을 붙였다. 간단히 요기를 한 후 다시 북쪽으로 나아갔다.

반나절이 지난 신시 초 무렵, 두 사람은 무이산 북부 중턱에 접어들었다. 그때부터 그들은 속도를 늦추고 감각을 곤추세웠다. 신중하게 전진해 나갔다.

한 시진이 더 흐르자 황혼이 드리워지며 날이 저물기 시작했다.

불현듯 윤계가 다리를 멈추었다. 덩달아 정지한 단우비는 긴장한 눈으로 물었다. 그의 감각엔 아무것도 느껴지지 않았다.

윤계는 그게 아니라는 듯 옅게 웃었다. 그러고는 저 멀리 아래쪽의 완만한 비탈길 위에 펼쳐진 광활한 소나무 숲을 가리켰다.

"도착했습니다."

안도의 한숨을 내뱉은 단우비는 그윽하게 소나무 숲을 둘러보았다.

"여긴 와 본 적 없는 곳이군. 마지막으로 왔을 땐 벌목으로 산 대부분이 벌거벗겨졌었는데 이곳은 아니었나 봐. 나무들 하나하나가 최소 수십 년 이상 살아온 것처럼 보이니까."

적당히 대꾸할 말을 찾지 못한 윤계는 머리를 긁적이며 대화를 본론으로 되돌렸다.

"인교 대장, 악부 형님, 소연 님은 숲 중앙의 연못 근처에 계실 겁니다. 저를 따라오십시오. 나무들과 복잡한 지형 때문에 자칫하면 길을 헤맬……."

쓸데없는 부연 설명에 단우비는 악의없이 투덜거렸다.

"계속 따라가고 있잖아? 잔말 말고 앞장서. 어서 빨리 소연이의 그 예쁜 얼굴을 보고 싶으니까. 그동안 얼마나 더 예뻐졌을지 궁금해 미치겠어."

"후후후, 예!"

잠시 후 두 사람은 소나무 숲 가장자리에 도착했다.

윤계가 안으로 들어가자 단우비도 걸음을 옮겼다. 그렇게 열 걸음 정도 소나무 숲 속을 거닌 그는 갑자기 다리를 멈추었다. 그러고는 고개를 갸웃거리며 주위를 훑었다. 윤계가 의아한 눈으로 물었다.

"왜 그러십니까?"

"뭔가 기분이 이상해서 말이야."

영문을 몰라 하던 윤계는 이내 탄성을 터뜨렸다.

"아! 하하하, 너무 조용하지요? 새나 산짐승들에겐 꽤 살기 좋은 환경일 텐데 말입니다. 저희가 왔을 때도 이랬습니다. 소연 님 추측으론 과도한 사냥으로 인해 전멸했거나, 아니면 다른 곳으로 도주했거나, 그것도 아니면 그놈들이 싫어하는 냄새를 뿜는 식물이 자생하는 것 같다고 하시더군요."

턱을 쓰다듬던 단우비는 피식 웃었다.

"훗, 그거였군. 어서 가자!"

"예!"

윤계는 나무와 바위, 수풀 사이사이로 신중하게 나아갔다. 그의 뒤를 따르며 단우비는 노파심에 감각을 최대한으로 끌어 올렸다. 다행히 아무런 기척도 느껴지지 않았다.

숲은 그야말로 죽은 듯이 조용했다.

반 시진을 걸었건만 아직도 목적지는 멀었다. 그 정도로 숲의 규모는 거대했다.

어느덧 날이 저물었다. 사위가 어둑해지고, 그 어둠을 몰아내는 달빛이 내리쬐었다.

한 식경을 더 걷자 단우비의 감각에 무언가가 포착되었다. 저 멀리서 미세한 기척 세 개가 느껴졌다.

낯익고 그리운 기척들이었다.

몸이 달은 단우비는 윤계를 채근했다.

"찾았다! 따라와!"

말이 끝나기 무섭게 그는 윤계를 앞질러 기척들이 모여 있는 방향으로 쏜살같이 달려갔다.

단우비의 감각 범위가 상상을 초월해 윤계는 심히 당황했다. 잠시 주위를 두리번거리며 안절부절못하던 그는 이를 앙다물고는 얼른 단우비를 쫓았다.

잠시 후 단우비는 무성한 수풀을 뚫고 직경 십여 장의 평지에 도착했다. 중앙엔 작은 연못이 있고, 그 근처에 세 남녀가 모여 식사 준비를 하고 있었다.

삼십 대 중반의 사내 둘과 십 대 후반의 여인이었다.

달빛 아래 서 있는 여인은 눈이 부실 정도로 아름다웠다. 낡고 때 묻은 옷도, 푸석푸석한 머리카락도, 불면 날아갈 듯한 초췌함도 그녀의 미모를 흠집 내지 못했다. 오히려 그 병약함이 신비로운 분위기를 연출했다.

단우비의 존재를 느낀 세 사람은 놀람과 기쁨이 가득한 외침을 터뜨렸다.

"주군?"

"주군!"

"제비 님!"

단우비는 바보처럼 얼빠진 표정으로 서서 백리소연을 바라보기만 했다. 칠 년 전 처음 본 그때처럼 그녀는 다시 한 번 그의 넋을 잃게 만들었기 때문이다.

사람이 어떻게 저리도 아름다울 수 있는 건지, 그저 하늘에 감사할 따름이었다.

그는 헤벌쭉 웃으며 천천히 백리소연에게 다가갔다.

백리소연은 가만히 기다리지 않았다. 울먹이는 얼굴로 마주 달려가 덮치듯 단우비의 목을 끌어안았다.

코끝에 감도는 그녀의 향기와 온몸에 와 닿는 감촉이 단우비를 황홀경으로 몰아넣었다. 이 쾌락을 조금이라도 더 오래 즐기고 싶어 그는 백리소연의 허리를 힘껏 안았다.

한동안 몸을 떨며 흐느끼던 백리소연은 머리를 뒤로 빼 단우비의 얼굴을 바라보았다.

그녀를 진정시키기 위해 단우비는 온화하게 웃으며 뭐라고 말을 건네려고 했다.

그때, 놀랍게도 백리소연이 그의 입술에 자신의 입술을 포갰다.

수동적이던 열두 살 소녀가 능동적인 열아홉 살 여인이 되었다.

이 충격적인 변화가 단우비를 미치고 환장하게 만들었다.

그는 질 수 없다는 듯 백리소연의 입술을 탐닉했다.

혀가 부딪치고 타액이 교환되는 길고도 진한 입맞춤이 이어졌다.

시간이 얼마나 흘렀을까?

영원히 계속될 것만 같던 입맞춤은 갑작스럽게 끝났다.

백리소연이 얼굴을 일그러뜨리며 두 손으로 단우비를 밀어내었다. 그녀는 흐느끼는 정도가 아니라 애처롭게 펑펑 울었다.

"미안해요…… 정말…… 정말…… 미안해요……."

단우비는 그녀를 달래려고 다시 안으려는 시늉을 하며 미소 지었다.

"내가 미안하지. 그동안 소식 한 번 전하지 못해 미안해. 네게 연락할 방법을 찾을 수가 없었어."

"그런 게…… 그런 게 아니에요! 저는! 저는…… 미안해요…… 흐흐흑."

백리소연은 단우비가 움찔할 정도로 비명을 질렀다. 계속 미안하다고 외치며 단우비의 품이 아니라 뒤편의 인교 일행에게로 돌아갔다.

인교, 악부의 옆엔 조금 전에 도착한 윤계도 합류해 있었다.

세 사람의 곁에 도착한 백리소연은 두 손으로 얼굴을 감싸며 몸을 떨었다.

"미안해요…… 어쩔 수가 없었어요. 미안해요……."

단우비는 혼란에 휩싸였다. 백리소연이 무슨 말을 하는 건지 도무지 알 수가 없었다. 그는 도움을 얻기 위해 인교를 바라보았다.

인교의 얼굴은, 아니 인교, 악부, 윤계의 얼굴은 딱딱하게 굳어 있었다. 재회의 기쁨으로 가득했던 얼굴이 어느새인가 소름 끼칠 만큼 섬뜩하게 변해 있었다.

"이게 대체…… 무슨……?"

대답은 오른쪽 수풀 너머에서 들려왔다.

"뭐긴 뭐야? 네놈이 뒈질 때가 온 거지!"

싸늘한 외침이 터진 것과 동시에 숲의 공기가 판이하게 달라졌다.

짙고 음산한 죽음의 기운이 삽시간에 숲 전체를 뒤덮었다.

주화입마

분명 조금 전까지만 하더라도 오른쪽 수풀 너머에선 아무런 기척도 느껴지지 않았다. 그러데 갑자기 기척 일곱 개가 나타나더니, 이내 장내에 모습을 드러내었다.

일곱 명의 정체는 정검회 육검대주 백리정과 부대주 후와, 독고세가 원로원의 우현과 오부, 그리고 애진, 여호, 오용이었다.

외침을 터뜨린 이는 백리정이었다. 그는 한없이 얄미운 미소를 단우비에게 던졌다.

얼이 빠진 단우비를 뒤로하고 우현과 오부가 백리소연에게 신형을 날렸다. 그녀의 앞에 자리 잡아 단우비에게서 보호했다.

우현이 인교에게 물었다.

"그것은?"

"……됐습니다."

"다행이군."

안도의 표정을 지은 우현은 백리정을 노려보았다.

"세가는 정검회의 요구를 모두 이행했다. 인정하느냐?"

백리정은 가볍게 어깨를 으쓱였다.

"흠, 인정하지요."

"소주, 도련님은 어디 있느냐?"

"하하핫, 설마 제가 조카에게 해코지라고 했을까 봐 그러십니까?"

"어디 있느냐고 물었다!"

서슬 퍼런 우현의 호통에 움찔한 백리정은 품에서 밀봉한 서찰을 꺼내 던졌다.

"본 회에 있지 어디에 있겠습니까? 정뇌정에서 보호 중입니다. 받으십시오. 이걸 정뇌정 부정주에게 보여 주면 조카를 돌려줄 겁니다."

신경질적으로 서찰을 낚아챈 우현은 오부에게 말했다.

"내가 도련님을 찾겠네."

"그러면 나는 이 녀석들과 함께 부인을 세가로 모시면 되겠구려. 다른 영감탱이들에겐 선배 쪽에 합류하라고 전서구를 보내리다."

"그래 주게나."

두 노인의 합의를 인교 일행은 받아들이지 못했다. 그들은 지극히 차가운 눈으로 단우비를 바라보았다. 대표로 인교가 두 노인에게 내뱉었다.

"저희는 이곳에 남겠습니다."

오부는 미심쩍은 표정을 지었다.

"이유는? 인제 와서 저자를 도울 생각은 아니겠지?"

"물론 아닙니다. 이미 돌아올 수 없는 강을 건넜으니까요. 저희는 끝을 지켜볼 의무가 있습니다. 단지 그뿐입니다."

"하긴, 너무 늦었지. 좋다. 마음대로 하려무나."

인교 일행의 요청을 수락한 오부는 아직도 울고 있는 백리소연의 어깨에 살며시 손을 올렸다.

"세가로 돌아갑시다, 부인."

그러며 그는 백리소연을 단우비의 맞은편 숲 쪽으로 이끌었다.

"미안해요…… 미안해요……."

백리소연은 계속 미안하다고 말하며 떼어지지 않는 다리를 한 걸음씩 움직였다. 그런 그녀의 안색은 당장이라도 쓰러질 것처럼 창백했다. 몸도 거센 경련을 일으키고 있었다.

그 모습이 안타까워 오부는 목소리에 힘을 주었다.

"그만 잊으시오! 단우비는 과거일 뿐이오! 부인에겐 미래가 있소! 세가의 안주인으로서, 차기 가주인 도련님을 훌륭하게 키우는 미래가!"

"저는…… 저는…… 미안해요……."

오부에게 끌려 백리소연이 대여섯 걸음 이동했을 때, 단우비의 입이 열렸다. 어느새가 그의 표정은 섬뜩할 정도로 차분해져 있었다. 목소리도 나직하고 침착했다.

"소연아."

흠칫한 백리소연은 반사적으로 고개를 돌렸다. 그녀의 얼굴은 갈망으로 가득했다. 자신의 처지를 이해해 단우비가 용서해 주길 간절히 바라고 있었다.

그러나 단우비의 입에서 이해나 용서란 단어는 흘러나오지 않았다.

"너마저 나를 배신할 줄은 몰랐어. 아주 많이 실망했다."

"저도, 저도 이러고 싶지 않았어요! 사정이…… 제겐 피치 못할…… 흐흐흑……."

"이유 따윈 상관없어. 내 알 바 아니야. 돌아가. 가서 기다려. 내가, 우리의 인연을, 끝내러 갈 날을."

"아…… 아아…… 흐흐흐흑, 미안해요……."

보다 못한 오부가 백리소연을 등에 업었다. 그러고는 공터의 가장자리로 다가가 섰다. 숲 안쪽에서 흑의로 전신을 가진 사내가 한 명 모습을 드러내 오부에게 따라오라고 손짓했다.

백리소연과 오부가 사라지자 우현은 단우비를 삿대질하

며 백리정에게 당부했다.

"반드시 죽여라! 후환을 남기지 마라!"

백리정은 싸늘하게 웃었다.

"하핫, 제가 이 날을 얼마나 고대했는지 아십니까? 저 새끼의 뼈를 산 채로 씹어 먹을 겁니다!"

"믿겠다!"

우현은 동쪽 수풀 앞에 섰다. 역시 흑의 복면인 하나가 튀어나와 그를 바깥으로 안내해 주었다.

이제 공터엔 단우비, 백리정, 후와, 인교 일행만 남게 되었다.

단우비는 허리춤에 꽂아 둔 통검과 천검을 꺼내 하나로 연결했다. 귀곡도와 어깨에 멘 철궁, 양쪽 허벅지의 화살통도 점검했다.

그가 바로 싸우려 한다는 것을 파악한 인교는 얼른 말을 던졌다.

"이유가 궁금하지 않으십니까?"

"내 알 바 아니라고 했을 텐데?"

"그래도 저희는 당신이 들어주었으면 합니다."

"당신이라…… 좋아. 곧 죽을 놈들이니 마지막 소원 정도는 들어주지."

"감사합니다. 저희는……."

"아아, 기왕이면 아주 훌륭한 배우인 윤계에게 듣고 싶군."

노골적인 비아냥거림에 모두의 시선이 윤계에게 모였다.

크게 숨을 내쉬어 마음을 다잡은 윤계는 나직이 입을 열었다.

"칠 년 전 저희가 부인께 목숨을 구원받은 건 사실입니다. 그 후 부인의 수발을 들며 함께 생활한 것도 맞고요."

인교 일행에게 있어 백리소연은 주군인 단우비의 아내이자 생명의 은인이었다. 그리고 그녀에게 있어 그들은 목숨 걸고 단우비를 탈출시킨 충신들이었다.

그래서인지 그들이 가까워지는 데에는 많은 시간이 필요하지 않았다. 서로 허심탄회한 대화를 나누기 시작했고, 일상에서 부딪치는 크고 작은 사건들을 힘을 모아 타파해나갔다. 그렇게 언젠가 단우비가 나타날 거라는 희망을 잃지 않으며 하루하루를 버텨 내었다.

시간은 흘러 어느덧 십팔 개월이 지났다.

그 시간은 인교 일행과 백리소연을 한 가족으로 만들어 주었다.

그래! 가족이었다!

남이나 다를 바 없는 이복형제들보다 더 듬직한 여섯 오빠와 너무도 사랑스럽고 애처로운 여동생이었다!

그맘때쯤 독고진이 백리산을 방문했다.

이제 독고세가는 어느 정도 안정을 찾았다.

여유가 생겨서인지 수뇌 회의에서 독고진의 혼인 문제가 거론되었다. 후계 문제도 있고, 가주가 노총각인 건 여러모로 모양새가 좋지 않았다.

신부 후보가 여럿 있긴 하나 가장 좋은 건 백리가의 여인이었다. 정검회와 혈연으로 묶인다면 독고세가의 미래는 더없이 밝았다.

독고세가는 그만한 자격이 있었다!

수뇌들의 성화에 못 이겨 독고진은 백리산의 의중을 떠보기 위해 직접 정검회를 방문한 것이었다.

독고진은 백리산의 친척 중 혼기가 찬 여인을 원했다.

그런데 백리산은 막내딸인 백리소연을 추천했다.

아직도 잡히지 않은 단우비 때문이었다. 그 무시무시한 애새끼는 언젠가 어른이 되어 복수하러 올 것이 분명했다. 그런 그가 독고진의 아내가 된 백리소연을 본다면 이성을 잃을 가능성이 높았다. 자연히 그를 죽일 가능성 또한 높아질 것이었다.

솔깃한 독고진은 백리산의 제안을 받아들였다. 백리소연의 어린 나이와 지병 등 문제가 많긴 하나, 단우비를 생각하면 그녀가 최선의 선택이었다.

이 비정한 거래에 백리소연과 인교 일행은 죽음을 각오하고 저항했다. 단우비의 원수인 독고진이라니, 절대 받아들일 수 없었다.

그러나 그들의 저항은 수포로 돌아갔다. 인교 일행은 정검회 고수들에게 제압당했고, 백리소연은 독고진에게 붙잡혀 강제로 독고세가에 이송되었다.

힘의 격차를 통감한 인교 일행은 작전을 바꾸었다. 그들은 백리산에게 앞으로도 백리소연의 수발을 들며 살고 싶다고 애원했다. 그때 이미 그들은 끝까지 백리소연을 보호하기로 결심한 상태였기 때문이다.

백리산은 효율을 추구하는 인물이었다. 그가 인교 일행을 살려 둔 건 언젠가 쓸모가 있을 거라고 판단해서였고, 그 판단은 지금도 유효했다. 그래서 그는 인교 일행도 독고세가로 이송시켜 주었다.

독고진과 백리소연의 혼례식은 비밀리에 진행되었다. 소문이 퍼지는 것은 곤란했다. 단우비에게 최대한의 충격을 주려면 때가 될 때까지 숨기는 것이 좋았다.

백리소연의 나이가 어리고 몸 상태도 최악이라 독고진은 합방을 하지 않았다. 그저 그녀와 인교 일행을 한 건물에 감금하기만 했다.

그때부터 독고세가 수뇌부는 영약과 명의를 백리소연에게 쏟아부었다. 그녀가 살아 있어야 정검회와의 혈연 관계가 유지되고, 건강해져야 후계자를 낳을 수 있기 때문이다.

시간이 흐를수록 백리소연의 몸은 건강해졌지만, 마음은 시들고 피폐해져 갔다. 언제 독고진이 그녀의 몸을 취할지 몰라 뜬눈으로 밤을 지새우기 일쑤였다.

너무 고통스러워 하루에도 몇 번씩 자살을 꿈꾸었다.

그 충동이 극에 달해 한 번은 실제로 손목을 그어 죽으려고 했다. 인교 일행이 조금만 늦게 발견했다면 그녀는 죽었을 것이었다.

인교 일행은 눈물로 애원했다. 희망을 잃지 말자고, 단우비가 늦기 전에 구하러 와 주길 바라자고, 그때까지 악착같이 살자고 말이다.

효과가 있어 백리소연은 여전히 고통스러운 나날을 보내었지만 다시 자살을 시도하지는 않았다.

어느덧 삼 년이 지났다.

명의들과 상담을 한 독고진은 때가 되었다고 판단했다.

그 날 저녁 술을 잔뜩 마신 그는 백리소연의 처소로 갔다. 막아서는 인교 일행을 때려눕힌 뒤 백리소연의 몸을 강제로 취했다.

그렇게 인교 일행과 백리소연의 꿈과 희망은 산산조각 났다.

백리소연은 모든 것을 체념했다. 죽음조차 체념한 채 남의 일처럼 흘러가는 대로 내버려 두었다. 그녀가 살아 있는 이상 인교 일행도 살아야 했다. 그녀를 지켜야, 아니 곁에 있어 주기라도 해야 하니까.

독고진은 수시로 백리소연을 찾아갔다. 그녀의 몸을 탐하며 자신을 정당화하기 위해 끊임없이 지껄였다.

몇 달 후 백리소연은 임신을 하게 되었다.

다시 몇 달이 흘러 그녀는 사내아이를 출산했다.

기나긴 산고 끝에 태어난 그 아기가, 우렁차게 우는 그 아기가, 열심히 어미의 젖을 빠는 그 아기가, 앙증맞게 웃으며 잠든 그 아기가 모든 것을 바꾸었다.

백리소연과 인교 일행은 삶의 의욕을 되찾았다.

할아버지의 이름을 따 독고인이라고 지은 아기는 너무도 사랑스러웠다. 보기만 해도 배가 부르고 행복했다. 아기를 위해서라도 넋 놓고 살 수는 없었다. 언제나 옆에 있으며 하나라도 더 많은 것을 베풀고 싶었다.

백리소연은 밥을 든든하게 먹었고 영약도 찾아 복용했다. 명의들의 진찰 역시 기꺼이 받았다. 잃어버렸던 미소마저 되찾아 온종일 웃으며 아들을 중심으로 하루하루 부지런히 살았다.

인교 일행도 열성을 다해 백리소연과 독고인을 보필했다. 두 모자를 위해서라면 무슨 짓이든 할 수 있었다. 죽음조차 두렵지 않았다.

어느샌가 그들의 삶의 목표는 백리소연과 독고인의 행복이 되었다.

그것이 세상 그 무엇보다 중요했다!

단우비보다도 말이다!

삶의 목적이 바뀌었기에 세상을 보는 시선 또한 달라졌다.

독고세가는 더 이상 감옥이 아니었다. 그들이 살아가야 할 터전이었다.

백리소연은 서서히 독고진에게 마음을 열었다. 그는 그녀만큼이나 독고인을 아끼고 사랑했다. 그 모습을 옆에서 지켜보며, 셋이 함께 노는 사이 자신도 모르게 그렇게 되었다.

부부가 함께 있는 시간이 늘어나다 보니 자연스레 대화도 많이 나누었다. 그 결과 그들은 사랑하는 아들을 위해 지난 일은 잊고 미래만 생각하기로 했다.

독고인이 존경할 수 있는 부모가 되기 위해선 지금보다 더 열심히 살 필요가 있었다.

독고진은 가주의 책무에 열성적으로 임했고, 백리소연도 안주인으로서의 역할을 해 나갔다. 독고세가의 대소사에 하나둘씩 참여했다.

인교 일행은 정식으로 독고세가의 일원이 되었다. 명부에 자신들의 이름을 등록했고, 매달 봉급도 받았다. 그들의 지위는 백리소연과 독고인의 호위대였다.

그제야 백리소연과 인교 일행은 단우비가 몇 달 전부터 반격을 개시했다는 것을 알게 되었다.

그들은 애써 그 사실을 무시했다. 언급 자체를 기피하며 알지 않으려고, 신경 쓰지 않으려고 노력했다.

너무 늦었으니까.

독고인은 단우비의 원수인 독고진의 아들이니까.

그들은 그 독고인을 너무나도 사랑하니까.

석 달 전 그렇게 사랑하는 독고인을 보고 싶다며 백리산이 독고진 일가를 정검회로 불렀다.

독고진은 백리산의 요구대로 인교 일행과 백리소연, 독고인을 마차 안에 숨기고 빈 마차인 것처럼 주변에 호위를 붙이지 않았다. 짐작 가는 것이 있어서였다.

역시나 독고인을 품에 안은 백리산은 부하를 시켜 어딘가로 빼돌렸다. 그런 후 이게 무슨 짓이냐고 화내는 백리소연에게 단우비와 독고인 중 하나를 선택하라고 협박했다.

결국 올 것이 오고야 말았다.

그리고…… 백리소연과 인교 일행에게 선택의 여지는 없었다.

독고인은 세상 그 무엇과도 바꿀 수 없는 보물이었다.

단우비가 죽어야 독고인이 산다면, 그는 죽어야 했다!

그들은 독고인의 미래만을 생각하며 마음을 독하게 먹었다.

결정이 내려지자 계획은 일사천리로 진행되었다.

핵심 역할을 맡은 백리소연과 인교 일행은 계획을 외우고 철저하게 검토했다.

그사이 백리정은 단우비의 무덤으로 선택된 무이산으로

은밀하게 이동해 기관 진식 등의 함정을 설치해 나갔다.

이십여 일쯤 지났을 때 이검대원 몇 명이 정검회 주변을 얼쩡거리는 단우세가 문도들을 발견했다. 그들을 이용하기로 한 백리산은 빠르게 계획을 수정했다.

다시 열흘 후, 드디어 작전이 시작되었다.

정검회를 출발한 독고진 일행은 미행당하는 것을 알면서도 무시했고, 대화를 나누는 척 거짓 정보를 흘렸다.

때가 되자 인교 일행이 백리소연을 데리고 떠났다. 미행당하면 곤란해 단우세가 문도들이 한눈을 파는 사이를 노려 잽싸게 움직였다.

독고세가로 돌아간 독고진은 원로원을 설득했다. 가주의 외동아들이 위기에 처했기에 그들은 흔쾌히 수락했다.

원로들도 미행하는 단우세가 문도들의 기척을 대번에 감지했다. 나름대로 미행에 일가견이 있는 놈들이긴 하나 그들의 감각을 속일 수준은 아니었다.

독고세가 원로들은 단우세가 문도들이 잘 따라오도록 적당히 속도를 늦춰 가며 병남으로 떠났다. 거기서 그들은 두 패로 나뉘었다.

병남에 남은 원로들은 단우세가 문도들을 역감시하고 있었는데, 얼마 후 그들의 무리에 단우비가 합류했다는 것을 알게 되었다.

쾌재를 부른 그들은 얼른 이 정보를 백리정에게 전달했다.

그러나 백리정은 바로 다음 작전을 시행하지 못했다. 함정이 완성되지 않은 까닭이다. 수백 명의 인력과 천문학적인 자금이 투입된 단 한 번의 기회였기에 절대 섣불리 움직일 수 없었다.

초조한 기다림 끝에 마침내 함정이 완성되었다.

그 즉시 단우비를 유인하는 임무를 맡은 윤계가 보현으로 떠났다.

그가 선택된 이유는 인교 일행 중 단우비를 가장 존경해서였다. 아니, 적어도 단우비는 그렇게 알고 있었다. 그러니 그는 윤계를 추호도 의심하지 않을 것이었다.

보현을 어슬렁거리던 윤계가 적마대와 조우한 건 계획에 없던 일이었다. 그런데 생각해 보니 기존의 계획보다 훨씬 더 좋았다. 적마대와 함께 있기만 하면 단우비를 만날 수 있으니까.

게다가 단우비가 그의 정확한 위치를 알게 되니 독고세가 원로들을 뒤쫓을 필요가 없어진다. 어쩌면 최대한 빨리 그를 만나기 위해 원로들뿐 아니라 호위대마저 뒤로하고 혼자 올지도 몰랐다.

만약 그렇게 된다면 그야말로 금상첨화였다. 똑똑한 동과 떨어진다는 것 하나만으로도 단우비를 속일 가능성이 두 배는 더 높아지니 말이다.

윤계를 미행하던 자들은 나가장의 문도가 아니었다. 단우비가 모르는 정검회의 무인들이었다. 그들은 충성심이 높아 죽을 가능성이 크다는 걸 알면서도 임무를 받아들였다.

그 임무는 바로 단우비에게 들켜 '백리정은 당신보다 반나절 늦게 도착한다.' 라고 말하는 것이었다.

반나절은 여유를 부리기엔 부족하고, 희망을 품기엔 충분한 시간이었다.

예상대로 단우비는 반나절이란 격차를 좁히지 않기 위해 신중하게 생각하지 않고 곧장 윤계를 따라 무이산으로 향했다.

이렇게 과거의 이야기와 치밀한 음모까지 낱낱이 밝혀지자 단우비의 표정은 더할 나위 없이 굳어졌다.

처음부터 끝까지 이놈들의 손에 놀아난 것이니 무리도 아니었다.

"아이를 낳을 수 있을 줄은 몰랐군."

단우비의 독백에 윤계가 흥분한 어조로 외쳤다.

"기적이지요. 그것도 한 번뿐인 기적입니다. 모든 의원들이 다시 임신을 할 경우 이번 같은 기적은 없을 거라고, 부인은 죽게 될 거라고 경고했으니까요. 그래서 더 소중합니다! 세상 그 무엇보다 소중합니다!"

"……독고강인은 그 아이를 나에게서 지키기 위한 위장이었나?"

윤계는 순순히 시인했다.

"예. 진짜 후계자인 도련님의 존재를 당신이 알면 위험하니까요."

"그렇군. 하아아, 너희를 찾지 못한 것도 당연했어. 그때 이미 너희는 정검회에 없었으니까."

"왜 독고세가는 조사하지 않으셨습니까?"

단우비의 비아냥거림에 가만히 있던 인교가 성난 외침으로 받아쳤다. 단우비는 씁쓸한 입맛을 다셨다.

"거기에 있는 줄 몰랐거든. 정검회의 동향을 파악하는 게 최우선이었고."

"하! 그런 김에 겸사겸사 우리를 찾아보았다는 거군요."

"뭐 그렇지. 그건 내 실수야. 인정해."

"예, 맞습니다! 당신의 실수입니다! 모든 것은 당신이 자초한 겁니다! 당신은 보다 더 열심히 우리를, 부인을 찾아야 했습니다! 아니, 칠 년 전 그 날 부인을 데리고 떠나야 했습니다! 그렇게 부인을 남겨 두고 가선 안 되었습니다! 당신의 그 빌어먹을 선택 때문에 이 모든 일이 벌어진 겁니다!"

인교는 삿대질을 하며 울분을 토했다. 그가 흥분할수록 단우비의 표정은 차갑게 식었다.

"선택, 선택…… 누가 인생은 선택의 연속이라고 하더군. 맞는 말 같아. 오늘 일이 내 선택의 결과라는 걸 받아들이지. 너희를 비난하지 않겠어. 너희는 너희의 선택에 최선을 다해라. 나도…… 살기 위해 최선을 다하겠다!"

스스로에게 다짐하듯 내뱉은 단우비는 내공을 끌어 올렸다.

그런데 전신에 퍼져야 할 내공이 뜻대로 움직여 주지 않았다. 무언가가 내공을 끌어 올리는 것을 방해하고 있었다.

당황한 그의 표정이 백리정을 너무도 유쾌하게 만들었다.

"크크크크, 크카카카카캇! 드디어 약발이 돌기 시작했구만!"

"약?"

백리정은 은근하게 약을 올렸다.

"소연이가 왜 네게 입맞춤을 했을까? 그리고 저 녀석들은 왜 쉴 새 없이 지껄여 시간을 끌었을까?"

흠칫한 단우비는 반사적으로 입술을 매만졌다. 좀 전에 들은 대화들이 머릿속을 스치고 지나갔다.

'미안해요. 그것은? 됐습니다. 독고세가는 정검회의 요구를 모두 이행했다? 빌어먹을!'

이를 간 단우비는 빠르게 생각을 정리했다.

지금처럼 내공 운용을 방해하는 건 산공독 뿐이었다.

산공독은 크게 단전 자체를 파괴하는 극악한 부류와 일정 시간 동안 단전을 봉쇄하는 부류로 나뉜다.

단전이 파괴되는 고통은 없으니 후자라고 봐야 했다.

그는 백리소연의 타액을 아주 조금 섭취했다. 복용한 독의 양 또한 극소량이라는 뜻, 그러니 늦기 전에 내공을 단전 밖으로 끌어내기만 하면 단숨에 모조리 태워 버릴 수 있었다. 그는 무시무시한 양강의 내공을 소유하고 있으니 말이다.

마음을 다잡은 단우비는 단전에 정신을 집중했다.

예상보다 쉽게 내공을 끌어낼 수 있었다. 쾌재를 부른 그는 내공을 몸 전체로 퍼뜨려 산공독을 태우기 시작했다.

헌데 그때, 인교가 다 안다는 듯 일침을 날렸다.

"소용없을 겁니다."

집중 중이라 단우비는 뭐라고 받아치지 못했다. 그저 계속 내공을 퍼뜨리며 인교를 노려보았다.

인교는 친절하게 설명해 주었다.

정검회는 단우비의 무시무시한 능력을 너무도 잘 알고 있었다. 그래서 수백 명의 무인과 진법, 기관 장치로 만족하지 않고 독까지 먹이기로 했다.

초기엔 치명적인 극독들이 거론되었는데, 이내 모두 폐기되었다. 그 독을 입 안에 머금고 있어야 하는 백리소연의 몸이 버틸 수 없기 때문이었다.

고심한 정검회는 백리소연이 내공심법을 익히지 않았다는 점에 주목해, 그녀에게 무해한 산공독으로 가닥을 잡았다.

그러나 무해하다고는 해도 단전을 파괴하는 부류는 독성이 강해 역시 그녀의 몸이 버틸 수 없었다. 결국 정검회는 단전을 봉쇄하는 부류로 결정했다.

내공을 쓰지 못하는 단우비는 무섭지 않고, 최대한 괴롭힐 수도 있을 것 같아 백리정은 흔쾌히 이 결정을 받아들였다.

단우비의 사기적인 몸은 웬만한 독쯤은 주인의 의지와 상관없이 입에 머금은 순간 이상함을 느끼고 바로 뱉어 버린다. 게다가 복용했다고 하더라도 양강의 내력이 단숨에 태워 버린다.

그렇기에 정검회는 심혈을 기울여 기존에 없던 새로운 산공독을 만들어 내었다.

무색, 무미, 무취해 단우비의 몸도 감지할 수 없고, 일단 단전에 침투하기만 하면 소문처럼 화룡이 되었다고 할지라도 절대 태워 버릴 수 없는 최강의 산공독을 말이다.

인교의 설명을 다 들은 단우비는 속으로 개소리 말라고 부르짖으며 사력을 다했다.

그러나 가만히 구경하는 인교 일행과 백리정의 얼굴에 떠오른 자신감이 증명하듯 산공독은 태워지지 않았다. 별짓을 다 해 봐도 헛수고였다. 그저 단전이 봉쇄되는 속도만 늦출 수 있었을 뿐이었다.

너무 화가 나 단우비는 표정을 일그러뜨리며 섬뜩한 시선으로 인교 일행을 쏘아보았다.

그들은 단우비의 시선을 피하지 않았다. 마주 노려보았다. 대표로 윤계가 무뚝뚝하게 내뱉었다.

"우리를 비난하지 않겠다고 했을 텐데요?"

백 점 만점의 받아치기에 백리정은 박수를 치며 낄낄거렸다.

"정말 지독한 녀석들이야. 원래는 내가 말을 걸어 시간을 끌기로 했거든. 크카카카! 전 마누라와 부하들에게 철저히 농락당한 기분이 어떠십니까, 통천귀, 아니 화룡 단우비 님?"

단우비는 염장을 지르는 백리정의 면상에 번개같이 화살 한 발을 투척했다. 아직은 어느 정도 내력을 운용할 수 있었다. 그리고 그는 삼십오 두의 고수였다. 내공만 따지자면 복건 최강이었다.

그런 고수의 분노가 담겼기에, 화살은 대기를 찢어발기며 백리정에게 짓쳐 들었다.

혼비백산한 백리정은 황급히 주저앉아 엉덩방아를 찧었다. 화살은 그의 머리카락 끝을 터뜨리고 지나갔다. 간담을 쓸어내린 그는 네 발로 달려 부리나케 숲 안쪽으로 사라졌다. 인교 일행과 후와도 신속하게 숲으로 신형을 날렸다.

그러기 무섭게 그들의 기척이 단우비의 감각에서 자취를 감추었다.

단우비는 숲 전체에 그의 감각을 속일 정도로 고절한 진법이 깔려 있음을 확신했다.

애석하게도 그는 진법에 문외한이었다. 여태까지 진법이

나 기관장치는 모두 동이 맡아서 처리했기에 그다지 배울 필요성을 느끼지 못했다.

그가 후회하고 있을 때, 저 멀리서 백리정의 악에 받친 고함이 들려왔다.

“네놈은 최소 한 달 동안 내공을 쓰지 못한다! 최대한 가지고 놀다 죽여 주마! 그동안 네놈에게 받은 수모를 모조리 다 갚아 줄 거란 말이다, 이 개자식아! 크하하하!”

연못가에 혼자 남겨진 단우비는 혹시나 하는 생각이 들어 가부좌를 틀고 앉으려는 시늉을 해 보았다. 역시나 기다렸다는 듯이 숲 안쪽에서 비도 세 자루가 날아왔다. 그것들을 수월하게 피한 단우비는 눈살을 찌푸렸다.

‘후, 운기를 하게 해 줄 리가 없지. 운기를 해서 산공독을 몰아낼 여유는 없겠군. 시간도 내 편이 아니야.’

산공독이 단전을 완전히 봉쇄하면 끝장이었다. 어떻게든 그 전에 수많은 적들과 함정이 도사리고 있는 이 숲을 돌파해야 했다. 설사 그것이 백리정의 노림수라고 할지라도 선택의 여지는 없었다.

각오를 단단히 다진 그는 전면의 숲을 노려보았다. 그대로 돌진하려는데 문득 ‘뚫지 말고 뛰어넘어?’ 라는 생각이 떠올랐다.

좋은 계책 같아 그는 하늘로 신형을 날렸다. 그와 동시에 숲 곳곳에서 희뿌연 연기가 피어올랐다. 연기는 바람을 타고 삽시간에 숲 전체를 자욱하게 뒤덮었다.

단우비는 급히 소매로 코와 입을 가렸다. 신중하게 호흡하며, 들이마신 공기 속에 섞여 있는 연기를 내공으로 태워 나갔다. 연기에 독이 있을지도 모르니까.

그런 그에게 지상 숲에서 연기를 뚫고 수십 개의 암기들이 매섭게 짓쳐 들었다. 수가 워낙 많아 그는 별수 없이 양손으로 통천마검과 귀곡도를 휘둘러 쳐 냈다. 그 상태로 이십여 장을 날아가 한 나무의 꼭대기에 착지했다.

재차 도약하려는데 갑자기 천지가 사막으로 바뀌었다.

눈 깜짝할 새에 연기로 덮인 숲이 사라지고 끝없이 펼쳐진 사막이 나타난 것이다!

그는 그 사막의 육 장 위 허공에 떠 있었다.

이번은 그게 다가 아니었다. 짓쳐 들던 암기들이 시야에서 사라졌고, 소리마저 지워졌다. 그러더니 지척에서 수십 개의 살기가 느껴졌다.

'연기? 이것마저 내가 태울 수 없는 성분으로 만들어진 건가?'

들이마신 연기와 나무의 꼭대기까지 영향을 미치는 진법이 힘을 합쳐 지금 상황을 연출한 것이 분명했다. 정말이지 이놈들은 더럽게도 철저하게 준비한 것 같았다.

분통을 터뜨린 단우비는 감각적으로 살기를 향해 무기들을 휘둘렀다. 몇 개를 놓쳐 군데군데의 옷이 잘렸고 가느다란 혈선도 생겨났다.

별것 아닌 부상이지만, 문제는 부상을 입었다는 것 자체였다. 운신이 어려운 허공에선 이보다 더 많은 부상을 입을 위험이 컸다. 그래서 그는 도약을 포기하고 천근추를 사용해 아래로 뛰어내렸다.

선택은 적중해 더는 살기들이 느껴지지 않았다. 보이지는 않지만 빽빽이 들어서 있는 소나무들이 적들의 시야를 방해하고, 암기들의 진로를 막아 주고 있을 것이다.

덕분에 단우비는 한숨 돌릴 수 있었다.

"으윽!"

그러나 그건 오래가지 않았다. 모래 위에 착지하자마자 두 발바닥에서 극심한 통증이 느껴졌다. 마치 성게같이 눈알만 한 구체에 수십 개의 가시가 달려 있는 암기 여러 개가 발바닥에 깊숙이 박혀 있었다.

그의 피로 덮여 있어서인지 이건 눈에 보였다. 그러나 주변은 아니었다. 여전히 모래뿐이었다. 얼마나 넓은 범위에 이런 암기들이 깔려 있는지 모르니 피를 뿌려 볼 수도 없었다.

피는 검붉은 색이었다. 암기에 독이 발라져 있다는 뜻이다. 그러고 보니 좀 전에 입은 자잘한 생채기들도 시커멓게 변색되어 있었다.

단우비는 상처들에 내력을 주입했다. 검붉은 연기가 피어오르며 독이 태워졌다. 산공독이나 흡입한 연기와 달리 이 독은 태울 수 있었다.

'그나마 다행이군.'

전면으로 진로를 정한 단우비는 두 발바닥으로 바닥을 쓸며 달렸다.

암기는 날아오지 않았다. 이건 환각이고 여긴 숲인데, 소나무나 바위에 부딪치지도 않았다. 더군다나 달릴 때마다 발생하는 모래 먼지는 아무리 봐도 진짜였다.

일각 후 단우비는 다리를 멈추었다.

직선으로 달리는데 지금까지 단 한 번도 장해물에 걸리지 않았다는 건 직선으로 달리는 게 아니라는 뜻이니까.

빌어먹게도 방향 감각마저 상실한 채 진법 속을 헤매고 있는 것이다.

그러니 이대로 계속 달리는 건 시간 낭비였다.

단우비는 귀곡도를 앞으로 내밀곤 내력을 집중했다. 이곳을 탈출하려면 진법을 어떻게 해야 했다. 파훼할 머리가 없으니 힘으로 파괴하는 방법뿐이었다.

내력이 모이자 그는 사방에 살벌한 검기를 난사했다.

동이 말하길 어떤 진법이든 반드시 설계자가 자유롭게 이동할 수 있는 생로가 있다고 했다.

적들은 그 생로에 있을 것, 검기들 중 한발이라도 적중해 생로를 파괴한다면 진법 또한 파괴될 것이었다.

설사 파괴되지 않는다고 할지라도 최소한 지금보다는 상황이 나아질 게 틀림없었다.

단우비는 조마조마한 심정으로 주위를 살폈다. 그러나 애석하게도 아무런 변화가 없었다. 주변은 여전히 적막한 사막이었다.

이를 앙다문 그는 포기하지 않고 계속해서 검기를 이곳저곳으로 뿌렸다. 하지만 헛수고였다. 애꿎은 내공만 소모되었을 뿐이다.

'대체 얼마나 지랄 같은 진법인 거야?'

분통을 터뜨린 단우비는 애써 마음을 다잡았다. 몇 번 심호흡을 한 후 바닥에 가부좌를 틀고 앉았다.

암기는 날아오지 않았다. 눈을 감고 기다렸다. 잠시 후 사방 지척에서 살기가 와 닿았다. 조금 전처럼 그가 운기 하는 걸 막으려는 것이다.

약간 늦긴 했지만 놈들이 예상한 대로 반응해 단우비는 눈을 빛냈다. 우선 옆으로 크게 이동해 암기들을 피했다. 그 즉시 암기가 날아온 방향을 유추해 통천궁 여섯 발을 순차적으로 쏘았다.

마구잡이가 통하지 않으니 한 점 집중으로 생로를 공략한다는 작전이었다. 적들은 생로에서 암기를 던졌을 테니까 말이다.

화살들은 검기와 마찬가지로 시위를 떠나자마자 형체와

소리가 사라졌다. 이 진법은 적이 날리는 것뿐 아니라 자신이 날리는 것마저 모조리 지워 버리고 있었다.

그 때문에 단우비는 간절한 염원을 담아 아무것도 없는 사막을 두리번거렸다.

그의 눈이 절망으로 물들었다.

이 사막은 별짓을 다 해도 미동조차 하지 않았다. 마치 숟가락으로 태산을 때리는 것만 같은 암담함이 전신을 가득 메웠다.

그때, 뒤통수가 따끔거렸다. 무수히 많은 살기가 느껴졌다. 사람이 던졌다고 하기에는 살기의 간격이 일정하고 속도마저 한 치의 오차도 없이 동일했다.

'기관 장치!'

이것은 적들이 그의 의도를 간파했다는 뜻이었다. 어디서 암기를 던졌는지 알려 주지 않으려고 기관 장치를 쓴 것이 분명하니까.

수가 워낙 많아 쳐 낼 시간이 없었다. 그래서 단우비는 번개같이 옆으로 신형을 날렸다.

"크읍!"

그런데 예상보다 암기의 범위가 넓어 완전하게 피하지 못했다. 왼쪽 무릎 아래에 수십 개의 가느다란 비침이 꽂혔다.

주저앉아 통증으로 몸을 떠는 그의 왼편에서 다시 살기가 짓쳐 들었다. 이번에도 기관 장치 같았다. 얼른 회전해 엎드린 단우비는 두 손으로 바닥을 쳐서 암기가 날아오는 방향의 반대편 대각선으로 날아갔다. 그러며 몸을 한껏 웅크렸다.

다행히 아슬아슬하게 피할 수 있었다. 그는 모래에 옆면으로 착지했다.

"으으윽! 제기랄!"

하필이면 착지한 장소가 함정이 깔려 있는 지점이었다. 왼쪽 어깨, 옆구리, 허벅지에 성게 같은 암기가 열 개 이상 박혔다.

통증을 억누르며 한 발로 일어난 그는 상의를 힘껏 벗었다. 옷과 함께 암기들이 떨어져 나갔다. 상의를 손에 돌돌 감아 옆구리와 허벅지에 박힌 암기들도 제거했다. 그런 뒤 종아리에 박힌 비침들 마저 한 움큼씩 잡아 뽑았다. 상의를 여러 장으로 찢어 상처를 단단하게 묶었다.

몸의 왼편이 완전히 너덜너덜해졌고, 걸을 때마다 눈물이 날 정도로 다리가 아팠다. 그래도 아직은 버틸 수 있었다. 속도는 느려지겠지만 달리는 것도 가능했다.

그가 상처를 묶을 때까지 공격은 이어지지 않았다. 마치 아량을 베풀어 기다려 주겠다고 놀리는 것만 같았다.

정말이지 백리정은 예고대로 철저하게 그를 농락하고 있었다.

내공을 점검해 본 단우비는 헛웃음을 터뜨렸다. 산공독

과 검기, 통천궁의 난사로 인해 벌써 삼분지 이 이상을 쓸 수 없는 상태가 되어 있었다. 이제 사용 가능한 내공은 십오 두 정도뿐이었다.

단우비는 멍하니 하늘을 올려다보았다.

'하핫, 죽는 건가? 후, 좋아! 죽을 때 죽더라도!'

한 놈이라도 더 데리고 간다고 독기를 품은 그는 귀곡도를 굳게 움켜쥐었다. 그러자마자 미친 듯이 흔들었다. 귀곡도의 몸통에 뚫린 아홉 개의 구멍과 쇠고리들이 부딪치며 그야말로 끔찍한 귀곡성을 터뜨렸다.

본능에 맡긴 마구잡이식 음공이지만 그래도 살상력은 엄청났다. 십 장 내의 생명체는 칠공에서 피를 뿜으며 즉사하고, 이십 장 안은 내상을 입으며, 삼십 장 안은 뇌가 흔들려 한동안 정신을 차리지 못한다.

살상력을 높이기 위해 그는 발로 바닥을 쓸며 질주했다. 암기는 날아오지 않았고, 기관 장치를 사용한 공격도 없었다.

음공이 위력을 발휘하고 있다는 뜻이다.

단우비는 내공이 바닥날 때까지, 아니 숨이 붙어 있는 마지막까지 음공을 멈추지 않겠다고 결심했다. 모든 시도가 무산되었으니 남은 건 물귀신 작전뿐이니까.

한데 그때, 무언가가 뇌리를 강타했다.

'잠깐! 남은 게 있잖아?'

숲은 태양환광검의 위력이 극대화되는 장소다. 모조리 태워 버릴 수 있으니까. 이 지랄 같은 진법마저도 말이다!

자신이 보유한 최강의 무기와 가장 효과적인 작전을 만신창이가 된 지금에서야 떠올리다니, 어이가 없어 단우비는 주먹으로 머리를 후려갈겼다.

'멍청한 자식! 더럽게도 멍청한 자식!'

귀곡도를 거둔 그는 통천마검을 하늘 높이 들어 올렸다. 남은 내공을 마지막 한 방울까지 쥐어짜 통천마검에 쏟아부었다.

통천마검이 뜨겁게 타오르며 태양환광검이 전개되었다.

단우비는 이리저리 달리며 태양환광검을 사방에 뿌렸다. 그뿐 아니라 화살에 불을 붙여 여기저기에 투척했다.

진법으로 인해 불이 제대로 붙고 있는지 육안으로 판별되지 않았지만 단우비는 계속 작전을 수행했다. 남은 방법은 이것 뿐이기에 죽이 되든 밥이 되든 끝까지 해 볼 작정이었다.

반 각이 흘렀다.

난데없이 그의 주변에 물벼락이 쏟아졌다. 비는 아니었다. 일정한 양이 계속 쏟아지는 것이 아니라 주기적으로 막대한 양의 물이 퍼부어지고 있으니까.

삽시간에 단우비는 흠뻑 젖은 생쥐 꼴이 되었다. 태양환광검도 물을 너무 많이 맞아 불꽃이 절반 이하로 줄어들었다.

"흐하하하! 이것까지 대비를 해 둔 거냐? 이 지독한 새끼들아! 와하하하하하핫!"

단우비는 실성한 사람처럼 미친 듯이 웃어젖혔다.

안 봐도 알 수 있었다. 적들이 준비해 둔 대량의 물을 뿌려 그가 반 각 동안 태운 나무와 수풀을 모조리 진화했다는 것을 말이다.

적이지만 칭찬해 줄 수밖에 없었다. 이놈들은 그를 철저하게 연구해 모든 변수까지 완벽하게 차단해 둔 상태니까.

태양환광검을 거둔 단우비는 어깨를 힘없이 늘어뜨렸다. 고개마저 숙인 채 정처 없이 느릿하게 걸었다.

내공은 바닥나기 일보 직전이고 남은 작전도 없고 희망도 없었다.

그래서 그는 그저 걷기만 했다.

자포자기에 빠진 그의 모습을 더 즐기고 싶은 건지 적들은 아무런 공격도 해 오지 않았다.

시간은 천천히 흘러갔다.

기나긴 밤이 지나고 아침이 되었다. 떠오른 해가 중천에 걸렸다.

태양으로 인해 사막이 뜨겁게 달구어져 갔다.

넋을 잃고 죽음만을 기다리는 단우비도 더위를 느꼈다.

더워도 너무 더웠다. 짜증이 날 정도로 더웠다.

단우비는 신경질적으로 고개를 들어 태양을 노려보았다.

'너마저 나를 가지고 노는 거냐? 이 빌어먹……! 태양……? 태양! 태양!'

회색빛으로 죽어 있던 단우비의 눈이 생기를 되찾았다.

아직 끝난 것이 아니었다. 산공독이 단전을 완전히 봉쇄한 지 오래고, 부상은 심각한 수준이며, 체력마저 고갈된 상태지만 그래도 이 모든 것을 만회할 기사회생의 방법이 단 한 가지 존재했다.

단우비는 서둘러 바지와 신발을 벗었다. 상처에 묶은 천도 다 풀었다. 상처는 말라붙어 있어 피는 흐르지 않았다.

그렇게 속옷 한 장만 걸친 알몸이 된 그는 철궁과 화살통을 바닥에 내던졌다. 양손에 통천마검과 귀곡도만 움켜쥔 채 태양을 응시하며 정신을 극한까지 집중했다. 눈을 무시무시하게 빛내며 환상검법을 일 초식부터 순서대로 쾌속하게 전개했다.

그는 칠 년 전 태양의 힘을 받아들여 단번에 절정고수가 되었다. 그때의 그 짜릿한 감각을 다시 한 번 떠올릴 수만 있다면, 모든 문제가 해결된다.

외부에서 받아들인 태양의 막강한 힘이 내부의 산공독을 모조리 태워 내공을 되찾게 해 줄 것이니까. 단전도 빵빵하게 채워 줄 것이었다.

삼십오 두의 내공을 되찾기만 하면 이깟 진법은 문제도 되지 않았다. 얼마나 많은 물벼락이 쏟아져도 태양환광검으로 숲 전체를 모조리 태워 버릴 수 있었다.

'와라! 와라! 와라! 할아버지!'

칠 년 전 그는 지금처럼 속옷 한 장만 걸친 채 단우천과 동방삭의 대결을 지켜보며 초식을 전개했다. 단우천의 움직임에 집중하는 사이 자신도 모르게 무아지경에 빠져 깨달음을 얻었다. 그 덕분에 절정고수가 되었다.

그래서 그는 환상검법을 시전하며 머릿속으로 칠 년 전 동방삭과 싸우던 단우천의 모습을 끊임없이 떠올렸다.

반 시진이 지났다. 분주하게 움직이는 단우비의 몸은 땀으로 흥건했다. 입은 단내가 날 정도로 바짝 말랐고 연신 거친 숨을 토했다.

그런 그의 눈은 초점을 잃고 몽롱해져 있었다.

어느 순간, 내공 한 방울 남지 않은 단우비의 몸 주변의 기류가 요동치기 시작했다. 기류는 거센 바람이 되어 단우비의 몸을 휘감았다.

살기 위한 집념이 마침내 단우비에게 깨달음을 선사해 준 것이다!

반경 십여 장을 뒤덮은 무시무시한 기의 폭풍이 점차 단우비의 몸속으로 빨려 들어갔다.

저것이 모두 들어가면 산공독은 소멸되고 삼십오 두의 내공을 되찾게 된다!

"크아아아악! 커헙! 우웨에엑! 웨엑! 크허허헙!"

한 줄기 섬광이 기의 폭풍을 뚫고 단우비의 단전을 꿰뚫었다.

번개에 맞은 것처럼 몸을 떤 단우비는 피를 분수같이 토하며 바닥에 널브러졌다. 기의 폭풍은 소멸되었으며 단전은 파괴되었다. 주화입마에 빠져 기혈이 뒤틀리고, 오장육부마저 회생 불가능할 정도로 망가졌다.

단우비는 손으로 입을 막았지만 구토를 멈출 수가 없었다. 시꺼먼 피와 잘게 쪼개진 내장이 끊임없이 입 밖으로 튀어나왔다.

단우비의 희망을 산산이 박살 낸 섬광의 정체는 철로 만들어진 한 발의 화살이었다.

역설적이게도 궁수로 시작한 그의 강호 생활을 다른 것도 아닌 화살이 끝장낸 것이다!

단전이 파괴되었기에 십이 년 동안 쌓아 온 삼십오 두의 내공이 모두 사라졌다. 앞으로도 내공을 쌓을 수 없는 몸이 되었다. 아니, 오장육부가 망가져 당장 오늘을 버티기 힘들었다.

그야말로 처참한 최후였다.

이젠 토할 피마저 남아 있지 않아 단우비는 바닥에 대자로 드러누웠다. 가쁜 숨을 내쉬기만 할 뿐 미동조차 하지 않았다. 그의 얼굴은 핏기가 사라져 창백했고, 눈은 빠른 속도로 생기를 잃어 갔다.

초점마저 잃어 가는 그의 눈에 서서히 사막이 사라지고 연기로 덮인 숲이 나타났다.

숲의 상태도 심각했다. 수십 그루의 나무가 파괴되거나 태워졌고, 곳곳의 땅도 시커멓게 타 버렸다.

족히 잡아도 수백 명은 되어 보이는 무리가 그렇게 망가진 숲을 가로질러 단우비에게 다가갔다. 그들은 몇 겹이나 되는 원형의 포위망을 구축한 채 움직였다.

그들은 단우비의 오 장 밖에 멈추었다.

여덟 명의 사내가 단우비의 코앞까지 접근했다. 뭔가 못마땅한 표정의 백리정과 웃음을 멈추지 못하는 후와, 침울한 얼굴의 인교 일행이었다.

백리정은 발끝으로 단우비를 걷어차며 투덜거렸다.

"지독한 새끼! 악착같이 발버둥 치는구만! 최소한 보름은 가지고 놀 작정이었는데, 쩝!"

후와가 간사한 표정으로 그를 위로했다.

"헤헤, 어쩔 수 없었습니다, 대주님. 놈이 내공을 되찾으면 큰일이니까요."

"하긴…… 흠, 화살을 쏜 게 누구라고 했었지?"

후와는 뒤편을 가리켰다.

"사검대 이부장 첨조(籤爪)입니다. 사검대 최고의 궁사이지요."

포위망의 한 자리를 차지하고 있던 삼십 대 중반의 사내는 백리정의 눈빛을 받고 정중하게 고개를 숙였다.

피식 웃은 백리정은 후와에게 명령했다.

"저놈 마음에 드는군. 포상을 내리고 본대로 옮겨."

"저희 육검대로요? 사검대주님께서 허락을……."

"숙부님은 내가 알아서 하겠다. 시키는 대로 해!"

"예, 예!"

"몇이나 죽었지?"

"묵인 백 구는 멀쩡합니다. 사검대, 육검대 사백오십 명 중 삼십이 명, 정뇌정 진법가 오십 명 중 일곱 명이 사망했습니다. 그리고 삼십일 명이 음공에 당해 중상을……."

"뭐, 예상한 것보다 적군. 흐하하하!"

후와의 뒷말을 무시한 백리정은 대소를 터뜨리며 지그시 단우비를 내려다보았다.

"서른아홉이라는구나. 잘나신 화룡 님이 겨우 서른아홉을 죽이고 폐인이 되셨어, 카카카카!"

"이……이…… 이이!"

단우비는 치를 떨며 백리정을 노려보았다. 당장이라도 저 머리통을 깨부수고 싶은데 몸이 말을 듣지 않아 원통해 미칠 지경이었다.

얄밉게 혀를 내밀어 준 백리정은 바닥에 널브러져 있는 통천마검과 귀곡도를 잡아 감상했다.

"호오, 이게 네놈이 보유한 신병이기들이란 말이지? 요 금빛 검은 단우세가가 꽁꽁 숨겨 두었던 거고, 요 칼은 통짜 현철로 만들어진 거라던가? 멋지군. 아주 멋져."

단우비에게 싱긋 미소를 던진 그는 두 무기를 허리춤에 꽂았다.

"앞으로는 이 몸이 잘 써 주마. 크하하하하하!"

정말이지 백리정은 알차게 승리를 만끽하고 있었다.

한동안 웃던 그는 턱을 쓰다듬으며 고민했다.

"음, 어쩐다? 죽일까? 아니면 데려가서 더 가지고 놀까?"

계획에 없던 말에 후와와 인교 일행은 당황했다. 윤계가 언성을 높였다.

"그게 무슨 말씀이십니까? 원로님들과 약속했지 않습니까? 어서 끝장을 내십시오!"

백리정은 유들유들한 표정으로 물었다.

"이야, 그렇게 한때 주군이었던 자를 죽이고 싶은 거야?"

얼굴을 일그러뜨린 윤계는 씹듯이 내뱉었다.

"그저 어서 끝을 보고 싶을 뿐입니다. 이만하면 즐길 만큼 즐기셨지 않습니까?"

후와도 동조했다.

"저, 대주님. 죽이셔야 합니다. 살려 두면 후환이 됩니다."

눈살을 찌푸린 백리정은 다시 단우비를 툭툭 차며 퉁명하게 말했다.

"이 꼬라지를 보고도 그런 말이 나와?"

"상식이 통하지 않는 괴물이니까요. 숨이 붙어 있는 이상 무슨 짓을 저지를지 모릅니다. 부디 재고해 주십시오."

인교 일행과 부하들을 스윽 훑은 백리정은 입맛을 다시며 결정을 내렸다. 그는 단우비를 내려다보며 얄밉게 웃었다.

"모두가 애원하니 어쩔 수 없구만. 뭐, 질리기도 했고. 고장 난 장난감은 신기할 정도로 빨리 흥미가 사라진단 말씀이야. 원망하려거든 저기 너무도 잘 키운 네 예전 부하들과 소연이를 원망해. 크크크크, 그 쓸모없는 년이 이런 대박을 터뜨릴 줄 누가 알았겠어?"

백리소연을 모욕하자 울컥한 윤계가 뭐라고 외치려 했는데 인교가 얼른 그의 팔을 붙잡았다. 그는 눈으로 잠자코 지켜보자고 타일렀다.

애검을 뽑으려던 백리정은 무슨 생각이 들었는지 통천마검과 귀곡도를 꺼냈다. 그러고는 두 무기를 보란 듯이 단우비의 눈앞에 흔들었다.

"자신의 애병에 살해당하는 기분은 어떨까? 크카카카! 이거 생각만 해도 짜릿하구만!"

백리정은 통천마검으로 단우비의 심장을 찌르고 귀곡도로 목을 베는 시늉을 몇 번 했다. 그때마다 단우비의 반응을 살폈는데, 애석하게도 그는 눈 한 번 깜짝하지 않았다.

비굴하게 살려달라고 애원하면 좋을 텐데 정말 끝까지 마음에 안 드는 자식이었다.

통천마검을 하늘 높이 들어 올린 그는 지금까지와 달리 얼굴을 굳히며 험상궂게 외쳤다.

"나는 돌아가서 반년 동안 매일같이 술판을 벌일 거다. 물론 네놈의 대가리를 안주 삼아서! 잘 가라, 이 개자식아! 드디어 끝이다!"

단우비는 눈을 감지 않았다. 백리정을 뚫어져라 노려보았다.

원귀가 되어 네놈을 괴롭혀 주겠다고 집념을 불태웠다.

얽히고설킨 인연

통천마검이 단우비의 심장을 꿰뚫으려는 순간, 저 멀리 포위망의 오른편 가장자리가 소란스러워졌다. 백리정의 귀에 들릴 정도로 큰 소란이었다.

최고로 중요한 순간에 방해받아 백리정은 화가 머리끝까지 치솟았다. 그는 후와에게 삿대질을 했다.

"가서 알아봐. 별일 아니면 다 각오하라고 전해!"

"예, 예!"

얼른 머리를 조아린 후와가 신형을 날리려는데, 백리정의 바로 옆에 두 인영이 유령처럼 나타났다.

오 척 이 촌 단구에 비쩍 마른 노인과 육 척 장신에 적당히 마른 노인이었다. 두 노인 모두 얼굴의 주름으로 보아 칠십 대 이상으로 추정되었다.

그들은 마치 처음부터 그 자리에 있었던 것처럼 신기할 정도로 아무런 위화감이 없었다.

모두들 흠칫하며 경계 태세를 취했다. 누구도 두 노인이 이렇게 가까이 접근할 때까지 감지를 못했기 때문이다.

두 노인은 백리정 일행의 살벌한 눈총을 받고도 여유가 넘쳤다. 산책 나온 것처럼 느긋하게 주변을 훑었다.

키 작은 노인이 헛웃음을 터뜨렸다.

"허 참, 뭐야 이거? 이 꼬맹이 하나를 잡으려고 드넓은 숲 전체에 나도 모르는 해괴한 진법과 기관 장치를 깔고, 값비싼 환각제마저 대량으로 살포한 거였어? 돈이 썩어 나나?"

키 큰 노인이 슬그머니 키 작은 노인의 옆구리를 찌르며 백리정을 가리켰다. 키 작은 노인의 두 눈이 이채를 띠었다.

"이것 봐라? 황금빛 검과 구환도? 활은 없지만 나머지는 들은 것과 일치하네? 저놈인가?"

키 큰 노인은 고개를 갸웃하며 단우비를 지목했다.

"나도 처음엔 그렇게 생각했는데 키가 너무 크구나. 네놈만큼 땅딸보라고 들었거든. 요 꼬맹이가 아닐까? 무기야 뺏겼다고 하면 말이 되고."

"흐음, 그런가?"

눈을 표독스럽게 뜬 백리정은 얼른 묵인들과 부하들에게 지시를 내렸다. 포위망을 구축하고 있던 모든 이들이 살기를 드러내며 신속하게 달려왔다.

두 노인은 가만히 서서 좁혀지는 포위망을 구경했다. 키 큰 노인이 백리정에게 뭐라고 말을 던지려 할 때, 백리정이 먼저 카랑카랑하게 외쳤다.

"단우비에게 볼일이 있는 놈들이냐?"

눈빛을 교환한 두 노인은 백리정을 물끄러미 바라보았다. 대답이 없어 백리정은 재차 험상궂게 추궁했다.

"단우세가가 부른 조력자냐, 아니면 단우비의 적이냐?"

어깨를 으쓱인 키 작은 노인은 단우비에게로 시선을 옮겼다.

"네놈이 맞았구먼. 이 다 죽어 가는 꼬맹이가 단우비란 애송이인가 보다. 복건에 온 지 얼마 되지도 않아 찾다니 아주 운이 좋구먼."

"흐허허, 그러게 말이다."

그들은 단우비의 옆에 쪼그려 앉았다. 우선 단우비의 뺨을 쳐서 정신을 차리게 만든 후, 키 작은 노인이 다짜고짜 본론을 꺼냈다.

"아이야, 살왕이 풍황을 어떻게 죽였느냐? 처음부터 끝까지, 하나도 빠짐없이 상세하게 설명해라."

키 큰 노인도 추궁했다.

"네 녀석의 대답을 들으려고 이 먼 길을 왔다. 그러니 죽기 전에 대답을 하고 죽어라."

단우비는 너무도 진지한 두 노인을 얼굴을 빤히 응시했다. 그러다 백리정에게로 시선을 옮겨 유쾌한 미소를 머금었다. 만난 적은 없지만 두 노인의 정체를 알 것 같아 그렇게 웃을 수 있었다.

"크……크크…… 나……는 모든 것……을 알……지……."

힘겹게 말을 끝낸 그는 긴장의 끈을 풀었다. 스르르 눈을 감고는 이내 깊은 잠에 빠졌다.

단우비가 죽었을까 봐 두 노인은 얼른 그의 맥을 짚었다. 다행히 맥이 뛰고 있었다. 이대로 내버려 두면 반 각 후엔 죽겠지만 말이다.

키 작은 노인이 눈살을 찌푸렸다.

"이 꼬맹이 여간내기가 아니네."

키 큰 노인도 못마땅한 빛을 드러내었다.

"그렇구만. 대답을 들으려면 일단 살려야 하게 생겼으니."

살짝 박수를 친 키 작은 노인은 어깨를 으쓱이며 키 큰 노인에게 옅은 미소를 던졌다.

"뭐, 아무튼 결과적으로 이놈은 내 것이 되었구나. 그러니 네놈은 가라. 허허허."

껄껄 웃은 그는 키 큰 노인에게 어서 꺼지라고 손을 휘저었다. 키 큰 노인은 버럭 성을 내었다.

"하! 뭐라고?"

"나는 이놈을 살릴 수 있지만 네놈은 못하지 않느냐? 의술이라곤 쥐뿔도 모르니까. 그러니 내 거지. 암, 그렇고말고."

"헛소리하고 자빠졌네! 분명 내가 이쪽에서 연기가 나는 게 이상하니 한번 가 보자고 했잖느냐? 내 덕에 찾은 거니, 소유권은 내게 있어!"

"그런 식으로 따지자면, 무이산을 가로지르자고 한 건 나인데? 네놈 말대로 경로를 잡았으면 이 녀석 못 찾았어."

"이, 이……! 그래! 진법! 네놈 때문에 죽을 뻔했어! 뭐가 세상의 모든 진법을 다 알아? 네놈 말만 믿고 진법 안으로 들어갔는데, 그 뒤 어떻게 됐느냐?"

"그…… 시, 시끄러! 약간 당황한 것뿐, 시간이 조금만 더 있었어도 이깟 진법 파훼할 수 있었어!"

"꿈에서?"

"뭐시라?"

"내 장담하는데 이놈들이 자진해서 진법을 해제하지 않았다면 지금도 헤매고 있을 거다. 어쩌면 눈먼 기관 장치에 당했을지도 모르지. 감히 이 몸을 죽이려고 한 네놈이 어디서 저 꼬맹이를 독차지하려고 들어? 앙?"

키 작은 노인은 주먹을 부들부들 떨었다.

"으으, 이걸 죽여? 확 박살을 내? 끝장을 봐? 볼까?"

키 큰 노인은 냉랭한 코웃음을 터뜨렸다.

"흥! 내가 겁먹을 거라고 생각하느냐?"

두 노인은 치열한 눈싸움을 벌였다.

포위망이 오 장으로 좁혀진 것을 확인한 백리정은 소름 끼치는 미소를 머금었다.

이렇게까지 철저하게 무시당한 건 처음이었다. 그래서인지 두 노인의 정체도, 단우비와의 관계도 궁금하지 않았다. 그저 반드시 비명을 지르게 만들겠다고, 살려달라고 애원하게 만들어 주겠다고 독기를 품었다.

총공격을 지시하려던 그는 묵인들을 보고는 생각을 바꾸었다.

단우비를 완벽하게 끝장내려고 보유한 묵인 백구를 전부 끌고 왔는데, 전혀 써먹지 못했다. 그들이 나서기도 전에 상황이 종료되었기 때문이다.

그게 아쉽기도 하고, 간만에 묵인들의 소름 끼치는 살육을 보고 싶었다. 두 노인의 얼굴이 공포와 절망으로 뒤덮일 것이니 금상첨화였다.

그래서 그는 부하들에게 노인들이 도망치지 못하도록 포위망을 철저하게 구축하라고 눈짓을 준 후, 묵인들에게만 명령을 내렸다.

"저 두 영감탱이의 사지를 뜯어낸 다음 산 채로 내게 끌고 와라! 끝장내는 건 내가 직접 하겠다!"

말이 끝나기 무섭게 묵인들은 흉흉한 살기를 내뿜으며 두 노인을 공격했다.

십여 장 뒤로 물러난 백리정은 잠시 후면 두 노인의 비명이 숲 전체에 울려 퍼질 거라고 확신했다.

곧바로 찢어지는 비명이 터지긴 했다.

묵인들의 비명이라는 게 문제긴 했지만 말이다.

키 작은 노인은 쪼그려 앉은 자세 그대로 귀찮다는 듯 뒤를 향해 손을 휘저었다. 단지 그뿐이건만 무시무시한 녹색 장풍이 반경 십 장여를 거칠게 헤집으며 묵인들을 모조리 집어삼켰다.

놀랍게도 강철보다 단단한 묵인들의 몸이 썩은 나뭇조각처럼 터지기 시작했다. 그뿐 아니라 터진 묵인들의 몸이 오싹한 소리를 내며 빠른 속도로 녹아내렸다.

삽시간에 묵인 백 구 전부가 한 줌의 액체가 되었다.

백리정과 모든 이들의 입이 경악으로 쩍 벌어질 때, 신속하게 수직으로 뛰어오른 키 작은 노인이 포위망 곳곳에 장풍을 난사했다.

폭음이 터지고 땅이 파였다. 장풍에 격중당한 자들의 몸도 터졌다. 조각난 그들의 육신이 흙, 풀잎과 함께 흩날렸고 이내 녹아내렸다.

장풍은 후와와 인교 일행 여섯 명에게도 짓쳐 들었다. 그들 역시 뭐가 어떻게 된 건지도 모른 채 몸이 터져 버렸다.

참으로 기가 막히고 어이없는 최후였다.

칠 년 동안 온갖 수모를 다 겪으며 악착같이 살아남은 그들이, 단우비도 아닌 웬 불청객의 손에, 이름도 모르는 한 노인의 단 일 수에 죽임을 당한 것이니 말이다.

배신의 대가라고 하기에는 너무도 허무한 결말이었다.

다행히 장풍은 피했지만 녹색 연기를 마셔 버린 자들은 목을 움켜쥐며 몸부림쳤다. 그들의 피부가 머리부터 발끝까지 짙은 녹색으로 물들어 갔다. 이내 칠공에서 피를 흘리며 바닥에 널브러졌다.

사뿐하게 착지한 키 작은 노인은 키 큰 노인에게 눈짓을 주었다. 그러고는 품에서 몇 가지 도구를 꺼내 단우비를 치료하기 시작했다.

녹색 연기는 사방에 퍼졌는데, 희한하게도 투명한 벽에 막힌 것처럼 키 큰 노인의 두 자 안까지는 들어오지 못했다.

그는 눈살을 찌푸리며 입맛을 다셨다. 주도권을 빼앗긴 기분이라 영 찝찝했다.

느릿하게 몸을 일으킨 그는 등에 메고 있던 삼 척 길이의 나무 막대기 세 개를 꺼냈다. 개 중 한 개의 끝에는 두툼하고 날카로운 단검이 매달려 있었다.

세 개를 하나로 연결하자 구 척의 창이 나타났다.

창을 양손으로 잡은 키 큰 노인은 정신을 못 차리고 있는 적들의 무리 속으로 뛰어들었다.

창이 한 번 휘둘러질 때마다 최소 열 명 이상이 죽었다.

무기로 막으면 무기째로 몸을 짓뭉개거나 잘라 버리고, 피하면 창이 휘둘러질 때마다 발출되는 검기가 악착같이 쫓아와 기어이 썰어 버렸다.

일류고수가 이백 명이 넘고 이십 두 이상의 고수도 수십 명이나 되었건만, 누구도 키 큰 노인의 단 일 수를 막지 못했다.

백리정을 제외한 절정고수는 두 명으로 사검대 일부장 수경, 육검대 일부장 응태였다. 사검대주와 부대주도 절정고수지만 원활한 지휘 체계 유지를 위해 참여하지 않아 이곳에 없었다.

수경과 응태는 대견하게도 키 큰 노인의 삼 초식을 버텨 내었다.

그러나 그뿐, 얼마 지나지 않아 다른 이들과 마찬가지로 몸이 조각나는 신세가 되었다.

절정고수들마저 이런 형편이니 이건 싸움이라고 할 수 없었다.

일방적인 학살이었다.

단 한 명의 노인이 수백 명을 학살하고 있었다!

장내에 절규가 난무하고 피와 살점들이 비처럼 퍼부었다.

바닥에 시체의 산이 빠른 속도로 쌓여 갔다.

"죽여! 죽여! 저 영감탱이를 죽이란 말이야아아아아!"

반쯤 미쳐 버린 백리정은 목청이 터져라 연신 악을 질러 대었다.

언제 죽어도 이상하지 않은 영감탱이 두 명일 뿐인데, 어떻게 백 구의 묵인과 사백오십 명이 넘는 정검회의 정예 고수들이 속수무책으로 박살 날 수 있단 말인가?

그는 눈앞의 현실이 믿어지지 않았다. 인정하고 싶지도 않았다. 그래서 더욱 큰 소리로 부하들을 채찍질했다.

그로 인해 정검회 고수들은 도망칠 생각조차 못 한 채 불나방처럼 계속해서 키 큰 노인에게 달려가 개죽음을 당했다.

한 식경, 겨우 한 식경 만에 전투는 종료되었다.

정검회는 백리정을 제외하고 전멸했다. 누구도 살아남지 못했다.

도주를 택했다면 최소 수십 명은 살았을지도 모르는데, 안타까운 일이었다.

키 큰 노인도 그게 이해가 되지 않았다. 대부분은 싸우다가 밀리면 도망쳤는데, 이렇게 마지막 한 놈까지 덤벼든 건 칠십이 년 평생 처음이었다.

그는 끝까지 멍청한 작전을 고수해 부하들을 전멸시킨 백리정에게 천천히 다가갔다.

바닥에 주저앉은 백리정은 사시나무처럼 몸을 떨기만 했다. 충혈된 그의 눈은 초점이 흐려져 있었다.

갑자기 백리정이 웃기 시작했다.

"히, 히히히히. 이건, 이건 꿈이야. 그래, 맞아! 꿈이야! 히히히, 꿈이라구. 나는 단우비를 죽이고 집으로 돌아가는 중이야. 봐, 이 손에 단우비의 머리가 들려 있잖아? 이 대가리를 감상하며 잠이 들었는데, 재수 없게도 아주 더러운 악몽을 꾸게 된 거야. 히히히히."

키 큰 노인은 백리정의 앞에 쪼그려 앉았다. 그는 정말 단우비의 머리를 잡고 있는 것처럼 손을 든 채 키득거리는 백리정을 물끄러미 쳐다보았다.

"이놈 이거 완전히 맛이 갔구먼."

그러나 백리정의 귀엔 그의 말이 들리지 않았다.

"죽이기 전에 나를 보던 눈빛이 재수 없더라니! 개자식! 정말 원귀가 되어 나를 괴롭히고 있구나! 키하하하! 죽어! 죽어! 죽어어어!"

발작적으로 일어난 그는 미친놈처럼 아무렇게나 검을 휘두르며 날뛰었다. 기괴한 웃음을 터뜨리거나 죽으라고 악을 질렀다.

혼자 보기 아까운 장면이라 그는 슬쩍 키 작은 노인을 바라보았다.

대충 치료를 끝냈는지 키 작은 노인도 신기하다는 표정으로 백리정을 구경하고 있었다.

허공에서 눈빛이 부딪친 두 노인은 누가 먼저랄 것도 없이 피식 웃었다.

반 각 후 키 큰 노인은 흥미를 잃었다. 미친 짓도 계속 보면 지루했다. 그래서 그는 근처 바닥에 널브러져 있는 부러진 검 조각을 잡아 백리정의 뒤통수에 던졌다.

"으! 어! 키히히히히, 히……히…… 죽……어라, 단우비……!"

머리에 큼지막한 구멍이 뚫린 백리정은 바닥에 대자로 엎어졌다.

그게 끝이었다.

다음 대의 정검회주, 다음 대의 복건성 주인을 꿈꾸던 백리정은 죽었다.

신분과 명성에 걸맞은 명예로운 죽음은 아니었다.

천문학적인 자금과 인력을 투입하고도 끝내 단우비를 죽이지 못했으니까. 부하들처럼 적과 싸우다가 죽은 것도 아니니까. 그저 미쳐 버려 자멸한 것뿐이니까.

인과응보였다.

평생을 멋대로 살아온 대가였다.

키 작은 노인에게 다가간 키 큰 노인은 단우비의 상태를 살피며 물었다.

"언제쯤 깨어날 것 같으냐?"

"흐, 단전은 깨졌고, 기혈은 모조리 뒤틀린 데다, 오장육부마저 전부 망가졌어. 일단 급한 불은 껐는데, 어떻게 될지는 모르겠다."

"머리만 무사하면 되는 거 아니냐? 대답을 들은 뒤엔 죽든 말든 상관없잖아?"

"그 대답을 하려면 머리가 어느 정도 맑아져야 하잖아!"

"허 참, 왜 화를 내고 지랄이래?"

"의술에 대해 뭣도 모르는 게 씨불이니까 화가 나지!"

"쩝…… 그래서 대답을 들을 수 있다는 거야, 없다는 거야?"

"들을 수 있긴 해. 문제는 시간이 많이 걸릴 거라는 거다."

"그렇구만. 일단 여기 불 지르고 뜨자."

"불이라니? 귀찮게 왜?"

키 큰 노인은 백리정의 시신을 가리켰다.

"저놈은 한 방파의 수장이 될 그릇이 아니야. 무리가 더 있다는 거지. 그리고 경험상 목숨보다 명령을 우선시하는 놈들은 하나같이 집요했어. 그놈들이 여기 흔적을 조사해 우리가 죽였다는 걸 알면……."

턱을 쓰다듬으며 생각하던 키 작은 노인은 고개를 끄덕였다.

"과연, 그게 더 귀찮겠구먼. 자칫하면 호북과 호남처럼 성과 성의 전쟁으로 번질 수도 있고."

"그딴 건 내 알 바 아니지만, 그래도 적을 하나 더 늘릴 필요는 없지. 지금 있는 놈들만으로도 귀찮으니까. 너는 안 그러냐?"

"하긴 그래. 알았다. 불 지르고 뜨자."

키 작은 노인은 단우비를 등에 업었다.

키 큰 노인은 통천마검과 귀곡도를 힐끗 보고는 무시했다. 가져가서 눈을 뜬 단우비의 환심을 사 볼까 하는 생각도 들었으나, 꽤 무거워 보여 귀찮다는 마음이 더 컸다.

'협박을 해서 대답을 들으면 되는데, 귀찮게 왜 들고 가?'

그 이기적인 결정으로 인해 귀곡도와 전설적인 무기인 통천마검은 숲에 버려지게 되었다. 단우비의 목에 황금빛 끈이 단단히 묶여 있는 게 그나마 위안이라면 위안이었다.

두 노인은 숲을 빠져나가며 곳곳의 나무에 불을 붙였다.

불은 빠른 속도로 번져 그들이 숲 밖으로 나왔을 때는 이미 걷잡을 수 없을 정도로 거대한 산불이 되어 있었다. 저 정도 불길이라면 얼마 지나지 않아 숲을 깡그리 태워 버릴 것이었다.

산 하부로 달리며 키 큰 노인이 물었다.

"치료를 어디서 할 거냐? 복건에 아는 장소라도 있어?"

"일단 내 집으로 갈 생각이다만."

"엉? 뭐라고? 네놈 집?"

"그래. 무슨 문제라고 있느냐?"

"당연히 있지! 너무 멀잖아?"

"아마도 그때까지 이놈 못 깨어날 거다. 대답을 할 정도로 정신을 차리게 만들려면 내 집에 있는 약재를 써야 돼."

"그럴 거면 내 집으로 가자. 내 집이 더 가까워. 약재야 사면 되고."

"하! 내가 네놈 집에 왜 가?"

"그러는 나는 네놈의 집에 왜 가야 하냐?"

"누가 오래? 싫으면 네놈은 이대로 네놈 집으로 가면 돼. 헐헐헐."

"이이! 대체 뭐 이딴 놈이 다 있어?"

"어디 있긴 어디 있어? 여기 있지."

"내가 더 많이 죽였잖아! 더 많이 고생한 사람 집에 가야지! 그게 당연한 것 아니냐? 앙?"

"나도 많이 죽였어!"

"헛소리하고 자빠졌네! 끽해야 이백 몇 놈 죽인 주제에! 나는 삼백 놈 넘게 죽였단 말이다!"

"이백? 하! 최소 삼백은 죽였어! 치료만 아니면 나 혼자 다 쓸어버렸을 거고! 네놈은 전혀 나설 필요 없었다는 말이다!"

"하지만 그러지 못했지."

"치료 때문이잖아?"

"그딴 건 내 알 바 아니고, 중요한 건 내가 더 많이 죽였다는 거다. 그러니 내 집으로 가는 게 옳아!"

"허, 하! 뭐 이딴 놈이 다 있어?"

"여기 있지롱, 껄껄껄!"

"절대 못 간다! 치료는 나만 할 수 있어! 그러니 내 집으로 간다! 이상!"

일방적으로 말을 끝낸 키 작은 노인은 번개같이 질주해 키 큰 노인과 거리를 벌렸다. 흠칫한 키 큰 노인은 고래고래 욕설을 퍼부으며 얼른 키 작은 노인을 추격했다.

무이산을 떠난 두 노인은 근처 마을에서 마차를 한 대 샀다. 키 큰 노인이 마차를 몰고, 키 작은 노인은 마차 안에서 단우비를 돌보았다.

마차의 방향은 서쪽이었다.

키 작은 노인은 수시로 마부석에 얼굴을 내밀어 북쪽으로 가지는 않는지 감시했다. 키 큰 노인의 집이 북쪽 강소성에 있기 때문이다.

그 때문에 키 큰 노인은 별수 없이 계속 서쪽으로 마차를 몰았다.

약간의 충격에도 단우비의 상태가 심각해지곤 했기에 마차는 느릿하게 움직였다.

어느덧 두 달이 지났다.

단우비는 아직도 혼수상태였고, 마차는 사천에 입성했다.

열흘 후 마차는 사천 중부의 청성산(靑城山)을 올라갔다.

현재 청성산을 다스리는 문파는 없었다.

사천의 주인인 당가가 청성산을 금지로 정했기에 그 어떤 방파도 이 근처론 얼씬도 하지 않았다.

물론 처음부터 그랬던 것은 아니었다.

오십 년 전까지만 하더라도 도가 계열의 검법으로 이름 높은 청성파가 사천마황의 시대부터 천 년 넘게 청성산 일대를 통치해 왔다.

그런데 오십 년 전, 청성파를 멸문으로 이끄는 사건이 발생했다.

그 사건을 설명하려면 먼저 묘강의 이야기를 해야 한다.

묘강의 수많은 독지들 중 한 곳엔 천독문(千毒門)이라는 일인전승의 방파가 자리 잡고 있었다. 그들은 천 년 넘게 대대로 묘강의 괴이한 독충들을 연구해 천독마장(千毒魔掌)이라는 독공을 개량 발전시켜 왔다.

조고진(照高眞)은 그 천독문의 사십칠 대 문주였다.

그는 선조들처럼 독충 연구에 미쳐 가정을 등한시했다. 아내와 하나뿐인 딸을 남겨 두고 짧게는 몇 달, 길게는 몇 년 이상 미답의 독지들을 탐사하곤 했다.

칠십 년 전, 삼 년간의 독지 탐사를 끝내고 돌아온 그를 하나의 무덤이 반겨 주었다.

아내의 무덤이었다.

그 무덤을 만든 이는 딸이었다.

그러나 딸은 없었다.

'죽어 버려!' 란 짤막한 쪽지 한 장만 남겨 두고 사라진 상태였다.

조고진은 잘못을 인정하지 않았다.

자신 때문에 아내가 병에 걸려 죽었다는 것을, 딸이 떠났다는 것을 인정할 수 없었다. 그저 내 알 바 아니라고 치부하며 독충에 파묻혀 천독마장을 개량 발전시키기만 했다.

그렇게 삼 년이 지나 그의 나이 오십이 되었다.

뼈에 사무치는 고독을 느낀 건 그 무렵이었다.

정신을 차려 보니 노인이 되어 있었고, 주변엔 아무도 없었다. 웃어 주던 아내도, 재롱부리던 딸도 곁에 없었다.

이대로 혼자 외롭게 죽어갈 거라고 생각하니 너무도 두려웠다.

그제야 멋대로 살아온 삶을 후회한 그는 짐을 싸서 묘강을 떠났다.

칠 년 동안 온갖 고생을 다 한 끝에 겨우겨우 딸을 찾았다.

딸은 사천 청성산 북부의 이가촌(李家村)에 정착해 살고 있었다. 한 농부의 아내가 되어, 세 살배기 아들을 키우는 중이었다. 밭을 가는 그녀의 얼굴엔 행복이 가득했고, 남편과 아들을 바라보는 눈엔 애정이 넘쳤다.

조고진은 딸을 만나 빌었다. 몇 달 동안 빌고 또 빌었다.

그런 노력이 빛을 발해 딸은 그를 용서해 주었다.

감격한 조고진은 딸의 집 옆에 초가를 지어 마을에 정착했다. 사위, 딸과 함께 밭을 갈며 평범한 삶을, 소박한 행복을 즐겼다.

손자가 다섯 살이 되자 딸과 사위의 허락하에 천독마장을 전수하기 시작했다. 천독문의 대를 잇기 위함이었다.

그렇게 행복한 나날들이 십 년 동안 이어졌다.

한데 오십 년 전, 청성파의 탁해(濁害)라는 자가 이가촌에 들렀다. 그는 사천 북부에서 모종의 임무를 수행한 후 청성파로 돌아가는 길이었다.

이가촌의 저잣거리를 가로지르던 그는 장을 보는 한 아낙네를 발견했다. 나이가 조금 많긴 하나 그의 취향인 여인이었다.

탁해는 욕정이 동해 아낙네에게 접근했다.

처음에는 말로 꼬였는데 통하지 않았다. 남편과 아들이 있다며 그의 구애를 한사코 거절했다. 무서운 아버지도 있으니 봉변당하기 싫으면 꺼지라는 말까지 들었다.

울컥한 탁해는 홧김에 아낙네를 납치했다. 그녀를 강제로 범한 뒤 목을 졸라 죽였다. 흔적을 말끔하게 지운 그는 청성파로 돌아갔다.

그로부터 한 달 후, 청성파에 한 노인과 소년이 방문했다. 사랑하는 딸을 잃은 조고진과 외손자 이대정이었다. 이대정의 아비인 이수창도 함께 오려고 했는데, 그는 무공을 몰라 조고진이 수혈을 짚어 잠재워 놓았다.

조고진은 청성파에 탁해를 내놓으라고 했다. 조사 끝에 그가 흉수란 것이 명백해졌으니 반드시 죗값을 치러야 한다고 부르짖었다.

청성파는 조고진의 요구를 가볍게 씹어 주었다. 농부 차림을 한 꾀죄죄한 노인네와 열세 살 소년에 불과하니 전혀 위협이 되지 않는다고 판단한 것이다.

그 대가는 참혹했다.

반나절, 겨우 반나절 만에 청성파에 기거하던 오백팔십 명 전원이 차디찬 시체가 되었다. 조고진이 사백오십 명을 죽였고, 이대정이 백삼십 명을 죽였다.

마지막까지 살아남은 탁해는 그야말로 온갖 처참한 고문을 당한 뒤에 죽었다.

이 경악할 만한 사건은 삽시간에 사천 전체로 퍼졌다. 모든 문파가 술렁였고, 사천의 주인인 당가마저 직접 조사대를 보냈다.

당가의 조사대는 조고진을 만났다. 그들은 조고진이 황의 경지에 오른 고수란 것을 깨달았다.

그것으로 사건은 종결되었다.

황의 고수를 건드려 봤자 좋을 것은 하나도 없으니까.

다행히 조고진은 강호에 야망이 없었다. 무리를 지을 생각도 없었다. 그저 손자를 키우며 조용히 살기를 바랐다.

그래서 당가는 조고진과 우호적인 관계를 유지하기 위해

청성산을 금지로 정한 뒤, 강호 방파의 출입을 불허했다.

그런데 당가의 공표를 무시한 여러 강호인들이 명성에 눈이 멀어 간헐적으로 조고진을 찾아가 비무를 신청하거나, 다짜고짜 공격을 퍼부었다.

조고진은 그런 놈들을 심하다 싶을 정도로 잔인하게 쳐죽였다. 본보기를 보여야 더 귀찮게 하지 않을 거라고 생각한 것이다.

어느 때부터인가 조고진은 독황이라고 불리기 시작했다. 익힌 무공과 손속의 악독함 때문이었다. 청성산을 한 번도 떠난 적 없건만, 그의 악명은 만천하로 퍼져 갔다.

십 년 후, 조고진은 칠십칠 세의 나이에 노환으로 사망했다.

그러기 무섭게 과거 청성파 혈사 당시 다른 지방에 있어 목숨을 부지했던 청성파의 잔당들이 삼백 명의 무리를 이끌고 이가촌에 쳐들어갔다.

조고진에게 복수하는 건 불가능하지만, 그의 사위와 손자를 죽여 조금이라도 원한을 갚는 건 가능하다고 판단해서였다.

하지만 그건 그들의 착각이었다.

스물세 살 청년이 된 이대정은 청성파의 잔당들을 상처하나 입지 않고 쓸어버렸다. 그 후에도 천독마장을 노리고 온 놈들이나 명성을 떨치려는 놈들, 청성산을 차지하려 하는 몇몇 방파들까지 눈에 보이는 족족 박살 내었다.

그렇게 시간이 흐르자 이대정은 자연스레 조고진의 별호를 물려받게 되었다.

서부의 독, 독황 이대정!

키 작은 노인, 이대정의 행적은 조고진과 판박이라고 할 정도로 닮아 있었다.

그도 칠십삼 년 인생의 대부분을 이가촌에 틀어박혀 살았다. 걸어온 시비만 받아 주었고, 강호에 야망을 품지 않았다. 게다가 소박한 삶이 가져다 주는 행복을 그 무엇보다 중요하게 여겼다.

한데 올해 초에 그런 그를 청성산 밖으로 움직이게 만드는 사건이 발생했다.

내공만 따지자면 삼황 중 최강인 풍황 금영호가 작년에 살왕에게 살해된 것이다!

호북 무당산과 사천 청성산은 멀리 떨어져 있어 소문이 그제야 그의 귀에까지 들어왔다.

이대정은 한낱 자객 따위라고 치부했던 살왕이 덜컥 무서워졌다.

그는 조고진처럼 시비를 걸어 온 놈들을 절대 용서하지 않았다. 반드시 끝장을 보고야 말았다.

그런 이유로 그에겐 수많은 적들이 있었다.

그놈들 중 하나가 살왕에게 자신의 목을 청부할까 봐 두려웠다.

그에겐 아들이 없었다. 딸만 셋뿐이었다. 다른 마을의 농부에게 시집간 큰딸과 둘째 딸도 손녀들만 낳았다.

그런데 이가촌에 남은 막내딸이 오 년 전에 떡두꺼비 같은 손자를 안겨다 주었다.

이대정은 쾌재를 불렀다. 드디어 천독문의 대를 이을 수 있게 되었으니까.

그래서 더욱 죽는 게 두려웠다.

외손자 이소운(李小雲)에게 모든 것을 물려주기 전까지는 절대 죽을 수 없었다!

이대정은 살왕이 풍황을 어떻게 죽였는지 조사하기로 결심했다. 그래야 대책을 세울 수 있었다.

여장을 꾸려 청성산을 내려간 그는 호북성 무당산으로 달려갔다.

풍황의 거처는 인적이 끊겨 있었다. 사건이 발생한 지 벌써 일여 년이 흘러 모든 것이 정리가 된 뒤인 까닭이다.

이대정은 풍황의 시체를 조사하려고 무덤을 파헤쳤다. 그런데 관은 텅 비어 있었다.

당황한 그의 곁으로 키가 멀대같이 큰 노인이 다가왔다.

두 노인은 한눈에 서로의 역량을 파악했다.

통성명을 나눠 보니 역시나 키 큰 노인의 정체는 동부의 창, 창황 박홍찬이었다.

박홍찬이 여기까지 온 이유는 이대정과 동일했다.

목적이 같다는 것을 알게 되어 두 노인은 너털웃음을 주고받았다.

문득 누가 더 강한지 알고 싶다는 호승심이 생겼는데, 그들은 이내 마음을 접었다.

싸우면 둘 중 하나는 반드시 죽는다는 걸 직감했기 때문이다.

조금이라도 오래 살고 싶어 이 먼 걸음을 한 건데, 한낱 호승심 때문에 죽을 위험을 무릅쓸 수는 없었다.

잠시 대화는 나눈 두 노인은 당분간 함께 행동하기로 했다. 하나보단 둘이 더 나은 데다, 동등한 경지의 실력자를 만나는 건 처음이라 이대로 헤어지는 건 아쉬웠다.

조사를 해 보니 호북 무림의 주인인 천지태극회가 풍황의 시신을 화장해 버렸다. 그로 인해 풍황의 시신을 살피는 건 불가능해졌다. 남은 방법은 목격자를 찾는 것뿐이었다.

다행히 복건 출신의 통천귀 단우비란 청년이 모든 것을 보고 들었다고 한다. 천지태극회도 단우비를 찾고 있었다.

그들이 지금까지 단우비를 찾지 못했다는 건 호북에 없다는 뜻이었다. 그래서 두 노인은 일단 단우비의 출신지인 복건성에 가 보기로 했다. 거기서부터 조사해 단우비를 찾을 요량이었다.

솔직히 언제 찾을 수 있을지 암담했는데, 운 좋게도 복건에 들어선 지 얼마 되지 않아 단우비를 만나게 되었다.

늦은 아침, 단우비를 태운 마차는 이가촌 안으로 들어갔다. 이대정의 집은 마을 북쪽이었다.

그의 집 바로 옆에는 딸 내외의 초가집이 있고, 뒤편에는 작업실로 쓰는 커다란 창고가 세워져 있었다.

집은 두 채 모두 텅 빈 상태였다. 늙은 마누라와 딸 내외, 그리고 외손자까지 모두 밭에 간 모양이었다.

마차를 세운 두 노인은 단우비를 안고 창고 안으로 들어갔다. 그들은 단우비를 선반 위에 조심스레 누였다.

단우비의 몸에는 수십 개의 크고 작은 침들이 박혀 있었다. 바로 이 침들 덕분에 그는 지금까지 죽지 않고 버틸 수 있었다.

이대정은 바로 약재들을 조합해 탕약을 만들기 시작했다. 박홍찬은 단우비의 근처에 서서 창고 내부를 훑었다. 수천 권의 서적과 수천 가지의 약재, 독초, 독충들이 그야말로 빼곡하게 들어차 있었다.

그는 이해가 안 되어 물었다.

"너 가난하다고 하지 않았냐?"

"가난이 아니라 소박, 소박하게 사는 거야!"

"헛, 그게 그거지."

"젠장! 그래서 뭐?"

"이것들 다 무슨 돈으로 구한 거냐? 비싸 보이는 것들도 꽤 많은 것 같은데 말이다."
이대정은 음흉하게 웃었다.
"히히, 돈을 왜 써? 당가 놈들이 있는데."
"당가?"
"응? 모르냐?"
"사천 촌구석에 사는 놈들을 내가 일일이 어떻게 알아?"
"말하는 꼬라지하고는! 그러는 제 놈도 동부 촌놈인 주제에!"
뭐라고 받아칠 말을 찾지 못한 박홍찬은 화제를 본론으로 되돌렸다.
"유명한 놈들이냐?"
"사천의 주인이랍시고 설치는 놈들이야."
"아아, 사천의 주인이 당가로구먼. 잠깐만, 그러면 그 사천의 주인인 당가에 쳐들어가서 빼앗아 온 거란 말이냐?"
생각만 해도 재미있어 박홍찬은 웃음을 참지 못했다. 이대정은 마주 키득거렸다.
"크크크, 그건 아니야. 그저 가끔 사위 녀석 보내서 이러이러한 것들이 필요하니 구해 놓으라고 '부탁'을 하는 것뿐이거든."
"허허허헛! 그거 하난 맘에 드는구나. 맘에 들어! 나도 가끔 백림성(白林城) 놈들을 괴롭혀 줄 걸 그랬나? 젠장, 아쉽구먼."

"백림성?"

박홍찬은 옳다구나 구박했다.

"네놈도 강소의 주인을 모르는 건 마찬가지잖아?"

"쳇, 알 게 뭐야!"

퉁명스레 내뱉은 이대정은 모은 약재와 물을 탕기 속에 넣고 불을 지펴 끓였다. 역한 약 냄새가 창고를 덮어 갔다.

이대정은 탕기 앞에 서서 느릿하게 부채질하며 대화를 재개했다.

"너는 백림성과 전혀 상종을 안 하는 거냐?"

"그러면 좋을 텐데 말씀이야, 이놈들이 가끔 가게에 들러서 문안 인사를 하고, 매상도 올려 주며 은근히 귀찮게 하거든. 돈을 펑펑 쓰니 마누라가 좋아해서 어떻게 하지도 못하고. 에잉, 정말 짜증 나는 자식들이야!"

"말 좀 조리 있게 해 봐라! 뭔 소린지 전혀 이해가 안 되잖아?"

답답해 이대정은 버럭 성을 내었다. 눈살을 찌푸린 박홍찬은 깊은 한숨을 내쉬며 설명했다.

"백림성은 소주에 있고, 소주 옆엔 태호(太湖)란 커다란 호수가 있다. 그 호숫가에 마누라가 운영하는 찬주객잔(贊珠客棧)이 있지. 나도 거기서 산다. 이제 이해가 되냐?"

"진작 그렇게 말했어야지. 어쩐지 마차도 거리낌 없이 사고, 밥값도 다 내더라니 마누라가 돈을 무진장 잘 버는구먼."

"흐헤헤, 부럽냐? 부러워?"

"부, 부럽긴 개뿔! 마누라한테 빌붙어 사는 놈 따위를 내가 왜 부러워해?"

"말이랑 표정이 다른데?"

"쳇!"

잠시 동안 어색한 침묵이 흘렀다.

점점 짙어지는 탕약 냄새를 맡으며 박홍찬이 목소리를 나직하게 깔았다.

"나는 네놈의 자식 복이 부럽구나, 쩝."

이대정은 고개를 갸웃거렸다.

"네놈 자식은 다 죽기라도 한 거냐?"

"죽을 자식이라도 있었으면 좋겠다!"

"허…… 없는 거냐? 한 놈도?"

"수십 년을 노력했다만 허사였어. 오십이 넘자 그냥 포기하고 쓸 만한 고아 녀석 하나를 데려와 제자로 삼았지. 후훗, 마누라가 친자식처럼 알뜰하게 보살펴."

"그러면 된 거지, 뭐. 친자식이든 제자든 간에 대를 이어주기만 하면 되는 거 아니냐?"

"후하하! 그래, 맞다! 맞아!"

약이 다 달여지자 이대정은 단우비의 몸에 꽂아 놓은 침들을 모조리 뽑았다. 박홍찬이 단우비의 상체를 일으켜 고정했고, 이대정이 탕약을 한 숟가락씩 그의 목구멍 깊숙이 쑤

셔 넣었다.

한 그릇을 모두 먹인 후 이대정은 단우비를 다시 눕혔다. 그 뒤 깨끗한 침들을 가져와 이전과는 다른 위치에 꼼꼼하게 꽂았다.

이렇게 매일같이 한 그릇씩 먹이고 침을 갈아 주면, 늦어도 한 달 후엔 눈을 뜰 것이었다.

두 노인은 간간이 잡담을 나누며 단우비의 상태를 지켜보았다.

황혼이 드리워질 무렵, 밭에 일 나갔던 이대정의 가족이 돌아왔다.

육십 대 중반의 아내 이춘자(李春子)와 삼십 대 중반의 딸 이삼화(李三花)는 반년 넘게 연락 한 번 없이 어디서 뭘 한 거냐며 득달같이 바가지를 긁어 대었고, 사십 대 중반의 사위 이중명(李衆鳴)은 양쪽의 눈치만 살폈으며, 다섯 살인 외손자 이소운은 이대정의 품에 안겨 재롱을 떨었다.

이춘자는 이대정에겐 욕을 퍼부었지만, 박홍찬은 살갑게 맞아 주었다. 전투 외의 다른 목적으로 방문한 강호인은 드물어 고마움을 느꼈다. 수십 년 동안 수백 명이 이대정과 싸우는 걸 가슴 졸이며 지켜보았으니 어쩌면 당연한 일이었다.

한 상 거하게 차리기 위해 이춘자와 이삼화는 부엌으로 향했고, 나머지 사내들은 방에 옹기종기 모여 앉았다.

박홍찬은 이중명과 이소운을 번갈아 바라보았다. 그러다

이중명에게 넌지시 물었다.

"늦둥이인 거냐?"

이중명은 어색하게 웃었다.

"혼인을 늦게 해서……."

"아아, 둘 다 나이를 먹은 뒤에 혼인을 해서 낳은 거군."

"뭐 그렇습죠."

박홍찬은 이대정에게로 시선을 옮겼다.

"네 딸이면 그래도 혼처가 줄을 섰을 텐데, 왜 이리 늦게 보낸 거냐?"

이중명을 앞에 두고 할 말은 아니었다. 이중명은 멋쩍게 머리를 긁적였고, 이대정은 그런 이중명이 못마땅해 눈살을 찌푸렸다.

"복잡하다."

"어떻게?"

"후우, 위에 두 딸과 달리 이년은 남자 복이 없었어. 첫 남편은 발을 헛디뎌 낭떠러지 아래로 떨어져 죽고, 둘째 남편은 뱀에 물려 죽었으니까. 조금만 일찍 찾았다면 살렸을 텐데 늦었지."

"저런…… 쯧쯧, 그럼 이놈이 세 번째?"

"응, 맞아. 이젠 혼인 안 할 거라고, 우리 수발을 들며 홀로 늙어갈 거라고 하더니, 몇 년 전에 이놈이랑 눈이 맞았지."

박홍찬은 새삼스러운 눈빛으로 이중명을 바라보았다. 이

대정도 이중명에게 눈총을 주며 삿대질했다.

"이놈도 젊은 시절엔 강호인이 되어 명성을 떨칠 거라며 여기저기 싸돌아다녔기에 혼인을 못 했어. 그러다 쫄딱 말아먹고는 몇 년 전에 고향인 여기로 돌아왔지. 오자마자 내 딸을 꼬였고! 고얀 놈!"

이중명은 어깨를 움츠리며 고개를 숙였다. 박홍찬이 그런 그를 두둔해 주었다.

"그 덕에 손자를 본 거지 않느냐?"

"흠, 그렇긴 하지. 내가 보기에 이놈은 무공에 영 소질이 없어. 밭이나 갈며 살면 되는 놈이야. 안 그러냐?"

"헤헤…… 맞습니다요. 젊은 시절을 후회하고 있으니까요."

"알면 되었다. 강호에 욕심을 버려라. 네 녀석이 못 이룬 꿈은 우리 운이가 대신 이뤄 줄 테니까. 그렇지, 운아?"

이대정의 품에 안겨 있던 이소운은 다부지게 눈을 빛냈다.

"응! 응응! 나도 할부지처럼 황의 고수가 될 거예요! 시킨 대로 내공 수련 열심히 했어요, 헤헤!"

"어이구, 그랬어요?"

"응응!"

"암, 그래야지. 잘했어요, 허허허."

이소운이 너무도 사랑스러워 이대정은 함박웃음을 터뜨렸다.

잠시 후, 이춘자와 이삼화가 음식을 쟁반 가득 들고 들어왔다. 여섯 사람은 식사를 하며 대화를 나누었다. 주로 이대정과 박홍찬이 여정을 이야기하면 다른 이들이 묻거나 맞장구를 치는 형태였다.

이대정의 이야기가 끝나자 이중명은 입을 쩍 벌렸다. 그는 이대정에게 조심스레 물었다.

"저기, 장인어른."

"무어냐?"

"그러니까 복건 단우세가의 단우비란 말씀입니까요?"

"응? 단우세가는 모르겠다만 복건의 단우비인 건 맞다. 아는 놈이냐?"

"그게…… 제가 얼굴을 좀 봐도 되겠습니까요?"

"허허헛, 재미있구먼. 밥 다 먹고 가 보자."

식사가 끝나자 이중명, 이대정, 박홍찬은 방 밖으로 나갔다. 이춘자와 이삼화는 이소운을 재워야 해서 동행하지 않았다.

창고 안으로 들어간 이중명은 손에 든 등잔을 곤히 잠든 단우비의 얼굴 곁으로 가져갔다. 흠칫한 그는 탄성을 터뜨렸다.

"맙소사! 진짜 제비 녀석이잖아?"

두 노인은 호기심을 감추지 못했다. 대표로 이대정이 물었다.

"정말 아는 놈이냐?"

"예! 저는 과거에 중원 남부를 주 무대로 활약했거든요?"

"활약은 개뿔! 강호인 근처에도 못 가고 최하층인 낭인 신세를 전전하며 고생만 실컷 하다가 꼬리 말고 돌아온 주제에!"

"거참, 말을 하셔도……."

"시끄럽고! 계속해 봐라."

"쩝, 예. 이놈 저랑 같은 낭인 단체에서 생활했습니다요. 그러다 단우세가의 높으신 분 눈에 들어 양자가 되었다는 소문을 들었습죠. 하핫, 그런 이놈을 여기서 다시 만날 줄이야!"

이중명이 몸담았던 낭인 단체, 몽호단은 팔여 년 전에 궤멸적인 피해를 입고 해산했다. 생존자는 네 명뿐이었다.

단우세가는 그 네 명을 수소문했다. 그들이 단우비 부모의 과거를 알지도 모른다고 추측해서였다.

세 명은 찾았는데, 끝내 나머지 한 명만은 찾지 못했다.

재미있게도 그들이 찾지 못한 그 나머지 한 명이 바로 이중명이었다.

박홍찬은 이중명과 단우비를 바라보며 피식 웃었다.

"허헛, 인연이란 참으로 기묘하단 말씀이야."

과연 그래 이대정은 고개를 끄덕였다.

이중명의 말은 끝난 것이 아니었다. 뒤늦게 무언가가 생각난 그는 호들갑을 떨었다.

"아, 맞다! 장인어른, 주아 기억나십니까? 그 왜 마을 남쪽에 살던 이주아 말입니다."

이번엔 이대정이 놀랄 차례였다.

"주아? 복자 딸?"

"예! 작고하신 복자 할머니 딸이요!"

"뜬금없이 그년 얘기가 왜 나와? 네놈은 사고로 죽은 부모가 계기가 되어 마을을 떠났던 거지만, 그년은 밭 갈며 살기 싫다고 복자 혼자 남겨 두고 가출했어! 그것도 열네 살이란 어린 나이에! 지 어미 죽을 때도 안 돌아 오더만! 괘씸한 년 같으니!"

"제가 강호에서 그 주아를 만난 적이 있습니다요."

이대정은 두 눈을 동그랗게 뜨며 이중명을 윽박질렀다.

"뭐라고? 그런 얘긴 한 적 없잖아?"

이중명은 입을 삐죽 내밀었다.

"하려고 해도 듣지를 않으시니…… 매번 강호에서 겪은 모험담을 이야기하려고 할 때마다 관심 없으니 닥치라고……."

머쓱해서 이대정은 언성을 높였다.

"그래서! 어디서 뭘 하며 살던?"

"웬 놈이랑 눈이 맞아 가지고 부부 낭인으로 중원 남부의 싸움터를 전전하며 살고 있었습죠."

"허! 허헛! 낭인? 주아가? 환장하겠구먼! 환장하겠어!"

"저도 엄청 놀랐습죠. 아무튼 같은 고향 사람을 먼 남쪽 땅에서 다시 만난 게 보통 인연은 아니지 않습니까요?"

"그렇긴 하지. 그래서?"

"주아랑 남편인 대호 둘 다 저희 몽호단에 들어오게 되었지요. 그때부터 같이 활약했고요."

이대정의 눈빛이 심란해졌다.

"너 동료들이 다 죽어서 강호 생활 접고 돌아온 거라고 하지 않았냐?"

그가 무얼 묻는지 안 이중명의 표정도 무거워졌다.

"후, 예. 주아랑 대호는 십……오륙 년 전에 함께 죽었습니다요."

말이 끝나기 무섭게 이대정은 얼굴을 무참하게 구기며 주먹으로 허공을 후려갈겼다.

"멍청한 년 같으니! 그렇게 일찍 죽을 거면 대체 왜 떠난 거야? 복자 곁에 있으면서 평범한 놈 하나 물어 애나 키우며 살 것이지! 에휴!"

"그러게 말입니다. 강호는 참…… 사람이 살 곳이 못 돼요."

머리칼을 흩뜨리며 짜증을 내던 이대정은 이중명을 재차 윽박질렀다.

"대체 주아 얘기를 왜 꺼내서 내 기분을 엿 같이 만든 거냐? 앙?"

움찔한 이중명은 얼른 단우비를 가리켰다.

"이, 이놈이, 이놈이 그 주아 아들입니다요! 저희 몽호단에 들어오고 일 년쯤 지났을 때 낳았습죠. 그, 그래서 이야기한 겁니다요."

"뭐……?"

충격받은 이대정은 한동안 멍하니 서 있기만 했다. 그러다 정신을 차리곤 득달같이 단우비에게 달려갔다.

그는 단우비의 얼굴을 주무르며 철저하게 조사했다. 눈, 코, 입, 이빨, 턱 선 등등 미세한 것 하나 빠뜨리지 않았다.

이대정의 기묘한 행동을 구경하던 박홍찬은 넌지시 물었다.

"너와 관계가 있는 놈이냐?"

흠칫한 이대정은 반사적으로 고개를 돌렸다. 박홍찬은 어깨를 으쓱였다.

"생판 남인 여자애의 죽음치곤 너무 격렬하게 반응해서 말이다. 그 여자애의 아들놈 얼굴을 뜯어보는 것도 그렇고."

뭐라고 입을 달싹이던 이대정은 이중명을 노려보았다.

"너는 나가라. 그리고 춘자와 삼화한테는 이놈이 주아 아들이란 걸 말하지 마라. 절대로!"

궁금한 것이 너무나도 많았지만 이대정의 태도가 너무도 위협적이라 이중명은 얼른 고개를 꾸벅이곤 창고 밖으로 사라졌다.

박홍찬은 흥미진진한 미소를 머금었다.

"호오, 정말 뭔가 있긴 한가 보구만."

무거운 한숨을 내뱉은 이대정은 단우비를 지그시 응시하며 천천히, 느릿하게 입을 열었다.

"복자는…… 내 아이가 아니라고 했어."

젊은 시절 이대정은 마을 남쪽에 살던 이복자와 연애를 했다. 반년쯤 지났을 때 마을 동쪽의 이춘자와도 눈이 맞아 두 명을 동시에 사귀었다. 당시 그는 실력에 자부심이 넘쳐 두 명이 아니라 열 명도 사귈 수 있다고 생각했기 때문이다.

하지만 자존심이 강했던 이복자는 용납할 수 없었다. 그녀는 이대정에게 일방적으로 이별을 통보한 후, 두 번 다시 찾아오지 말라며 쫓아내었다.

이대정은 이복자를 어르고 달랬지만 헛수고였다. 결심을 굳힌 그녀는 절대 마음을 열지 않았다.

몇 달 후 이대정의 귀에 이복자가 임신을 했다는 소식이 들려왔다.

임신 삼 개월 차라고 했다.

석 달 전이면 두 사람이 아직 사귈 때였고, 잉태한 시기도 일치했다.

자신의 아이라고 확신한 이대정은 쾌재를 부르며 이복자의 집으로 달려갔다.

아버지가 된다는 흥분으로 가득 차 있던 그의 심장에 이복자의 매몰찬 말이 싸늘한 비수가 되어 꽂혔다.

이복자는 이대정이 아니라 지나가던 여행객의 씨라고 했다. 이춘자와 바람난 이대정에게 화가 나 충동적으로 이름도 모르는 여행객과 잠자리를 가졌다고 말이다.

이가촌은 북쪽으로 향하는 길목에 위치해 장사꾼이나 여행객이 하루에도 여럿 스쳐 지나갔다. 더구나 그런 이들의 아이를 낳아 키우는 마을 여자도 한둘이 아니었다.

그렇게 이복자의 말은 신빙성이 있었지만, 이대정은 믿지 않았다. 아직도 자신에게 화가 나 거짓말을 하는 거라고 생각해, 매일같이 이복자를 찾아가 정성을 쏟았다.

다시 몇 달이 흘러 이복자는 이주아를 낳았다.

이주아는 이대정과 닮은 구석이 없었다. 전혀 닮지 않았다. 아무리 뜯어봐도 닮은 부분을 찾을 수가 없었다.

이복자는 거 보라고, 네 딸 아니라고, 더 귀찮게 하지 말고 꺼지라고, 춘자 년이랑 지지고 볶으며 살든 맘대로 하라고 비웃었다.

몇 달 동안의 노력이 허사가 된 데다, 이복자에게 화가 머리끝까지 나기도 해 이대정은 그 길로 이춘자에게 달려가 혼인을 했다.

그 뒤부터 그는 마을 남쪽엔 얼씬도 하지 않았다. 이복자를 머릿속에서 지우고 철저하게 무시했다.

가끔 마을 안에서 모녀와 마주쳤을 때도, 이주아가 가출했을 때도, 혼자 남은 이복자가 병에 걸려 죽어 갔을 때도 마찬가지였다.

더는 내 알 바 아니었기 때문이다.

이대정의 회한 가득한 이야기를 다 들은 박홍찬은 나름대로 결론을 내었다.

"딸도 아니고 외손자도 아닌데, 왠지 찜찜하다. 진실을 아는 건 죽은 복자뿐이니까. 대충 그런 거군."

착잡한 표정을 지은 이대정은 다시 단우비의 얼굴을 훑었다.

"후우…… 어떻게 된 게 이놈도 주아처럼 나랑 닮은 구석이 전혀 없냐?"

"그러게 말이다. 키가 작다는 것 빼곤 없구나."

"키는 아무런 증거도 되지 않아! 중요한 건 얼굴이야."

"그건 그렇지. 왜? 아쉽냐?"

"응? 뭐라고?"

"풍황이 관심을 가졌을 정도로 재능이 넘치는 아이지 않느냐? 손자였으면 좋겠어? 그래?"

놀리는 말투이긴 하나 그래도 악의는 담겨 있지 않았다. 그래서 이대정은 진심으로 화를 내지 못했다. 그저 짜증을 퍼부었을 뿐이다.

"그, 그, 젠장! 무슨 상관이야? 이젠 페인이 된 놈인데! 더구나 내겐 운이가 있어! 운이만 있으면 돼! 이런 놈 따위 내 알 바 아니야! 쳇!"

신경질적으로 몸을 돌린 그는 창고 밖으로 나갔다.

남겨진 박홍찬은 단우비를 조금 더 보다가 어깨를 으쓱이곤 문 쪽으로 향했다.

"뭐, 내 알 바도 아닌 일이지. 허허헛."

기상천외한 발상

어느덧 한 달이 지났다.

정오 무렵, 눈을 뜬 단우비가 처음으로 느낀 감각은 무거움이었다. 바위가 짓누르고 있기라고 한 것처럼 몸이 무거웠다. 상체를 일으키기는커녕 손끝 하나 까딱일 수 없었다.

다음으로 찾아온 것은 무기력함이었다.

단전에서 아무것도 느껴지지 않았다. 언제나 그 자리에 있어 주던 삼십오 두의 무시무시한 내공이 한 톨도 느껴지지 않았다. 마치 무언가가 단전을 통째로 잡아 뜯어내 버린 것처럼 텅 빈 감각만 느껴질 뿐이었다.

단우비는 필사적으로 고개를 들어 단전을 바라보았다. 자신은 속옷 한 장만 걸친 알몸이었고, 몸 곳곳에 수십 개의 침이 박혀 있었다. 단전엔 보기만 해도 끔찍한 흉터가 자리 잡고 있었다.

외상이 다 아문 것으로 보아 시간이 꽤 흐른 것 같았다.

하지만 치유된 건 외상뿐이었다.

'주화입마는 모든 혈도를 뒤틀어 버린다고 했어. 단전이 파괴된 데다, 그동안 쌔빠지게 뚫어 놓은 혈도들마저 엉망진창이 된 거야.'

단우비는 멍하니 천장을 응시했다. 저도 모르게 헛웃음이 튀어나왔다.

'후훗, 끝났군. 복수도, 야망도 모두 끝나 버렸어. 나만 믿고 있는 부하들을 어떤 얼굴로 봐야 할지…… 수백, 수천 명이 나만 믿고 있는데…… 미안하다. 정말…… 미안하다…….'

어느샌가 그의 눈에선 뜨거운 눈물이 하염없이 흘러내리고 있었다.

시간은 더디게 흘러갔다.

단우비는 공허한 눈으로 천장만 바라볼 뿐이었다.

저녁이 되자 단우비의 상태를 확인하기 위해 이대정과 박홍찬이 창고 안으로 들어왔다. 두 노인 모두 흙투성이였다. 이대정 뿐 아니라 공짜 밥을 먹는 것이 미안해진 박홍찬마저 밭일을 돕고 있었기 때문이다.

그들은 단우비를 보고는 쾌재를 불렀다.

"드디어 깨어났구먼! 드디어 눈을 떴어!"

단우비는 고개만 옆으로 돌렸다.

"역시 나를 구한 건 영감들이었군."

"이놈 말이 짧네?"

"더구나 약이며 침이며 내가 얼마나 고생했는데, 고맙다는 말도 안 해?"

박홍찬은 노기를 뿜었고, 이대정도 불편한 심기를 드러내었다. 단우비는 가볍게 코웃음을 쳐 주었다.

"목적이 있어서 구한 거잖아? 아니야?"

그의 예리한 지적에 두 노인은 입맛만 다실 뿐 뭐라고 받아치지 못했다. 화를 억누른 두 사람은 단우비에게 다가갔다.

이대정이 차갑게 내뱉었다.

"그래, 맞다. 공짜로 구해 준 게 아니야. 그러니 대가를 지불해라."

"궁금한 게 뭐였지?"

박홍찬이 눈을 빛내며 얼른 물었다.

"살왕이 풍황을 어떻게 죽였느냐? 네가 모든 것을 보고 들었다는 것을 안다. 그러니 낱낱이 고해라. 분명히 말하는데 대답을 차일피일 미루거나, 거짓말을 하면!"

"아아, 됐어. 모두 말해 줄게."

단우비는 차분한 어조로 무당산에서 겪은 일들을 시간 순으로 설명했다. 박홍찬의 뜻대로 사소한 것 하나 빠뜨리지 않고 모두 밝혔다.

심각한 표정으로 이야기를 다 들은 박홍찬은 후련한 미소를 머금었다.

"살왕 하나가 아니었군. 천하삼대살수가 전부 투입되었어. 아니, 탈혼마인은 빼야지. 그놈은 그냥 병신이니까. 풍황의 몸은 정상이 아니었어. 치명적인 허점까지 노출했지. 그런 상태로도 적화사신을 죽였다? 살왕이 없었다면 살았다? 충분해! 나는 절대 방심하지 않는다! 살왕의 수법도 알았으니 충분히 대책을 세울 수 있어! 이거 제자 녀석에게 모든 것을 물려줄 때까지 살 수 있겠군! 허허허헛!"

껄껄 웃은 그는 문 쪽으로 걸어가며 이대정에게 말했다.

"나는 이제 집으로 돌아가련다."

박홍찬과 마찬가지로 살왕 대처법을 강구하고 있던 이대정은 눈을 동그랗게 떴다.

"지금 바로?"

"더 있어서 뭐해? 어서 가서 대책을 세워야지. 마누라가 걱정되기도 하고. 제자랑 백림성 놈들에게 잘 지켜보라고 당부해 두긴 했다만, 그래도 영 찜찜하구나."

"그렇구만. 그러면 우린 이제 끝이군."

"뭐, 그렇지. 현세에서 우리가 다시 만날 일은 없을 테니까. 내세에서나 보자꾸나, 독황!"

"그래, 창황! 잘 가라. 멀리 안 나간다."

"기대도 안 했다, 요놈아! 간다!"

살짝 손을 흔든 박홍찬은 뒤 한 번 돌아보지 않고 그대로 창고 밖으로 사라졌다.

박홍찬이 창고 문을 열어 둔 채로 떠났기에, 이대정은 다리를 놀려 대신 문을 닫았다. 몸을 돌린 그는 단우비를 지그시 바라보았다. 단우비도 그를 응시하며 나직이 물었다.

"얼마나 지났어?"

"석 달 정도."

"여긴 어디야? 복건은 어떻게 됐어?"

"사천이다. 복건의 상황 따위 모른다. 관심도 없고."

"사천? 서쪽 끝? 왜 이렇게 멀리 온 거야?"

"내 집이 사천에 있으니까."

"……."

"여긴 내 작업실이다. 이곳에 있는 약재를 썼기에 네놈이 이렇게 살아서 말도 할 수 있는 게야."

"그런 것치곤 몸이 안 움직이는데?"

"석 달이나 안 썼으니까. 몸을 고정해 두는 침도 몇 개 꽂아 두었고."

"이 침들은 언제 뽑아?"

"뽑으면 기혈이 터져 죽는데, 왜 뽑아 줘?"

"아, 아냐. 됐어."

"크크크, 폐인이 되고도 죽고 싶지는 않은가 보구만."

"그러게…… 꿈도, 희망도 사라졌는데…… 죽고 싶지 않아. 살고 싶어. 나는…… 살고 싶어!"

단우비는 울먹이고 있었다. 울며 절규하고 있었다.

그런 그를 가만히 응시하며 이대정은 툭 말을 던졌다.

"기혈이 안정될 때까지는 매일 약을 먹고, 침도 갈아 줘야 한다. 한 몇 년 걸릴 게다."

"몇 년? 몇 년이라고?"

"그래."

"계속…… 그렇게 해 줄 거야?"

"그래."

"왜? 목적을 이뤘잖아? 창황은 바로 떠났는데, 왜 당신은 계속 나를 치료해 줘?"

"그건 뭐, 음…… 네놈 키가 몇이냐?"

"오 척 삼 촌."

"나는 오 척 이 촌이니, 일 촌밖에 차이가 안 나는구먼."

"그래서, 그게 뭐?"

"그냥 그렇다는 거지. 허허, 오늘은 이만 자라. 내일 아침에 보자꾸나."

"왜, 왜 나를……?"

혼란으로 가득한 단우비를 뒤로하고 이대정은 창고 밖으로 나가 문을 닫았다. 가만히 밤하늘을 응시하는 그의 눈은 미미하게 흔들리고 있었다.

이튿날부터 단우비는 단조로운 일상을 반복했다.

아침에 이대정이 와서 약을 먹이고, 침을 갈아 주었다. 점심때는 이중명이 음식을 가져와 그의 입에 넣어 주며 수다를 떨었다.

이중명은 이대정에게 엄명을 받은 뒤라, 단우비에게 이곳이 이주아의 고향이란 것을 밝히지 않았다.

그래서 단우비는 이중명과의 인연 때문에 이대정이 자신을 보살펴 주는 거라고 생각하게 되었다. 자연스레 이중명을 생명의 은인이라고 여겨 아주 살갑게 대했다.

가끔은 이춘자, 이삼화, 이소운도 찾아왔다.

그들이 단우비에 대해 아는 건 과거 이중명의 동료였다는 것뿐이지만, 그것이면 충분했다. 세 사람은 진심으로 단우비를 걱정하며 따뜻하게 대해 주었다.

저녁이 되면 이대정이 다시 방문해 단우비의 상태를 점검했다.

그게 다였다.

이런 하루하루가 반년 동안 계속되었다.

몇 년이 걸릴 거라던 이대정의 예상과 달리 단우비는 불과 반년 만에 침을 모두 뽑고도 죽지 않을 만큼 회복했다. 기혈은 뒤틀린 상태 그대로 안정되었고, 오장육부도 제 기능을 되찾았다.

단우비는 지팡이를 짚고 걷는 훈련을 시작했다.

자력으로 걸을 수 있게 된 것은 그로부터 석 달 뒤, 주화입마에 빠진 지 꼭 일 년째 되던 날이었다.

때는 여름이 무르익은 팔월 중순이었다.

정오 무렵, 이대정 일가는 마을 밖 북서 쪽에 위치한 넓은 밭에서 부지런히 일하고 있었다.

이대정의 감각에 낯익은 기척이 느껴졌다. 그는 얼른 굽히고 있던 허리를 펴 동남쪽을 바라보았다. 단우비가 땀을 뻘뻘 흘리며 한 걸음씩 느릿하게 다가오는 중이었다.

헛웃음을 터뜨린 이대정은 단우비에게 달려가 외쳤다.

"세상에! 벌써 지팡이 없이 걷는다고?"

단우비는 지극히 진지한 표정으로 말했다.

"영감은 또 틀렸어. 최소 일 년은 걸릴 거라고 했으니까."

"허어, 거참 보면 볼수록 신기한 몸뚱이일세."

"그래, 맞아. 내 육체 능력은 탁월해. 게다가 영감이 말했듯이 내 피는 이무기의 내단을 흡수한 덕분에 진귀한 영약이나 마찬가지고. 그래서 나는 몇 년이 걸릴 거라던 일을 반년 만에 해내고, 일 년이 걸릴 거라던 일을 석 달 만에 해낼 수 있었어."

"흐음, 자랑하려는 건 아닌 것 같고, 뭐 하고 싶은 말이라도 있는 게냐?"

단우비는 순순히 고개를 끄덕였다.

"남들에겐 불가능한 일도 내겐 아니야. 나는 할 수 있어. 지금까지 살아오며 이론적으론 불가능한 일을, 일반 상식으론 이해가 안 되는 일을 수없이 해내었으니까."

한 번 호흡을 고른 그는 이대정을 응시하며 눈을 뜨겁게 빛내었다.

"영감은 황의 고수야. 박학다식하고 의술에도 조예가 깊어. 기묘한 독충과 독초, 약재들도 잘 알지."

칭찬에 기분 나쁜 사람은 없어 이대정은 흐뭇하게 웃었다.

"그건 그렇지. 그래서?"

"내공을 되찾게 도와줘. 내 몸을 실험 도구라 생각하고 마음껏 실험해. 불가능한 이론이라도 좋아. 어디선가 흘려들은 허무맹랑한 이론이나, 생각한 적은 있어도 시도할 엄두가 안 났던 이론도, 막 떠오른 충동적인 이론도 괜찮아. 할 수 있는 건 뭐든지 다 해 봐. 재미있을 거야. 살아 있는 인간의 몸을 가지고 노는 거잖아?"

단우비의 얼굴은 진지했고, 목소리엔 간절함이 담겨 있었다. 이대정은 눈살을 찌푸리며 쏘아붙였다.

"내 말 잘 들어라. 유구한 강호의 역사를 통틀어 주화입마에 빠졌다가 다시 내공을 회복한 전례는 단 한 번도 없다. 그건 불가능하기 때문이야. 아무리 몸에 이무기의 피가 흘러도, 천재적인 육체를 소유해도 안 되는 건 안 되는 거다."

"지금까지 불가능을 가능으로 바꾸며 살아왔다고 몇 번을 말해? 내가 그 전례를 깨 줄게. 응?"

"헛소리! 실험을 하면 너는 죽는다. 구 할이 아니라, 십 할의 확률로 반드시 죽어!"

"안 된다고만 하지 말고, 시도라도 해 줘! 제발 시도라도 해 달란 말이야!"

단우비의 애원에 이대정은 땅이 꺼질 듯한 한숨을 내뱉었다. 그는 장고에 장고를 거듭했다. 단우비는 그의 입이 열리길 조마조마한 심정으로 기다렸다.

이윽고 이대정은 결단을 내렸다.

"죽으려면 혼자 죽어라. 내 손으로 너를 죽이는 짓은 못한다."

'그랬다간 내세에서 복자와 주아의 얼굴을 볼 면목이 없어지니까.'라는 뒷말을 속으로 삭인 그는 부드러운 어조로 타일렀다.

"그만 포기해라. 너 한 놈 먹여 살릴 능력은 있다. 그러니 모두 잊고 여기서 농사를 지으며……."

단우비는 더 듣지 않고 몸을 돌렸다.

"알았어. 더는 도와 달라고 하지 않을게. 나 혼자 해 보겠어."

"에휴, 멍청한 녀석!"

"……포기할 땐 하더라도 할 수 있는 건 다 해 본 뒤에 하고 싶어. 단지 그뿐이야."

말을 끝낸 그는 천천히 마을로 돌아갔다.

멀어져 가는 단우비의 뒷모습을 응시하며 이대정은 착잡한 탄식을 토했다.

"후우, 저 똥고집은 복자와 판박이구먼. 미련을 버리려면 시간이 걸리겠어. 아주 많은 시간이……."

이대정의 작업실 안으로 들어간 단우비는 탁자에 앉았다. 심호흡을 해 마음을 가다듬은 뒤, 머릿속에 들어 있는 모든 무공을 종이에 적기 시작했다.

그는 천공심법, 환상검법, 천진만변도법, 풍마신장을 한 자도 빠짐없이 적었다.

작업이 끝나자 그는 수북한 종이 뭉치를 노려보며 독기를 품었다.

'개세적인 무공이 네 가지나 있어! 어느 것 하나 완벽하게 터득하지 못했지. 십 년 넘게 수련한 천공심법과 환상검법마저 미완성인 상태니까. 젠장! 말하고 보니 정말 한심하구나. 그렇게 노력했는데……!'

머리를 흔들어 정신을 차린 그는 생각을 이어 갔다.

'내가 놓치고 지나간 부분들이 많을 거야. 지금부터 철저하게 연구하자! 분명 이 안에 방법이 있어! 내공을 되찾게 해 줄 방법이! 개세적인 무공들이니까! 확실해!'

근거는 없었다.

하지만 뭐라도 믿고 의지할 것이 필요했다.

그래야 계속 희망을 품고 살아갈 수 있으니까!

노력할 수 있으니까!

이대정에게 의지할 수 없으니 남은 건 자신이 보유한 무공뿐이었다.

단우비는 하루 종일 작업실에 틀어박혀 종이 뭉치와 씨름하는 나날을 보내었다. 혹여 도움이 될까 싶어 작업실에 비치된 수천 권의 서적도 전부 읽었다.

아쉽게도 무공 비급은 한 권도 없었지만 대신 기관, 진법, 독초, 독충, 약재, 의학, 점혈, 해혈 등등 다양한 종류가 구비되어 있었다.

그 덕분에 단우비의 지식은 날이 갈수록 쌓여 갔다.

바깥의 시간은 흘러가는데 단우비의 시간은 정지되어 있었다. 그는 뭐에 홀린 것처럼 시간도, 복건도, 동료와 부하들마저 잊고 오로지 내공을 되찾을 방법만을 강구했다.

일 년이 흘렀을 무렵 단우비의 몸에 변화가 생겼다. 뒤틀린 상태로 안정되어 있던 기혈들이 느리지만 조금씩 제자리로 돌아가기 시작했다.

피 속에 흐르는 이무기의 내단과 천재적인 몸의 합작품이었다.

다시 일 년이 지나자 모든 혈도가 제자리로 돌아왔다.

혈도들은 전부 끊어진 상태였다. 그 끊어진 혈도들이 예전처럼 하나로 연결되는 데에는 이 년이란 시간이 소요되었다.

그러나 서로 이어지기만 했을 뿐이었다.

모든 혈도들은 불순물들로 가득 막혀 있었다. 그러니 기적적으로 내공을 되찾더라도 처음부터 다시 혈도들을 뚫어야 했다. 게다가 주화입마의 영향으로 생성된 불순물들이니 뚫는 것은 예전보다 몇 배, 몇십 배는 더 힘들 것이었다.

일 년이란 세월이 더 흘렀다.

단우비가 이곳에 온 지도 어느덧 육 년이 다 되었다.

구월 초순의 어느 날 정오, 단우비는 작업실 밖으로 나왔다.

그의 몰골은 가관이었다. 산발한 머리카락은 가슴 아래까지 길게 늘어뜨려져 있고, 일 년에 한 번 정도만 목욕을 해 구린내가 코를 찔렀다. 제대로 먹지도 않아 뼈만 앙상하게 남은 데다 눈은 광인처럼 귀기가 넘쳤다.

오 년 동안의 칩거 생활이 그를 이런 괴인으로 만들어 버린 것이다!

지난 오 년간 그가 밖으로 나온 건 뒷간에 갈 때뿐이었다. 음식은 이대정을 제외한 나머지 네 명이 교대로 가져다주었기에 나갈 필요가 없었다.

그런데 단우비는 뒷간으로 향하지 않았다. 대신 작업실 바로 뒤편의 숲으로 걸어갔다. 숲 속으로 십여 장을 전진하자 작은 공터가 나왔다.

그 공터 구석의 나무등치에 오 년 전보다 더 늙은 일흔아홉 살의 이대정이 앉아 있고, 열한 살이 된 소년 이소운은 중앙에서 비지땀을 흘리며 장법을 연마하는 중이었다.

사 년 전부터 이대정은 이소운에게 천독마장의 초식을 전수하고 있었다. 이소운은 열한 살에 불과하나 내공이 벌써 십삼 두였고, 초식도 엉성하지만 힘이 넘쳤다.

이대정은 지난 오 년 동안 단 한 번도 단우비를 만나러 가지 않았다. 단우비를 조금이라도 빨리 포기하게 만들려면, 절대로 도와주지 않겠다는 의지를 보여야 했으니까.

그랬기에 그는 달라진 단우비의 몰골을 보고는 혀를 내두를 수밖에 없었다.

"그동안 대체 뭘 하며 살았기에 이런 상거지 꼴이 된 거냐?"

단우비는 대답 대신 바로 본론을 꺼냈다.

"영감의 도움이 필요해."

"허! 나는 분명 도와주지 않겠다고 했다! 지금도 그 결정은 변함이 없다! 게다가 이젠 네놈을 도울 시간도 없어. 언제 죽을지 모르는 나이, 운이에게 하나라도 더 가르쳐야 한다. 내 말을 똥으로 아는 네놈 따위에게 낭비할 시간은 눈곱만큼도 없다는 얘기다!"

"많이 빼앗지는 않을게. 하루, 아니 몇 시간이면 돼."

"싫다면 어쩔 거냐?"

단우비의 안광이 더욱 섬뜩한 귀기로 물들었다.

“내가 방법을 찾았다고 해도?”

저도 모르게 두 눈을 부릅뜬 이대정은 벌떡 일어나며 외쳤다.

“뭐, 뭐라고? 말도 안 되는 소리! 한 번 파괴된 단전은 절대 회생이 불가능하다. 무슨 짓을 해도 내공을 쌓을 수 없어!”

“그렇더군. 별짓을 다 해 봤는데 전부 실패했어. 그래서 그건 포기했지.”

당연하게도 이대정은 혼란에 휩싸였다.

“대체 무슨 소리를 하는 게냐? 방법을 찾았다며?”

“일단 작업실로 따라와 줘. 가서 설명할게.”

단우비는 대답을 듣지도 않고 몸을 돌려 걸어갔다. 잠시 주저하던 이대정은 결국 호기심을 이기지 못하고 얼른 신형을 날렸다. 이소운 역시 궁금한 건 마찬가지라 슬그머니 두 사람의 뒤를 쫓았다.

작업실 안으로 들어간 이대정은 오만 인상을 찌푸렸다.

오 년 만에 보는 작업실은 그야말로 처참했다.

수십 년 동안 모은 갖가지 독충, 독초, 약재들이 절반 이하로 줄어들어 있었다. 괘씸하게도 불과 오 년 만에 그렇게 많았던 물건들을 절반 이상 써 버린 것이다!

게다가 책, 가구, 남은 약재 등등 제자리에 있는 물건이 하나도 없었다. 여기저기에 아무렇게나 널브러져 있었다. 또한 역한 냄새가 진동을 했다.

그는 성난 얼굴로 단우비에게 삿대질을 퍼부었다.

"평생을 함께한 이곳을 네놈에게 넘겨 주었거늘, 감히 이런 개차반으로 만들어 놔?"

단우비가 작업실에 틀어박히자 이대정은 천독마장 개량, 발전을 중단하기로 결심했다. 나이가 있는 데다, 나름대로 꽤 많이 발전시켜 놓았으니 이쯤이면 자신의 임무는 다했다고 여긴 것이다. 임무를 넘겨 줄 이소운도 있어 작업실에 미련은 없었다.

아니, 지금까지는 그렇게 생각했다. 그런데 이런 꼴을 보고 나니 너무도 화가 났다.

하지만 단우비는 이대정이 화를 내든 말든 관심이 없었다. 그는 중앙으로 걸어가 탁자 위에 놓여 있는 작은 목합을 잡았다. 그런 뒤에 이대정에게 이쪽으로 오라고 눈짓했다.

주먹을 부르르 떤 이대정은 거칠게 다리를 놀렸다.

"그게 뭐냐?"

단우비는 말없이 목합을 열었다. 삽시간에 기이하고 이질적인 향기가 작업실 내부에 가득한 역한 냄새를 몰아내었다.

목합 속엔 엄지 마디 하나 크기의 검붉은 공 두 개가 놓여 있었다. 향기는 그 공들이 발산하고 있었다.

나직한 탄성을 터뜨린 이대정은 본능적으로 공을 잡으려

고 했다.

"안 돼!"

단우비가 호통을 치며 이대정의 내민 손을 쳐 내었다. 그는 이대정을 무시무시한 눈빛으로 노려보았다. 입맛을 다신 이대정은 짜증을 담아 투덜거렸다.

"거, 자식 성질머리하고는! 안 만진다, 요놈아! 이게 대체 무어냐?"

"이 년 반, 삼십 개월 동안 수많은 시행착오를 거친 끝에 완성한 노력의 결정체야."

"허헛! 요 손톱만 한 것 두 개를 만드는 데에 삼십 개월이 걸렸다고?"

이대정의 비아냥거림을 단우비는 옅은 미소로 받아쳤다.

"그래, 맞아. 사흘 전에 완성했지."

"벌써 세 번째로 묻는구나. 이게 무어냐?"

"내 피야."

"응? 피?"

"그래. 보름에 한 번씩 피를 대량으로 뽑아 독초, 독충, 약재를 섞어 가며 조금씩 응축시켰어. 피 속에 담긴 이무기의 힘을 온전히 유지하며 이렇게 고정된 형태로 만드는 건 상당히 힘들더군. 서른두 번을 실패했고, 서른세 번째에 겨우겨우 성공했어."

이대정은 새삼스러운 눈으로 두 개의 검은 공을 바라보

았다.

"단순히 피를 굳힌 게 아니라, 이무기의 힘이 응축되어 있다? 이건, 이건 그러니까……!"

"내단이지. 사람이 인공적으로 만든 내단!"

"맙소사!"

"단전이 회생 불가능하니 다른 방법을 찾아야 했어. 내가 아는 모든 무공도, 이곳의 책들도 전혀 도움이 되지 않았지. 그런데 어느 날 문득 이무기가 떠오르더군. 그놈은 몸속에 내단을 만들었어. 그것을 키웠지. 그 내단이 커서 여의주가 되면!"

"……용으로 변하지."

"맞아! 내가 주목한 건 단전에 내공을 쌓듯, 내단을 성장시킬 수 있다는 거였어."

이대정은 흥분을 감추지 못하며 단우비의 말에 빠져들었다. 그 정도로 파격적이고 충격적인 이야기였다.

"내단은 내공과 달리 형체가 있어. 눈으로 볼 수도, 손으로 만질 수도 있으니까. 그렇다는 건, 만들 수도 있다는 거지. 실제로 이렇게 만들어졌고."

혀로 입술을 훔친 단우비는 빠르게 말을 이었다.

"힘을 저장하는 것이 가능하다. 그 힘을 키우는 것도 가능하다. 그 말인즉, 내단은 단전의 역할을 수행할 수 있다는 뜻이야."

멍하니 입을 벌린 이대정은 단우비를 물끄러미 응시했다.

미련을 붙잡고 허송세월을 보내는 줄만 알았던 놈이 이런 기상천외한 발상을 했고 실제로 성공하다니, 인식이 완전히 바뀌었다.

단우비는 멍청한 놈이 아니었다. 정말 대단하고 또 대단한 놈이었다.

"나더러 이 내단을 네 몸에 이식해 달라는 거구나."

"맞아. 정밀한 수술을 해야 하는데, 나 혼자선 무리더군."

"거부 반응이 생길 거다. 네 피로 만든 거긴 하지만, 다른 수많은 재료들도 첨가되어 있으니 말이다."

"일단 해 봐야지. 기껏 만들었는데, 거부 반응 따위가 두려워 포기하긴 싫어."

"그건 그렇지. 후, 좋다. 어디에 이식할 생각이냐?"

"우선 단전에 이식해 봤으면 해."

"단전?"

"아무래도 단전을 중심으로 내공을 쌓는 방식에 익숙하니까. 내단을 빨리 키우려면 다른 곳보단 익숙한 단전이 나을 것 같아."

"거긴 엉망일 텐데?"

"알아. 몇 번 째 본 적 있거든. 혈종과 지방 등 불필요한 조직들로 가득했어. 도려내 봤자 시간이 지나면 그것들로 다시 채워지더군."

"그래서 내공을 쌓을 수 없는 게야. 단전이란 그릇 자체가 사라진 거니까. 그저 쓸모없는 살덩이가 된 거지."

"그러니 우선 그 쓸모없는 살덩이를 모두 도려내 깨끗하게 만들어야지. 계획을 짜 두었어."

단우비는 탁자 위의 수북한 종이 뭉치를 뒤져 한 장을 꺼냈다. 그것을 넘겨받아 읽은 이대정은 눈살을 찌푸렸다.

"살덩이를 도려내 깨끗하게 만드는 부분은 꽤 치밀하구나. 하지만 그 뒤부턴 아니야. 도려낸 곳에 내단을 넣고, 근섬유 몇 개만 연결해 고정한 후 바로 봉합이라니, 혈도들은 어찌할 생각이냐? 내단과 혈도들이 연결되어야 내공을 쌓아도 쌓을 수 있을 것인데 말이다."

단우비는 자신의 몸을 가리키며 열게 웃었다.

"내 몸이 알아서 연결해 줄 거야."

어이없는 대답이라 욕을 퍼부으려던 이대정은 순간 무언가가 떠올라 탄성을 터뜨렸다.

"아! 운이에게 들은 적 있다. 뒤틀린 혈도들이 모두 제자리로 돌아갔다지?"

"응. 그것도 내 몸이 알아서 한 일이지. 그러니 이번에도 나를 위해 내단과 혈도들을 연결시켜 줄 거야. 나는 내 몸을 믿어."

"허헛, 정말 몸뚱이 하난 기가 막히는구먼. 두 개 다 이식하면 되는 거냐?"

"아니, 한 개만. 나머지 하나는 실패했을 경우를 대비한 거거든."

"실패한다면 어쩔 거냐?"

"그땐 단전을 포기하고, 다른 데에 이식하려고."

"어디?"

단우비는 가슴 사이의 움푹한 곳을 가리켰다.

"단중혈(膻中穴)."

이대정은 버럭 성을 내었다.

"뭐라고? 단중? 너 미쳤냐? 거긴 급소야! 약간만 잘못 건드려도 죽어!"

"충분히 고민했어. 아무리 생각해도 여기가 최선이더군. 단중은 단전만큼이나 수많은 혈도들로 연결되어 있으니까. 그러니 여기에 내단이 자리 잡히기만 하면 필시 빠른 속도로 내공을 쌓을 수 있을 거야."

"죽는단 말이다! 죽는다고!"

"뭐, 영감의 수술 실력으로도 실패한다면 받아들여야지. 이건 내 마지막 발악이야. 죽으면 죽는 거고, 살아도 실패한다면 포기할 수밖에 없어. 그땐, 영감의 말대로 농사를 지으며 살게."

"이미…… 결심을 굳혔구나."

"응. 해 줄 거야? 아니면 나 혼자 해야 돼?"

"빌어먹을! 좋다! 해 보자!"

결정이 내려지자 세 사람은 분주하게 움직였다.

이소운은 뜨거운 물과 깨끗한 천을 가득 가져왔고, 단우비는 목욕을 해서 몸을 깨끗하게 씻었다. 이대정은 수술 도구를 소독하며 머릿속으로 수술 과정을 철저하게 외우고, 복습했다.

수술은 저녁에 시작되었다.

단우비는 속옷 한 장만 걸친 채 침상에 누웠다.

이대정은 단우비의 단전 부근에 몇 개의 침을 꽂아 지혈을 하고, 통각도 마비시켰다.

한 손에 날카로운 칼을 쥔 그는 단우비에게 시작한다고 눈짓을 주었다. 단우비가 어서 하라고 고개를 끄덕이자마자 두 손을 신속하게 놀려 내단 이식 수술을 전개했다.

수술은 한 식경 만에 끝났다.

절개 부위를 단단하게 봉합한 이대정은 꽂아 둔 침을 뽑았다. 그는 이소운이 가져온 뜨거운 물로 손을 씻으며 단우비를 바라보았다.

"이식은 성공했다. 기분이 어떠냐?"

단우비의 안색은 별로 좋지 못했다. 수술받은 직후이니 당연한 일이었다. 그는 힘없이 웃었다.

"모르겠어. 단전 쪽이 욱신거리긴 하는데, 이게 수술 때문인지 내단 때문인지 감이 안 잡혀."

"일단 지켜보자. 상태가 이상해지면 바로 다시 절개해서 내단을 끄집어내마."

"아니, 내가 뜯어내라고 하기 전까진 아무 짓도 하지 마! 거부 반응이 나타나도 악착같이 버텨 볼 거야."

"끄응, 고집불통이구먼."

고개를 저은 이대정은 네 마음대로 하라고 백기를 들었다.

잠시 후 하루 일과를 마치고 돌아온 이춘자, 이중명, 이삼화가 이소운에게 소식을 듣고는 얼른 달려와 함께 단우비를 지켜보았다.

아무런 변화 없이 다섯 시진이 흘러 어느덧 새벽이 되었다.

이대정과 단우비를 제외한 네 명은 두 시진 전부터 꾸벅꾸벅 졸고 있었다.

이변이 나타난 것은 그때였다.

"으으으! 으아아아! 크아아아아아아아아아악!"

단우비는 미친 듯이 몸부림치며 괴성을 질러 대었다. 간헐적으로 피도 토했다.

올 것이 와 이대정은 신속하게 단우비의 몸을 눌렀다. 그의 손은 두 개뿐이라 완벽하게 단우비의 몸부림을 제압할 수 없었다. 그래서 그는 괴성을 듣고 깨어난 가족을 다그쳤다.

"어서 와서 도와라! 어서!"

이중명 일행은 부리나케 움직여 단우비의 사지를 하나씩 맡아 힘껏 눌렀다.

이대정은 힐끗 단우비의 단전을 확인했다. 봉합한 부위에서 피가 새어 나오고, 피부가 붉게 물들어 가고 있었다. 붉은 빛이 넓어질수록 단우비의 몸부림과 괴성, 각혈도 심해졌다.

초조해진 이대정은 반쯤 정신이 나간 단우비의 뺨을 후려갈겼다.

“뜯어낼까? 뜯어내 줘?”

“아, 아냐! 끄으으! 아아아악! 차, 참을 수 있어!”

“빌어먹을 놈! 그래! 참아라! 악착같이 참아 봐!”

거부 반응과 두 시진 동안 사투를 벌이던 단우비는 결국 혼절해 버렸다. 몇 시진 후에 깨어나자마자 다시 괴성을 지르며 몸부림쳤고, 또 혼절했다.

이대정의 내공은 극독이나 마찬가지라 이소운을 제외한 다른 사람의 몸에 주입해 돕는 건 불가능했다. 그로 인해 그는 단우비가 깨어났을 때 억지로 보약을 먹이거나 땀을 닦아 주는 것 외엔 다른 도움을 줄 수가 없었다.

시간은 흘러갔고, 단우비의 사투는 계속되었다. 그는 절대 포기하지 않았기 때문이다.

그렇게 반년이 지났다.

단우비는 죽지 않았다. 더는 고통 받지도 않았다. 그의 끈질긴 집념이 마침내 거부 반응을 완벽하게 무찔렀기 때문이다!

이소운이 단우비의 몸에 내공을 흘려 넣어 상황을 파악했다.

그의 내공은 아직 독기가 부족해 미약하게 주입하면 단우비도 별다른 피해를 입지 않았다.

사족을 달자면, 단우비에게 뒤틀린 혈도가 제자리로 돌아간다고 알려 준 것도 그였다.

아무튼 확인 결과, 내단은 단우비의 단전에 완전히 정착했다. 그뿐 아니라 이미 주변의 모든 혈도들과도 굳건히 연결된 상태였다.

그러니 이제 남은 건 내단을 활성화시켜 주화입마로 생성된 불순물들로 가득한 혈도를 뚫는 것뿐이었다.

지긋지긋한 침상을 내려온 단우비는 밥을 든든하게 먹은 뒤 마을을 떠났다. 청성산에서 가장 높은 곳, 태양과 가장 가까운 곳인 중부의 만극봉으로 향했다.

혼자 가려고 했는데 이대정과 이소운이 헛소리 말라며 따라왔다. 단우비가 정말 내공을 되찾을 수 있을 것인지 두 눈으로 직접 지켜보고 싶었기 때문이다.

이틀 후 세 사람은 만극봉 정상에 도착했다.

단우비는 속옷 한 장만 걸친 채 가부좌를 틀고 앉았다. 초봄의 쌀쌀한 바람과 온화한 햇살을 느끼며 운기행공을 시작했다.

이대정은 근처에 자리 잡고 이소운에게 천독마장을 전수하며 단우비를 지켜보았다.

석 달이나 노력했건만 단우비는 제자리걸음이었다. 아무

리 태양의 힘을 느끼며 호흡을 해도, 내단은 좀처럼 깨어나지 않았다. 될 듯 될 듯하면서도 되지 않아 더욱 짜증이 났다.

한 달이 더 지났을 무렵, 내단에서 한 줄기 미약한 기운이 꿈틀거렸다. 단우비는 그것을 분명하게 느꼈다.

근 칠 년 만에 맛보는, 너무도 간절하게 되찾길 바랐던 감각이기에 절대로 착각한 것이 아니었다.

눈물을 흘릴 정도로 감격한 그는 이 느낌이 사라질까 봐 두려워 필사의 각오를 다졌다.

그때부터 그는 식사도, 수면도 중단한 채 모든 시간을 내단을 깨우는 작업에 쏟아부었다.

두 달이 흘러 단우비가 이곳에 온 지도 반년이 넘었다.

여느 날과 다음 없는 아침, 눈을 뜬 이대정은 두 달 동안 미동조차 없이 앉아 있는 단우비의 등을 보며 한숨을 내뱉은 후 이소운과 식사를 했다.

머릿속으로 오늘 가르칠 것을 점검해 보고 있던 그의 감각에 불현듯 이질적인 무언가가 느껴졌다.

소스라치게 놀란 그는 얼른 단우비에게로 고개를 돌렸다.

산봉우리를 스쳐 지나가던 바람 중 일부가 조금씩 단우비 쪽으로 궤도를 꺾었다. 그것은 단우비의 몸을 휘감았다. 미약하던 회오리가 점점 강해져 종래엔 무시무시한 소음을 동반한 폭풍이 되었다.

이대정과 이소운은 신속하게 폭풍의 영향권 밖으로 물러났다.

그들은 뭐에 홀린 것처럼 몽롱한 표정을 지으며 단우비에게서 눈을 떼지 못했다.

폭풍은 빠른 속도로 뜨거워졌다. 두 사람의 몸에 땀이 흐르게 만들 정도로 엄청난 열기였다.

폭풍은 단순히 단우비의 주변만 맴도는 게 아니었다. 일부가 단우비의 몸으로 흘러들어 갔다가 다시 밖으로 나오는 일을 끊임없이 되풀이하고 있었다. 그때마다 단우비의 몸이 터질 것처럼 부풀어 올랐다가 줄어들었다.

이대정은 흐뭇하게 웃었다. 어느새가 그의 두 눈은 촉촉하게 젖어 있었다.

'성스러울 정도로 아름답구나. 역시 내 손자야! 후허허허!'

그는 깜짝 놀랐다. 애써 부인하고 있던 본심이 튀어나와 버린 까닭이다. 머리를 세차게 흔든 그는 단우비에게 시선을 고정하고 있는 이소운을 보며 이를 앙다물었다.

'본 문은 일인전승의 방파, 이미 운이에게 전승을 시작한 상태다. 제비에겐 내 무공도, 성도 물려줄 수 없어. 진실은 모르지만, 손자가 아니라고 믿는 게 낫다. 아니, 그렇게 믿어야만 해! 그저 한때 사랑했던 여인의 손자일 뿐이라고, 그녀를 위해 지금까지 보살펴 준 거라고, 단지 그뿐이라고 생각

하자!'

단우비의 몸을 휘감은 뜨거운 폭풍은 가을이 오고, 겨울이 되어 함박눈이 쏟아져도 위력을 잃지 않았다. 이듬해의 늦여름, 생성된 지 일 년이 지난 후에야 서서히 소멸되었다.

느릿하게 몸을 일으킨 단우비는 두 주먹을 불끈 쥐었다.

"으아아아아아아아아아아아아!"

그는 하늘을 노려보며 천지가 떠나가라 함성을 터뜨렸다. 그런 그의 눈에선 뜨거운 눈물이 흘러내리고 있었다.

이대정과 이소운은 얼른 달려가 단우비의 옆에 섰다. 이소운이 대표로 물었다. 그의 얼굴은 흥분과 호기심으로 가득했다.

"형, 축하해! 누구도 못한 일을 해냈어! 멋져! 몸은 어때? 일 년 넘게 아무것도 안 먹었는데 괜찮아? 내단은 커졌어? 얼마만큼 커진 거야? 응?"

비처럼 쏟아지는 질문에 단우비는 피식 웃었다.

"햇빛을 먹어서 그런지 배가 별로 안 고프네. 한 번 가 본 적 있는 길이라 그런지 두 번째는 비교적 쉽더군. 불과 일 년 만에 예전의 내공을 전부 되찾을 수 있었어!"

단우비는 이대정에게로 시선을 옮기며 말을 이었다.

"내단을 더 키울 수도 있었지만, 그 전에 해야 할 일이 있어 중단했어."

이대정은 고개를 갸웃거렸다.

"내공을 쌓는 것보다 우선시해야 할 일이 있다?"

"맞아."

"그게 무어냐?"

"수술!"

기가 막혀 이대정은 헛웃음을 토했다.

"이런 미친놈을 봤나? 내공을 되찾았는데, 기어이 단중에 나머지 내단을 이식할 작정이란 말이냐?"

"사람의 욕심이란 끝이 없는 법이잖아? 내단이 두 개가 되면, 힘도 두 배가 되겠지. 얼마나 강해질지 생각만 해도 짜릿해!"

진지하게 고민한 이대정은 표정을 굳혔다.

"한 가지 조건이 있다."

"뭐야?"

"내가 가진 지식과 기술을 총동원해 반드시 이식을 성공시키겠다. 그러니 그 뒤에 내단을 만드는 방법을 알려다오."

그의 속내를 간파한 단우비는 이소운을 가리키며 옅게 웃었다.

"그 나이에 이식 수술이란 무리한 도박을 하지는 않을 테니, 운이를 위해서이겠군."

이대정은 순순히 시인했다.

"내단이 단전과 같은 구실을 할 수 있다는 게 증명된 이상 탐욕이 생기는구나. 단전과 내단, 운이의 몸에 두 개의 힘이 자리 잡으면 본 문 역사상 최강의 고수가 될 거다! 최강의 고수가!"

당연하게도 이소운의 몸은 흥분으로 들썩였다. 그는 단우비에게 제발 수락하라고 간절하게 애원했다.

살짝 어깨를 으쓱인 단우비는 씨익 웃었다.

"좋아! 거래 성립이군!"

세 사람은 바로 만극봉을 떠나 이가촌으로 돌아갔다.

이식 수술은 삼 주 후에 하게 되었다. 이대정이 반드시 성공시키려고 준비를 철저하게 했기 때문이다.

단중혈이 워낙 민감한 급소라 수술은 두 시진 이상 소요되었다.

다행히 수술은 성공했다.

거부 반응이 생기긴 했으나 두 번째라 그런지 단우비는 크게 고통받지 않았다. 거부 반응은 불과 한 달 만에 사라졌고, 내단은 단중혈에 정착했다.

이젠 몸이 단중혈의 내단과 주변 혈도들을 연결시켜 주길 기다려야 하는데, 단우비는 그 시간이 아까웠다.

그는 이대정에게 내단 만드는 법을 모두 알려 준 후 만극봉으로 돌아갔다. 단전의 내단을 키우며, 그 힘으로 단중혈의 내단과 주변 혈도들을 보다 빨리 연결시켜 볼 작정이었다.

이대정은 이소운의 몸에 맞게 내단 연성법을 개조해야 해

동행할 수 없었다. 대신 그는 떠나는 단우비를 붙잡고 조언을 해 주었다.

"하늘은 열린 상태지?"

"응. 열다섯 살에 열었어."

"허어, 빨리도 열었구먼."

"운이 좋았지."

"한 번만 말할 테니 잘 들어라."

"뭔데?"

"하늘 다음은 땅이다. 땅을 열어라."

"땅?"

"그래. 하늘과 땅이 열리면 대주천이 가능해진다. 성공한다면 신세계를 맛볼 거다. 내가 그랬거든."

"그렇군! 그랬던 거야! 절정고수는 하늘을 열어 일주천이 가능해진 자를 뜻하고, 황의 고수는 하늘과 땅을 열어 대주천이 가능해진 자를 뜻하는 거였어!"

"뭐, 그렇지. 어디 한번 내가 있는 곳까지 올라와 보려무나. 기대하고 있겠다."

"후후후, 좋아! 기대해! 절대 실망시키지 않겠어!"

천금 같은 조언을 들은 단우비는 흥분을 주체하지 못했다. 그는 웃음을 멈추지 않으며 만극봉으로 쏜살같이 달려갔다.

만극봉 정상에 가부좌를 틀고 앉은 단우비는 운기행공을

하기 전 마지막으로 점검을 해 보았다.

'예전의 힘을 되찾았으니 이제는 더 위로 올라갈 차례! 내가 익힌 심법은 세 가지다. 천공심법, 천진만변도법과 풍마신장 내의 심법이지. 천공심법은 불, 천진만변도법과 풍마신장은 바람이야. 바람은 불과 상생이 가능해. 그 덕분에 나는 이미 이론적으로 천진만변도법과 풍마신장의 오의를 천공심법에 이식해 개량, 발전시키는 작업을 끝낸 상태다.'

이를 앙다문 그는 두 눈을 질끈 감았다.

'지금부터 나는 개량된 천공심법을 수련한다! 반드시 극성까지 터득하고 말겠어!'

과거 단전을 회생할 방법을 찾을 때 그는 소유한 무공들을 철저하게 연구했다. 결국 단전을 회생할 방법은 찾지 못했지만, 그 대신 세 가지 심법의 오의를 깨닫게 되었다.

내공이 없을 때는 무의미했지만, 이제는 다르다. 내공을 되찾은 이상 마음껏 수련을 할 수 있었다.

수련을 시작한 단우비의 몸을 중심으로 거센 폭풍이 생성되어 휘몰아쳤다. 너무도 뜨겁고 강렬한 폭풍이었다.

예상대로 개량한 천공심법과 두 개의 내단은 엄청난 위력을 발휘해 단우비의 내공은 빠른 속도로 증가되어 갔다.

수련을 시작한 지 일 년 반이 지났을 무렵 단전의 내단은 삼십구 두에 육박했고, 단중의 내단은 삼십칠 두나 되었다.

한 달이 더 흘렀을 때, 단우비는 사타구니가 터지는 듯한 극심한 통증을 맛보았다.

단전과 단중, 두 개의 내단에서 출발한 내공이 노도와 같은 기세로 사타구니를 향해 질주해 항문과 고환 사이에 위치한 회음혈(會陰穴)을 뚫어 버린 것이다!

어찌나 고통스러운지 한순간이라도 집중을 잃었다면 혼절해 버렸을 정도였다.

그렇게 회음혈이 뚫리자 내력의 순환이 급격히 바뀌었다.

일주천은 백회혈과 단전을 양 끝으로 한 타원형 고리에 내력을 순환시키는 것이었다. 단우비는 거기에 단중혈을 추가해서 운용하고 있었다. 그런데 회음혈마저 추가되어 버렸다.

자연스레 머리끝인 백회혈과 몸통의 끝인 회음혈을 양 끝으로 한, 더 큰 타원형 고리가 만들어지게 되었다.

내력은 그 새로운 타원형 고리를 순환하고 있었다.

이 거대한 타원형 고리가 바로 대주천이었다.

단우비는 드디어 꿈에 그리던 황의 고수가 된 것이다!

게다가 내력의 순환만 바뀐 것이 아니었다.

대주천을 지속적으로 행하자 어느 순간 뼈와 근육들이 소리가 날 정도로 요란하게 뒤틀리기 시작했다. 보다 더 효율적으로 움직이도록 근골 자체가 진화하고 있는 것이었다.

눈물이 나올 정도로 아팠지만 단우비는 필사적으로 참았

다. 너무도 중요한 순간이니 절대 도중에 멈출 수 없었다.

사흘이 지나자 근골의 진화가 끝났다.

눈을 뜬 단우비를 맞이한 것은 지금까지와 전혀 다른 세상, 이대정의 말 그대로 신세계였다!

저 멀리 날아가는 새의 깃털이 선명하게 보이고 풀, 바람, 흙, 먼지, 심지어 햇살의 냄새까지 맡아졌다. 피부에 와 닿는 티끌 하나조차 전부 감지되었으며, 어디선가 흐르는 냇물의 소리마저 들렸다.

몸은 날 수 있다고 착각될 정도로 가벼웠다. 팔다리는 이게 내 것이 맞는지 의심스러울 만큼 원활하게 움직여졌고, 무한한 힘이 용솟음쳤다.

'하핫, 기가 막히네! 어이가 없을 정도야!'

단우비는 내단을 점검해 보았다. 어느샌가 단전의 내단은 사십 두로 커져 있었다. 단중의 내단은 삼십구 두였다.

일 두가 모자라다는 게 아쉬웠다.

그래서 그는 다시 가부좌를 틀고 앉아 대주천으로 내력을 순환시키며 개량한 천공심법을 수련했다.

다섯 달 동안 노력한 끝에 단중의 내단마저 사십 두로 키울 수 있었다.

사십 두인 내단이 두 개가 있으니 팔십 두나 마찬가지 아닌가 라는 우월감이 내심 들었는데, 애석하게도 그렇지는 않았다. 그저 사십 두의 힘을 두 배 더 지속적으로 쓰는 것이

가능할 뿐이었다.

뭐, 그래도 그렇게 아쉽지는 않았다. 두 개의 내단은 그야말로 무시무시한 위력을 내포하고 있으니 말이다.

이가촌으로 돌아간 단우비는 우선 대장간에 들렀다. 대장장이에게 통천마검과 동일한 형태의 검과 귀곡도와 동일한 형태의 칼, 철궁과 화살을 여러 개 주문했다.

통천마검은 불 따위에 녹지 않는다. 그러니 지금도 무이산에 널브러져 있거나, 누군가가 회수해 소지하고 있을 가능성이 컸다. 반드시 되찾을 것이니 동일한 형태의 무기로 수련을 하는 게 좋았다.

여러 개를 주문한 건 대장간에 조잡한 철밖에 없어 몇 번 연습하면 부서질 것 같았기 때문이었다.

이대정 일가와 만나 경과 보고를 한 그는 작업실 뒤편의 숲 속에 수련을 할 공터를 만들었다. 이미 있는 공터는 이소운이 수련하는 장소라 귀찮지만 어쩔 수 없었다.

이대정은 아직 이소운의 몸에 맞는 내단을 만들지 못했다. 아마도 그의 대에선 힘들 것으로 예상되었다.

이소운이 완성해야 한다는 얘기다.

더구나 완성해도 그가 자식을 키울 때까지는 이식을 할 수 없었다. 혼자서는 수술이 불가능하니 말이다.

자신이 만든 공터에 선 단우비는 양손에 무기를 들고 수련을 시작했다. 이미 이론적으론 환상검법, 친전만변도법,

풍마신장을 처음부터 끝까지 완벽하게 터득한 상태였다.

그러니 이제는 그 모든 것을 몸으로 익힐 차례였다.

때때로 이대정이 찾아와 단우비에게 대련을 요구했다. 평생 조고진을 제외하곤 황의 고수와 붙어 본 적이 없는 데다, 서로 죽일 일도 없어 부담 없이 싸울 수 있기 때문이다.

단우비로선 마다할 이유가 없었다. 이대정과의 대련은 자신의 무공을 비약적으로 성장시켜 줄 것이 분명하니까.

결과적으로 이대정은 신명 난 싸움을 원 없이 즐길 수 있게 되었고, 단우비의 초식은 하루가 다르게 강력해졌다.

어느덧 이 년 육 개월이 흘렀다.

여장을 꾸린 단우비는 이대정의 집 안방으로 들어갔다.

이대정은 이불을 뒤집어쓴 채 누워 있었다. 그는 석 달 전부터 이렇게 누워 방 밖으론 한 발자국도 나가지 않았다. 아니, 나가지 못했다.

"몸은 좀 어때?"

이대정은 힘없이 웃었다.

"좋아 보이냐? 앙?"

"후후, 성질은 그대로네. 이삼십 년은 더 살 수 있겠어."

"지랄! 많아 봤자 일이 년이야. 그 이상은 무리다, 쩝."

"여든여섯이라…… 뭐, 살 만큼 살았네."

"칫! 떠나기 전에 염장 지르려고 온 거냐?"

"하핫, 꼬우면 더 오래 사슈. 한 이백 살까지 살아 버려.

그러면 되겠네."

단우비의 입은 웃고 있었으나, 눈은 슬픔으로 가득했다. 죽어 가는 이대정이 너무도 안타까운 것이다.

그것을 알아 이대정은 애써 유쾌하게 물었다.

"되었다! 그래, 복건으로 돌아가려는 게냐?"

"응. 가야지."

"십삼 년이 흘렀다. 십삼 년! 이십 대 초반의 꼬맹이였던 네가 어느덧 삼십 대 중반의 중년이 되었어! 다 끝났으면 어쩌려고? 네 부하들이 다 죽은 뒤이면 말이다."

"후우…… 그땐 혼자 해야지. 어떻게 된 게 소식 한 번을 못 듣네. 여긴 너무 멀리 떨어져 있어."

"네 과거를 듣긴 했다만, 그래도 너무 무리하지는 마라. 황의 고수라고 해서 불사신은 아니야. 나를 봐라. 시간 따위에 져 버렸지 않느냐?"

"아아, 알아. 신중하게, 철저하게 계획을 세워서 하나씩 처리해나갈 거야."

"그래, 그러면 된다."

"참, 작업실에 남은 오색흑살초(五色黑殺草)를 전부 챙겼어. 가져가도 되지?"

"그건 뭐 하러?"

"쓸 데가 있거든."

"마음대로 해라. 어차피 이제 작업실을 채우는 건 운이가

할 일이니까."

"운이에겐 이미 허락을 받아 뒀어."

"그러면 뭐, 문제는 없네."

"고마워."

잠시 대화가 중단되었다.

단우비는 더 미련이 생기기 전에 이대로 떠날까 하는 충동을 느꼈는데 문득 궁금한 것이 떠올라 입을 열었다.

"영감, 마지막으로 하나만 물어봐도 돼?"

"무어냐?"

"두 달 전쯤에 중명 아저씨가 말해 주더라. 영감이 죽으면 영원히 알 수 없게 될 거라며."

"……."

"내가 영감 손자야? 그러면 전부 이해가 되거든."

단우비의 두 눈은 지극히 진지했다. 그래서 이대정도 솔직하게 대답해 주었다.

"아니다. 네 할미, 복자와 사귄 건 맞다만 주아는 내 딸이 아니야."

"그렇구나…… 그런데 왜?"

"키 때문이지 뭐! 주아도, 네놈도 나와 닮은 구석이라곤 눈곱만큼도 없는데, 네놈 키가 나와 비슷해. 키는 아무런 증거도 되지 않건만, 못내 찜찜하더구나. 아니라는 걸 알면서도 찜찜한 기분을 떨칠 수가 없었어. 그래서다. 단지 그래서

일 뿐이야."

"후후, 그런 거였군. 평생을 부끄럽게 여겼던 작은 키가 이제는 너무도 자랑스럽네…… 좋아! 영감과 나는 남이야. 받아들일게."

"그래, 그러는 편이 서로 좋다."

"나는 영감을 할아버지라고 생각하지 않겠어. 그저…… 나를 구하고, 내게 새 인생을 주었으며, 아주 많은 친절을 베푼…… 은인이라고 생각할게."

속내를 드러내는 단우비의 눈망울이 촉촉하게 젖었다.

이대정도 울컥해 눈을 적셨다. 그는 손을 휘저으며 호통을 질렀다.

"에잉! 빌어먹을 놈! 구질구질하게 굴지 말고 꺼져라! 어서 떠나!"

"후후후. 알았어, 알았수다. 갈게."

천천히 몸을 일으킨 단우비는 마지막으로 한 번 더 이대정을 바라본 뒤 방 밖으로 나갔다. 밖에는 이춘자와 이중명 일가가 배웅을 위해 대기하고 있었다.

네 사람과도 작별 인사를 나눈 그는 정든 이가촌을 떠났다.

십삼 년 만의 귀환

이가촌을 나선 지 얼마 되지 않아 단우비는 이질적인 기척을 감지했다. 누군가가 이십 장 거리를 유지하며 은밀하게 그를 미행하고 있었다.

궁금증이 치솟았지만 단우비는 일단 모르는 척했다. 이대정의 집인 청성산에서 일을 벌이고 싶지 않았다. 그래서 청성산을 내려간 후에 저놈을 붙잡아 심문을 하기로 했다.

그는 동쪽으로 나아가 사흘 후 청성산 아래에 다다랐다. 어떻게 기척의 주인을 생포할까 궁리를 하는데, 갑자기 다른 기척이 하나 더 느껴졌다. 그 새로운 기척은 미행자 쪽으로 다가가 합류했다.

잠시 후 미행자는 저 멀리 떠났다. 그리고 새로운 기척이 신속하게 이동해 단우비의 앞에 당당하게 모습을 드러내었다.

오 척 일 촌의 작은 키에 비쩍 마른 십 대 중반의 소년이었다.

단우비는 소년의 얼굴을 보자마자 헛바람을 집어삼킬 정도로 경악했다.

소년의 얼굴은 자신의 어릴 때 모습과 똑같았다. 눈, 코, 입, 턱 선까지 판박이라고 할 정도로 닮았다.

다른 건 눈동자뿐이었다. 소년의 눈은 섬뜩할 정도로 차가운 회색빛으로 물들어 있었다.

애써 평정을 회복한 단우비는 나직이 물었다.

"너는 누구지? 그리고 떠난 놈은 또 누구냐?"

"미행을 알고 계셨군요."

"그래. 청성산에서 일을 벌이고 싶지 않아 다 내려간 후 잡을 작정이었다. 막 잡으려고 하는데 네가 내 앞에 나타났구나."

"봇짐으로 보아 마을을 잠시 벗어나는 것이 아니라 완전히 떠나는 게 분명하다고 하더군요. 맞습니까?"

"맞다. 너는 누구냐고 물었다만."

"유하라는 분을 기억하십니까?"

흠칫한 단우비는 옅게 웃었다.

"과연, 네가 다음 대의 살왕이로구나. 기척을 꽤 잘 감춘

게 이해가 돼. 유하가 시켜서 온 거니? 내가 이곳에 있다는 건 어떻게 알았지?"

"그 정도 정보력은 있습니다."

"떠난 놈이 정보원이군."

"예. 사부님을 만나고 싶으십니까?"

"당연하지. 안내해 다오."

"따라오십시오."

소년, 소묵은 앞장서서 걸음을 옮겼다.

한 식경이나 흘렀건만 그는 한마디도 하지 않았다.

답답함을 느낀 단우비가 넌지시 입을 열었다.

"묵노, 네 태사부는 아직도 살아 있느냐?"

"사 년 전에 돌아가셨습니다."

"영감탱이, 오래도 버텼군. 유하는 어떻지?"

"만나면 아시게 될 겁니다."

대화는 거기서 중단되었다. 쌀쌀맞은 소묵에게 두 손을 든 단우비는 다시 대화를 하려는 시도를 하지 않았다.

반나절 뒤 자정 무렵 두 사람은 사천의 중심지인 성도에 접근했다.

성도의 성문은 굳게 닫혀 있었다.

단우비는 성벽을 오르려고 했는데, 소묵이 근처의 땅을 다져 잠자리를 만들기 시작했다. 별수 없이 단우비는 소묵의 옆으로 가서 앉았다.

간단하게 식사를 한 소묵은 앉은 자세로 눈을 감고 잠을 청했다. 역시 배를 채운 단우비는 그런 소묵의 얼굴을 유심히 쳐다보았다. 단우비의 지속적인 시선을 느꼈을 터인데, 소묵은 끝까지 이렇다 할 반응을 보이지 않았다.

이튿날 아침, 두 사람은 열린 성도의 성문을 넘어 안으로 들어갔다.

소묵은 단우비를 남서쪽의 허름한 빈민가로 이끌었다. 목적지는 빈민가 한구석에 위치한 이름 없는 대장간이었다.

대장간의 문은 닫혀 있었다. 소묵은 익숙한 손놀림으로 문을 열고 단우비와 함께 안으로 들어간 뒤 다시 닫았다. 일층 구석의 바닥을 열자 지하로 이어진 계단이 나타났다.

계단의 길이는 무려 이십 장이나 되었다. 지하에 도착한 단우비를 거대한 대공동과 수십 개의 문들이 반겨 주었다.

대공동 남쪽 구석엔 널따란 탁자가 놓여 있고, 그 위엔 갖가지 암기와 기괴한 도구들이 깔끔하게 정돈되어 있었다.

탁자 앞에는 한 여인이 바퀴 달린 의자에 등을 보인 채 앉아 있었다.

"어이, 여름이!"

단우비는 장난기를 담아 외치며 여인 쪽으로 성큼성큼 걸어갔다.

여인의 어깨가 떨렸다. 단우비가 가까워질수록 떨림은 커져 갔다.

그러던 떨림이 일순 사라졌다. 두 손으로 힘주어 바퀴를 잡은 그녀는 단숨에 백팔십도 회전했다.

여인의 얼굴은 끔찍했다. 수십 개의 크고 작은 칼자국들로 가득 뒤덮여 있어 보기만 해도 눈을 돌리고 싶어질 정도였다. 게다가 그녀의 두 다리는 허벅지 중간부터 절단되어 있었다. 그래서 바퀴 달린 의자에 앉아 있던 것이었다.

재회의 기쁨이 혼란과 충격으로 변해 단우비는 얼굴을 무참하게 일그러뜨렸다.

"어쩌다……?"

여인, 유하는 처연하게 웃었다.

"끔찍하지?"

단우비는 허리를 굽혀 유하와 눈높이를 맞추었다. 유하의 코앞까지 얼굴을 가져가 무례할 정도로 집요하게 그녀의 얼굴을 살폈다.

유하는 몇 번이나 손으로 얼굴을 가리고 싶은 충동을 느꼈지만 꾸욱 참았다. 필사적으로 용기를 내어 단우비의 얼굴을 마주 바라보았다.

잠시 후 단우비가 온화한 미소를 던졌다.

"눈은 이십 년 전과 같네. 예뻐."

"후후, 빈말이라도 고마워."

"아니, 진심이야."

"……."

"어쩌다 이렇게 된 거야?"

나직이 한숨을 내쉰 유하는 짤막하게 대답했다.

"영감."

단우비는 두 눈을 부릅떴다.

"묵노?"

"응."

"기가 막히는군. 네가 내게로 돌아오는 걸 막을 방법이 있다고 하더니…… 미친 영감탱이!"

"그러게 말이야. 죽기 전에 내 얼굴을 난도질하고, 다리를 잘라 버렸어. 여자의 생명인 얼굴과 다리마저 잃었으니 이젠 영원히 이곳에 살 수밖에 없을 거라고 하면서 낄낄 웃더군."

"하! 아무리 그래도…… 이 상태론 청부도 못 받을 텐데?"

"묵이를 가르치는 건 가능하니까. 일이십 년쯤 살업을 중단해도 살왕의 명성은 사라지지 않고. 결국…… 영감이 내게 바란 건 그 정도였던 거야."

"정말 끝까지 지독한 영감탱이구만!"

"누가 아니래!"

더 파고들어 봤자 유하만 아플 뿐이라고 생각한 단우비는 소묵을 가리키며 슬그머니 화제를 바꾸었다.

"묵이라고 했지? 어떤 애야? 보자마자 깜짝 놀랐어."

유하는 소묵을 응시하며 고개를 갸웃거렸다.

"말 안 했어?"

소묵은 무뚝뚝하게 내뱉었다.

"제가 말한다고 믿겠습니까?"

"그런가……."

답답해진 단우비는 언성을 높였다.

"어서 대답해! 내게 숨기는 게 뭐야?"

어깨를 으쓱인 유하는 단도직입적으로 말했다.

"이름은 소묵, 나이는 열다섯, 네 아들이야."

단우비의 머리에 천둥 번개가 내리꽂혔다. 입을 쩍 벌린 그는 소묵을 뚫어져라 바라보았다.

"내, 내, 내…… 아들이라고……? 열다섯 살? 열다섯이면…… 말도 안 돼. 이게 대체……?"

그는 떨리는 손을 품에 넣어 두툼한 천을 꺼냈다. 천을 풀자 시꺼먼 갓난아이의 뼛조각이 나타났다. 그는 그 뼛조각과 소묵을 번갈아 쳐다보며 혼란에 휩싸였다.

"십오 년 전이었지."

유하는 담담하게 십오 년 전 단우공의 마수에서 소묵을 구출한 경위를 설명해 주었다. 엿들은 단우공과 진주의 대화도 모두 밝혔다.

그녀의 이야기가 끝나기 무섭게 단우비는 얼굴을 험상궂게 일그러뜨리며 뼛조각을 바닥에 내동댕이쳤다.

"원주! 단우공! 미친 영감탱이가 여기에도 있었다니! 하!

세가의 미래를 위해서라고? 고작 그딴 것 때문에 내 아들을 죽이려고 해? 고작 그딴 것 때문에?"

그는 무시무시한 살기를 내뿜었다. 유하와 무뚝뚝한 소묵마저 경악했을 정도로 차원이 다른 살기였다. 단우비의 무력이 어느 정도인지 짐작조차 되지 않았다.

단우비는 소묵에게 다가갔다. 십오 년 동안 주지 못한 애정을 모두 주려는 듯 온 마음을 다해 소묵을 힘껏 안았다. 그러다 두 손으로 소묵의 얼굴을 붙잡고, 어루만지며 웃었다. 그의 두 눈은 격동으로 떨리고 있었다.

"나는, 나는 네가 죽은 줄만 알았다. 원주의 거짓말에 속아 죽은 줄만 알았어. 살아 있었다니, 이렇게 훌륭하게 컸다니……! 내 아들이야, 내 아들! 내 아들이 여기에 있어! 후하하하! 내 아들이야!"

그는 다시 소묵을 힘껏 끌어안았다.

소묵은 가만히 단우비의 품에 안겼다. 별다른 표정 변화는 없었지만 그의 눈에선 한 줄기 눈물이 흘러내렸다. 그 상태로 그는 처음 맛보는 아버지의 따스한 온기와 애정을 만끽했다.

유하는 그런 두 사람을 흐뭇한 미소로 지켜보았다.

잠시 후 평정을 회복한 단우비가 서둘러 품에서 절반밖에 없는 야명주를 꺼냈다.

"받아라. 네 어미의 유품이다. 언젠가 자식을 낳으면 물려

줄 거라고 했어. 그러니 이건 네 것이다."

"그렇군요. 어머니는…… 어떤 분이셨습니까?"

"정말 대단한 여자였지."

단우비는 진주와의 만남부터 헤어짐까지 살을 붙여 재미나게 풀어 놓았다. 이무기를 때려잡는 내용도 포함되어 있었기에 소묵은 단우비의 이야기에 빠져들었다.

"나를 떠난 이유를 이제야 알게 되었구나. 후우우."

"어머니의 고충이 이해됩니다. 그럴 수밖에 없으셨어요."

"후후, 그래. 그렇구나."

세 사람은 식사를 하며 대화를 재개했다.

단우비가 소묵을 향해 단호하게 내뱉었다.

"주이에겐 미안하지만 네 성은 '단우'다! 내 아들이니까! 단우묵! 이게 네 이름이다!"

단우묵은 거부하지 않았다.

"알겠습니다."

"응?"

"……아버지."

"후하하하! 그래야지!"

호탕하게 웃은 단우비는 유하에게로 시선을 옮겼다.

"묵이를 구하고, 잘 키워 줘서 고마워."

"흥, 알면 됐어."

"나는 언제 찾았어?"

"영감이 죽고 난 뒤에 본 문과 오래 거래해 온 정보원들에게 의뢰를 했어. 그들 중 하나가 놀라면서 말하더라. 독황의 제자로 추정되는 인물이 청성산 만극봉에서 수련 중인데, 내가 알려 준 단우비의 인상착의와 비슷하대."

"만극봉? 허! 그놈들이 그것까지 어떻게 안 거지?"

"그들은 사천의 모든 고수들을 정기적으로 조사해 두고 있거든. 언제 살왕이 그들의 목을 청부받을지 모르니까. 독황과 그의 제자도 예외는 아니었던 거지."

"아아, 그런 거군. 그래서?"

"바로 정보원의 등에 업혀 만극봉으로 갔어. 거기서 네 얼굴을 확인했지."

"엥? 네가 직접 왔다고? 나는 전혀 몰랐는데?"

"훗, 다리가 이래도 나는 살왕이야. 네 감각을 속이고 멀리서 네 얼굴을 확인하는 것 정도는 가능해."

"그러면 왜 그 날 바로 내게 말을 걸지 않은 거야?"

"……뭔가 중요한 수련을 하는 것 같아서. 방해하긴 싫었어."

"그랬구나. 그래서 내가 제 발로 떠날 때까지 기다리기로 한 거야."

"응, 맞아."

"묵이는 내가 아버지란 걸 알고 있었잖아? 언제 알았어?"

"나는 너희 두 사람을 만나게 해 주고 싶었어. 그게 옳은 일이니까. 영감이 살아 있을 때는 불가능했지만, 죽었으니 이제 내 맘대로 해도 되었지. 그런데…… 묵이에게 뭐라고 설명해야 할지 도무지 모르겠더라."

씁쓸한 입맛을 다신 유하는 말을 이었다.

"그래서 너를 찾은 이유를 말하지 않았어. 네가 수련을 끝마치고 제 발로 이가촌을 떠나면 정보원을 시켜 이곳으로 데려오기로 했지. 서로 얼굴을 보면 무언가를 느낄 테니까. 그때 내가 진실을 밝히면 된다고 생각했어."

"그런데?"

"이 년 반쯤 전에 정보원이 네가 내공 수련을 끝내고 이가촌으로 돌아갔다고 보고했어. 그걸 안 묵이가 나 몰래 이가촌으로 갔지. 내가 이유를 설명하지 않으니, 너한테 듣기로 한 거야. 후후, 묵이는 멀리서 네 얼굴을 보고는 바로 돌아왔어. 그 직후 나를 추궁하더군. 왜 네 얼굴이 자신과 똑같은 거냐면서. 그래서 뭐…… 다 말해 줬지."

단우비는 새삼스레 단우묵의 얼굴을 보며 피식 웃었다.

"진짜 판박이라니까. 내 작은 키까지 닮으면 안 되는데……."

그는 오 척 일 촌밖에 안 되는 단우묵의 작은 키가 못내 마음에 걸렸다. 하지만 유하는 아니었다. 그녀는 눈살을 찌푸리며 구박했다.

"아직도 키에 집착하는 거야? 그 나이를 처먹고도? 나잇

값 좀 해!"

"아니, 나는 이제 내 키를 자랑스럽게 여겨. 이 키 덕분에 아주 큰 도움을 받았거든. 하지만…… 그래도 내 아들만은 좀……."

단우묵이 특유의 무뚝뚝한 어조로 끼어들었다.

"키는 상관없습니다. 키 따위는 제게 아무런 제약도 되지 못합니다."

굳은 의지가 담겨 있는 단우묵의 말에 단우비는 헛웃음을 터뜨리며 유하를 추궁했다.

"대체 어떻게 키웠기에 이렇게 무뚝뚝하냐?"

"흥, 자객이 다 그렇지. 뭘 더 바라?"

"쩝."

어느덧 식사가 끝나 세 사람은 대공동 한쪽에 위치한 유하의 침실로 이동했다. 단우묵이 가져온 차를 마시며 이번에도 단우비가 먼저 운을 떼었다.

"유하야, 그리고 묵아, 여기 정리하고 나랑 같이 복건으로 가자."

움찔한 유하는 얼굴과 다리를 가리키며 입을 삐죽 내밀었다.

"이 꼴로 가긴 어디를 가?"

단우비는 싱긋 웃었다.

"내가 업고 가면 되지. 자객 따위 그만뒀으면 좋겠지만,

역사가 천 년이 넘으니 강요하지는 않을게. 복건에서 해. 거기서 해도 되잖아? 굳이 사천에 목맬 필요는 없다고 봐."

"나는 그저 너희 두 사람을 만나게……!"

"시끄러! 그게 다가 아니란 걸 알아!"

유하와 단우묵이 깜짝 놀랄 정도로 고함을 지른 단우비는 유하의 코앞에 앉았다. 그는 두 손으로 그녀의 얼굴을 붙잡으며 두 눈을 뜨겁게 불태웠다.

"이런, 이런 꼴이 되고도 너는 완전히 포기하지 않았어. 계속 한 줄기 희망을 품고 있었어. 그래서 나를 찾은 거야. 그래서 면사로 얼굴을 가리지 않고, 있는 그대로의 모습을 내게 보여 준 거야. 내 반응을 보고 싶었으니까. 내가 너를 괴물로 보는지, 여자로 보는지 알고 싶었으니까! 네 희망을 건 마지막 도박이었던 거지."

속내를 간파당해 유하는 몸을 떨며 닭똥 같은 눈물을 흘렸다. 단우비는 따스하게 그녀의 눈물을 닦아 주며 진심으로 외쳤다.

"나랑 혼인하자! 내 마누라가 돼라! 응?"

유하는 울면서 웃었다.

"정말……? 이런 괴물이 되었는데도……?"

"너는 괴물이 아니야! 너는 여전히 예뻐! 여전히 아름다워! 이십 년이나 나를 잊지 않고 기다렸어! 내 아들을 이렇게 훌륭하게 키워줬어! 내 눈에 너는 세상 그 누구보다 아름다워!

나를 봐! 내 눈을 봐! 내가 지금 거짓말을 하는 것 같아?"

그의 이글거리는 눈을 응시하던 유하는 고개를 푹 숙이며 기어들어 가는 어조로 자학했다.

"나쁜 놈……! 너 여자 엄청 많잖아? 그년들과 비교하면 나는……."

"많기는 뭐가 많아? 하나뿐인데. 그 하나도 죽었는지 살았는지 모르는 상태고."

깜짝 놀란 유하는 두 눈을 동그랗게 떴다.

"응? 그 많던 년들이 다 어떻게 된 거야?"

단우비는 다시 그동안 살아온 이야기를 풀어 놓았다. 사마영영, 단우시의 죽음과 백리소연의 배신, 단우공의 저열한 거짓말, 황의 고수가 된 경위까지 전부 밝혔다.

과거 묵노는 유하에게 풍황을 죽였다고만 했을 뿐, 단우비를 만난 것과 사마영영의 죽음은 숨겼다.

그로 인해 유하는 무당산에서 있었던 일을 처음 듣게 되었다.

그것도 충분히 놀라웠지만, 더 놀라운 건 백리소연이었다.

그녀는 옳다구나 삿대질을 퍼부었다.

"내가 말했지? 백리소연 그년 맘에 안 든다고 말했지? 어?"

"후…… 그러게."

"그 미친년 하나 때문에 십삼 년을 잃었어! 무려 십삼 년의 세월을!"

"병신 같은 거 아니까 그만해."

"그만하긴 뭘 그만해? 어쩔 거야? 가서 그년 어쩔 건데?"

"살아 있다면 끝장을 봐야지! 그쪽 상황 아는 것 있어?"

"몰라. 내가 그 멀리 떨어진 곳의 상황을 어떻게 알아?"

"하긴……."

"다 끝난 상태면 어떡할 거야?"

"독황도 그렇게 묻더라. 나 혼자 할 거라고 대답해 줬어. 너희 도움은 필요 없어. 아니, 너희를 위험에 빠뜨리긴 싫어. 그러니 내 옆에 있어 주기만 해 줘. 그거면 족해."

단우묵은 딱 잘라 거부했다.

"그건 마음에 안 드는군요. 사부님은 일선에서 물러나셨기에 제가 당대의 살왕입니다. 그리고 절정고수지요. 분명 큰 도움이 될 겁니다."

단우비는 두 눈을 부릅떴다.

"절정고수?"

"모르셨습니까?"

"그게……."

"하긴, 황의 고수에겐 일류고수나 절정고수나 조무래기인 건 마찬가지일 테니 무리도 아니군요."

"하, 하하, 그, 그런가……? 대단하구나. 그 어린 나이에 벌써 하늘을 열다니 말이다."

“아버지도 열다섯에 절정고수가 되었다고 들었습니다. 그러니 빠른 건 아니지요.”

유하가 슬그머니 부연 설명을 해 주었다.

“그 이야기를 했더니 엄청 자극을 받아 가지고 저 녀석 필사적으로 노력했어.”

단우비는 더할 나위 없이 흐뭇해졌다.

“하하하하! 내 아들답군! 역시 내 아들다워!”

그동안의 노력이 이 한마디로 모두 보상받은 기분이라 단우묵은 내색하진 않았지만 뛸 듯이 기뻤다.

유하는 단우비를 따라가기로 결심을 굳혔다.

물론 한 가지 조건이 있었다.

그 날 저녁 그녀는 두근거리는 심장을 억누르며 단우비의 방으로 찾아갔다.

단우비는 그녀를 쫓아내지 않았다. 그녀의 얼굴을 회피하지도 않았다. 정면으로 그녀의 얼굴을 바라보며 환히 웃어 주었다. 그러고는 주저 없이, 아무런 거리낌 없이 그녀를 안았다.

그는…… 그녀를 한 사람의 여자로 대해 주었다!

그렇게 유하는 삼십사 년 평생을 바라 왔던 꿈을 이루었다.

이튿날부터 세 사람은 이삿짐을 쌌다.

워낙 짐이 많아 중요한 것만 챙기고 나머지는 일단 이곳에 남겨 두기로 했다. 복건의 상황이 정리된 뒤, 복수를 끝내고 나면 그곳에 새로운 거처를 만들어 이곳의 짐들을 모두 옮길 작정이었다.

물론 세 사람이 그때까지 살아 있어야만 실현 가능한 계획이었다.

사흘 후, 커다란 짐마차에 짐이 가득 실렸다. 줄이고 줄인 게 이 정도였다.

두 마리 말이 짐마차에 묶였고, 단우비와 면사로 얼굴을 가린 유하는 마부석에 나란히 앉았다. 단우비는 면사 자체가 마음에 안 들었지만 유하가 고집을 부려 막지 못했다.

단우묵은 흑마의 등에 올라타 짐마차 옆에 붙었다.

준비가 끝나자 단우비 가족은 동쪽으로 떠났다.

삼 주 후 세 사람은 사천을 넘어 호남성 북서쪽 끝자락으로 들어갔다.

장장 십삼 년 동안 계속된 호남과 호북의 전쟁은 이 년 전에 휴전을 맞이했다.

초기엔 먼저 침공을 한 호남무림의 승리가 확실시될 정도로 격차가 컸는데, 시간이 흐를수록 호북무림이 저력을 발휘해 끝끝내 자신들의 땅을 지켜 내었다.

서로 막심한 피해를 입어 더 이상의 전쟁은 힘들었다. 그래서 그들은 휴전에 합의하고, 향후 이십 년간은 전쟁을 벌이지 않기로 했다.

단우비는 자신이 원인이 되어 발발한 전쟁이지만, 그다지 관심이 없었다. 그래서 그 부분은 더 깊이 조사하지 않았다. 그가 원하는 정보는 오로지 복건의 상황뿐이었다.

그러나 애석하게도 호남의 사람들은 지금도 호북무림만 주시하고 있어 복건 쪽은 전혀 몰랐다.

별수 없이 단우비는 일단 강서에 가 보기로 했다. 사마후는 분명 복건의 상황을 자세히 알고 있을 것이니까 말이다.

보름 동안 별다른 사건 없이 동남쪽으로 나아간 단우비 가족은 강서성 서쪽 끝자락의 주릉(株陵)에 도착했다. 밤이 깊어 남부의 황릉객잔(黃陵客棧)에 여장을 풀었다.

단우비는 유하를 안고 객실로 향했다. 두 사람은 화기애애한 담소를 나누며 식당으로 간 단우묵이 음식을 가지고 오길 기다렸다.

그런데 단우묵은 좀처럼 돌아올 기미가 없었다.

어떤 사건에 휘말렸을지도 모른다는 불길한 의혹을 느껴 단우비는 얼른 찾으러 가 보기로 했다. 그런 그를 유하가 붙잡았다.

그녀는 '우리'의 아들을 믿으라고, 자신이 심혈을 기울여 키운 당대의 살왕을 믿으라고 타일렀다.

어쩔 수 없이 단우비는 앓는 소리를 내며 방에 남았다.

단우묵은 자정이 지나서야 돌아왔다. 음식은커녕 손에 아무것도 들고 있지 않았다.

"어디서 뭘 하다 온 거냐?"

단우비의 날이 선 추궁에 단우묵은 변명 대신 다짜고짜 본론을 꺼냈다.

"흑사방엔 안 가는 것이 좋겠습니다."

멈칫한 단우비는 고개를 끄덕였다.

"그렇군. 무언가 들은 것이 있구나. 지금까지 정보를 수집했던 거야."

"예. 강서뿐 아니라 복건의 이야기까지 들리더군요. 아버지가 알던 것과 달리 지금의 복건은 정보가 봉쇄된 상태가 아닙니다."

"후우, 좋다! 말해 보려무나."

십삼 년 전 단우비는 무이산에서 정검회 고수들과 동귀어진했다.

태양환광검 때문에 산불이 발생해 모두 타 버리긴 했으나, 정검회는 단우비로 추정되는 작은 체구의 시신과 그 주변에 널브러져 있는 통천마검, 귀곡도를 찾았다. 십 년 넘게 함께한 애병들을 두고 떠나진 않았을 테니, 단우비는 죽은 것이 분명했다.

큰아들 백리정과 정예 병력 육백을 잃었지만 그래도 단우비를 죽였기에 백리산은 크게 만족했다. 그는 내전은 끝났다고, 이제부턴 사냥이라고 공표했다.

실제로 그는 복건 동부의 병력 일만을 직접 이끌고 단우세가가 장악한 서부로 쳐들어가 무자비한 사냥을 벌였다.

단우비란 구심점을 잃은 단우세가와 동맹 방파들은 용기백배한 정검회 세력을 당해 낼 수 없었다. 그들은 사력을 다했으나 맞서 싸운 모든 전투에서 패배의 쓴잔을 마셨고, 그 뒤부턴 이리저리 도망치기에 급급했다.

삼 년 동안 단우세가와 동맹 방파의 무인이 천 명 이상 죽었다.

이대로라면 전멸당한다는 생각에 동맹 방파의 팔 할이 더 싸우는 걸 포기하고 정검회에 백기 투항했다.

그들은 백리산에게 잘못된 선택을 후회한다고, 두 번 다시 정검회를 배신하지 않을 테니 제발 선처해 달라고 빌었다.

그러나 백리산은 그들을 용서하지 않았다. 부하들에게 모조리 다 죽이라고 명령했다.

무려 오천 명이 넘던 투항자들 중 이천여 명이 살해되었고, 나머지 삼천여 명은 뿔뿔이 도망쳐 다시 단우세가의 품으로 돌아갔다. 그 방법밖에는 남은 선택이 없기 때문이었다.

단우세가도 선택의 여지가 없는 건 마찬가지라 돌아온 삼천여 명을 아무 말 없이 받아 주었다.

육지에는 더 숨을 곳이 없어 그들은 은밀하게 바다로 나갔다. 쌍칼 해적단과 합류해 고산국을 공격했다. 수십 개의 해적단과 삼 년 동안 치열한 전쟁을 벌인 끝에 단우세가는 고산국의 주인이 될 수 있었다.

고산국은 섬이고, 해전에 능숙한 해적들이 주변을 철통같이 감시하고 있어 정검회도 쉽게 공격하기 힘들었다.

바로 그 이유 때문에 단우세가가 무리를 해서 고산국을 손에 넣은 것이었다.

고산국이란 안정된 본거지를 얻은 단우세가는 힘을 키우며 광동성의 주인인 황룡문, 절강성의 주인인 오호파, 강서성의 주인인 흑사방에 인편을 보냈다.

몇 달 후 세 방파의 수뇌가 고산국을 방문했다.

그 회의에서 무슨 이야기가 오고 갔는지는 알려지지 않았다. 그저 일 년 후에 황룡문, 오호파, 단우세가를 주축으로 한 삼성동맹이 결성되었다는 것만 알려졌을 뿐이다.

문제는 그 동맹에 흑사방이 빠졌다는 것이었다.

정검회와 이백 년 넘게 전쟁을 해 온 그들이, 누구보다 정검회를 박살 내는 데 앞장서야 할 그들이 말이다!

강서의 사람들은 흑사방주 사마후의 속내를 도무지 모르겠다며 이런저런 추측을 하고 있었다.

단우비는 눈에 힘을 주었다.

"더욱 후 형님을 만나 봐야겠구나. 왜 동맹에 빠졌는지 이유를 들어야겠어."

단우묵은 단우비를 설득했다.

"어쩌면 흑사방은 삼성동맹을 정검회보다 더 큰 위협으로 받아들인 것일지도 모릅니다. 그게 맞는다면, 그들은 삼성동맹을 견제하기 위해 정검회와 손잡았을 겁니다. 가능성은 충분합니다."

단우비는 코웃음을 치며 고개를 저었다.

"훗, 후 형님이 정검회와 손잡았을 가능성은 눈곱만큼도 없어! 그건 내가 장담할 수 있다."

"과연 그럴까요? 십삼 년이 흘렀습니다. 사람이 변하기엔 충분한 시간이지요. 지금의 사마후가 아버지가 아는 사마후와 같다는 건, 아버지의 욕심일 뿐입니다."

"그게…… 끄응……! 설사 네 말이 맞아 후 형님이 나를 공격하더라도 내 한 몸 빼내는 건……!"

"그렇겠지요. 문제는 아버지가 도망치는 과정에서 많은 강서무림인들을 죽일 거라는 겁니다. 이미 강서무림과 은원이 매듭지어진 상태인데, 새로운 은원을 만들게 되는 거지요. 굳이 그럴 필요가 있을까요?"

더 반박할 말이 없어진 단우비는 힘없는 어조로 물었다.

"내가 어떻게 했으면 하는 거냐?"

"고산국에 가서 부하들을 만나는 게 우선이라고 생각합니다. 궁금증을 모두 해결할 수 있을 것이고, 향후의 방침도 정할 수 있을 테니까요."

"쩝, 그건 그렇군. 삼성동맹은 육 년 전쯤에 결성된 건데,

지금까지 무슨 일을 해 왔는지는 알아?"

"그것에 관한 정보는 없었습니다. 정검회와 고산국이 건재하다는 것만 알 뿐입니다."

"후우, 당최 모르는 것투성이로군. 좋다! 고산국으로 가자!"

"예!"

계획이 정해지자 세 사람은 바다로 갈 이동 경로를 논의했다.

잠시 후 단우묵은 잠을 청하기 위해 옆방으로 갔다. 유하는 단우비의 품에 안기며 피식 웃었다.

"대단하네."

"뭐가?"

"네 부하들 말이야."

"아, 하하! 그러게. 정말 대단한 녀석들이야."

"네가 죽었는데도 그들은 포기하지 않았어. 저 멀리 도망쳐 다른 삶을 살아도 되었는데, 지금도 정검회와 싸우려고 해. 네 복수를 하기 위해서일까? 너는 그들에게 그 정도로 큰 존재였어?"

"……몰라. 그저 기쁠 뿐이야. 그리고 고마워. 살아 있어 줘서 너무도 고마워. 혼자 싸우지 않아도 돼서 기뻐."

"후후, 나도 그래. 자자."

"응."

이튿날 아침, 단우비 가족은 주릉을 떠나 호남성으로 되돌아갔다. 그런 후 남하해 팔 일 후 광동성에 도착했다. 광동성에서 바다로 가는 데에는 엿새가 소요되었다.

항구는 감시가 철저했다. 드나드는 모든 배와 사람들을 광동무림인들이 눈에 불을 켜고 지켜보았다.

마방에 세 마리 말을 판 단우비는 자정이 되길 기다려 짐을 모두 실을 수 있는 크기의 배 한 척을 훔치고, 사공도 한 명 납치했다. 세 명 모두 고산국의 정확한 위치를 몰라 안내를 할 사람이 필요하기 때문이다.

목적지가 고산국이란 것을 알자 늙은 사공은 극구 거부했다. 죽었으면 죽었지 절대 못 간다고 버티었다. 그러나 실제로 목에 칼이 대어지자 그는 얼른 간사하게 웃으며 배를 몰기 시작했다.

항구를 출발한 지 이 주가 넘었을 무렵, 단우비의 시야에 저 멀리 펼쳐진 육지가 들어왔다. 때는 정오로 날이 밝고 바다도 잔잔해 명확하게 볼 수 있었다.

어디선가 나타난 두 척의 해적선이 빠른 속도로 다가오는 것도 보였다.

단우비는 사공에게 배를 멈추라고 지시했다. 그 상태로 해적선이 접근하길 기다렸다. 때가 되자 그는 유하와 단우묵에게 대기하고 있으라고 눈짓을 준 후 신형을 날려 가까운 해적선의 갑판 위로 올라갔다.

침입자가 강호인이라는 것을 알게 된 해적들은 일사불란하게 무기를 뽑으며 살기를 뿜었다. 해적이라고 하기엔 하나같이 고수의 기운을 풍겼다.

단우비는 팔십 명이 넘는 해적들을 여유 있는 표정으로 훑으며 말을 던졌다.

"선장이 누구지?"

대답은 해적들이 아니라 선두에서 들려왔다.

"나다."

선두의 조타수 옆에는 사십 대 초반의 까무잡잡한 여인이 당당하게 서 있었다.

세월이 흘렀지만 단우비는 그녀의 정체를 한눈에 파악했다.

"흑요! 오랜만이구나!"

흑요는 천천히 갑판으로 내려갔다. 해적들의 무리를 가로질러 단우비의 코앞에 섰다. 그녀는 말없이 단우비의 아래위를 유심히 훑었다.

그 상태로 시간만 흘러갔기에 멋쩍어진 단우비는 애써 쾌활하게 말했다.

"하하, 놀랐어?"

"……귀신도 아니고, 정검회가 혼란을 야기하러 보낸 놈도 아니군. 믿을 수 없지만 십삼 년 전에 죽은 단우비 본인이야. 맞습니까?"

단우비는 두 팔을 활짝 펼치며 웃었다.

"그래, 나야. 내가 돌아왔어."

웃는 그의 얼굴과 달리 흑요의 표정은 소름 끼칠 정도로 딱딱하게 굳었다.

"살아 있었다면, 대체 지금까지 어디서 무얼 한 겁니까?"

"얘기가 길어."

"당신 때문에, 당신 하나 때문에!"

"알아. 모두가 있는 곳으로 데려가 주면 그간의 사정을 다 말할게."

짜증이 가득한 한숨을 내뱉은 흑요는 신경질적으로 몸을 돌렸다.

"흥! 마음대로 하십시오!"

선두로 돌아간 흑요는 조타수에게 배를 고산국의 항구로 이끌라고 지시했다. 다른 한 척의 해적선은 유하 일행이 탄 배를 항구로 유도해 나갔다.

단우비는 놀람과 불신이 뒤섞인 눈빛을 보내는 해적들을 가로질러 흑요의 옆으로 다가갔다.

흑요는 막 하늘을 떠도는 갈매기 한 마리를 호각으로 불러서 간략한 전서를 작성한 뒤 날린 상태였다. 갈매기는 고산국을 향해 빠른 속도로 날아갔다.

"내가 간다고 알린 거야?"

"미리 말을 해 둬야 충격이 덜할 테니까요!"

아직 화가 안 풀렸는지 그녀의 목소리엔 가시가 돋아 있었다.

머리를 긁적인 단우비는 분위기를 조금이라도 바꾸기 위해 넉살 좋게 말했다.

"선장이 되었구나. 대단해."

"제 꿈이었습니다."

"해적선의 선장이?"

"무슨 문제라도 있습니까?"

"아, 아니, 그런 게 아니라…… 설마 대추랑 한 거래라는 게 이거였어?"

멈칫한 흑요는 한풀 누그러진 어조로 대답했다.

"예. 저는 아버님께 거짓 보고를 하고, 그 대가로 그이는 배 한 척과 선원 오십 명을 주기로 했지요."

"아버님? 그이?"

"얘기가 깁니다."

"도착하려면 꽤 걸릴 것 같은데……."

단우비의 눈빛이 귀찮아 흑요는 내키지 않는다는 투로 설명해 주었다.

"해적들에게 노예로 팔려 어릴 때부터 온갖 고생을 다 했습니다. 포기하지 않고 악착같이 버틴 건 꿈이 있었기 때문입니다. 언젠간 자유의 몸이 되어 해적선을 지휘해 드넓은 바다를 누비며 신나게 살 거라고, 그걸 위해서라면 무슨 짓이든 다 하겠다고 결심했지요. 당신에겐 보잘것없어 보일지 몰라도, 제겐 그 무엇과도 비교할 수 없는 꿈이었습니다."

가만히 육지를 응시하며 흑요는 말을 이었다.

"육 년 전, 이곳의 상황이 그런대로 안정을 찾자 저는 그이에게 약속을 이행하라고 요구했습니다. 그이는 배 한 척과 선원 오십 명을 주며 잘 가라고, 원 없이 바다를 누비며 살라고 하더군요. 그래서 저는 바로 배를 몰아 바다로 떠났습니다. 그런데……."

"그런데?"

"그이가 뒤쫓아 왔지요. 가란다고 진짜 가냐며 화를 내었습니다. 후훗, 바짓가랑이를 붙잡고 애원하더군요. 다 큰 사내놈이, 아버님께 대 쌍칼 해적단 선장 자리를 강탈한 놈이, 삼천 명이 넘는 해적들을 이끄는 놈이, 저같이 나이 많고 여자다운 맛이라곤 전혀 없는 계집에게 눈물까지 흘리며 애원했습니다."

"후후후, 그 녀석답구만."

"흐으…… 마음이 약해져 그만 그 찌질한 인간을 받아들이고 말았지요. 세 살 된 쌍둥이 딸이 있습니다."

"호오, 쌍둥이? 끝내주잖아?"

흑요의 입가에 너무도 따뜻한 미소가 떠올랐다.

"보기만 해도 배가 부릅니다. 열 살이 되면 바다로 데리고 나올 겁니다. 저처럼 여해적으로 만들 겁니다!"

"멋지군!"

진심으로 탄성을 터뜨린 단우비는 슬그머니 대화를 본론으로 이끌었다.

"다들 무사해?"

"아무것도 모르는 겁니까?"

"일단 어느 정도 정보를 입수하긴 했는데, 맞는지 아닌지 모르겠어."

"잘 들으십시오. 그래야 당신도 충격이 덜할 겁니다."

"응. 모두 말해 줘."

흑요가 풀어 놓은 이야기는 단우비가 들은 것보다 훨씬 더 정확하고 상세했다. 다른 부분도 많았고, 충격적인 내용도 포함되어 있었다.

단우비가 죽자 단우세가는 부가주 단우몽을 가주로 책정했다.

십이 년 전 정검회가 한창 사냥을 행하고 있을 때, 단우몽의 아버지이자 원로원주인 단우공을 필두로 한 원로들 전원이 한 가지 굳은 결의를 품었다.

그들은 나이가 많아 살날이 얼마 남지 않았다. 그래서 죽기 전에 마지막 불꽃을 태우기로 했다.

그것은 바로 백리산 암살이었다!

백리산만 죽이면 분위기를 반전시킬 수 있었다. 백리산이 죽으면 그가 조종하는 묵인들이 통제 불능의 짐승으로 변해 죄 없는 민간인들마저 학살할 거라는 게 문제인데, 단우세가는 그것까지 신경 쓸 여유가 없었다. 그 정도로 그들은 절박했다.

결국 단우세가는 원로들의 의지를 존중해 의도적으로 정검회 무리와 전투를 벌였다. 전장이 혼란으로 뒤덮이자 단우세가 원로들은 은밀하게 백리산에게 접근해 총공세를 퍼부었다.

결과만 말하자면 원로들은 실패했다.

살아서 몸을 빼낸 이는 단 한 명, 황추와 흑요의 사부인 화조뿐이었다. 단우공마저 백리산을 지키던 묵인들에게 살해되었다.

전투 또한 대패해 단우세가는 눈물을 머금고 도망쳤다.

그나마 다행이라면 화조가 빈손으로 돌아오지 않았다는 거였다.

백리산은 단우비의 애병, 통천마검과 귀곡도를 소지하고 다녔다. 그것을 보란 듯이 들어 올려 아군의 사기를 진작시키거나 적의 사기를 저하시키는 데 써먹곤 했다.

화조는 바로 그 통천마검과 귀곡도를 회수해서 돌아왔다.

부상이 심해 화조는 두 달 후 사망했다.

십 년 전, 정검회 고수들에게 살해당한 노기의 뒤를 이어 양지각주가 된 동이 단우세가 수뇌들과 동맹 방파의 수장들을 한데 모은 뒤 한 가지 제안을 했다.

단우비는 그냥 죽지 않았다. 단우설의 배에 씨를 남겨 두었다.

다행히 사내아이가 태어났다.

사내아이, 두 살인 단우비천(段宇飛天)의 몸엔 괴물인 단우비의 피가 흘렀다. 천공심법, 환상검법, 풍마신장이란 개세적인 무공들이 있으니 잘만 키우면 단우비를 능가하는 고수가 될 가능성이 충분했다.

게다가 단우비의 애병인 통천마검과 귀곡도마저 회수한 상태, 그러니 동은 사안을 장기적으로 보자고 주장했다. 단우비천을 고수로 키워 새로운 구심점으로 삼아 전쟁을 재개하자고 말이다.

수뇌들은 현재 상태론 승산이 전무하다는 걸 인정하고 있었다. 단우비가 얼마나 큰 존재였는지도 잘 알았다.

그들에겐 단우비처럼 의지할 수 있는 희망이 필요했다.

단우비의 친아들이라면, 그 괴물의 피를 물려받은 친아들이라면 충분히 새로운 희망이 될 수 있을 거였다.

그래서 수뇌들은 동의 제안을 받아들였다.

단우비천을 키우려면 안정적인 본거지가 필요했다. 그런데 복건엔 그런 본거지가 없었다. 그래서 단우세가는 동맹방파 전원을 이끌고 은밀하게 바다로 나갔다. 쌍칼 해적단의 선장이 된 황추와 합류해 고산국으로 향했다.

그때부터 단우세가 무리는 수십 개의 해적단과 치열한 전쟁을 벌였다. 많은 아군이 죽었고, 또한 많은 해적들을 죽였다.

그렇게 삼 년 동안 노력한 끝에 그들은 고산국을 차지할 수 있었다.

그뿐 아니라 천오백여 명의 해적을 회유하는 데에 성공했다. 그들은 전원 천 명으로 머릿수가 줄어든 쌍칼 해적단에 흡수되었다.

현재 쌍칼 해적단의 머릿수는 오백이 더 늘어나 삼천에 육박했다.

고산국이 어느 정도 안정을 찾자 단우세가는 단우비천을 키우는 일에 전력을 쏟아부었다. 게다가 동맹 방파들마저 아낌없이 무공을 전수해 주었다.

그것이 고마워 단우세가는 모든 동맹 방파에 풍마신장을 가르쳐 주었다.

당연하게도 동맹 방파들은 감격에 젖어 계속 충성하겠다고 맹세했다. 그 정도로 풍마신장의 가치는 컸다.

칠 년 전, 육지만 수색하던 정검회는 뒤늦게 고산국에 대해 알게 되었다. 그들은 부랴부랴 배에 고수들을 태워 고산국으로 향했다.

하지만 해전에 능숙한 해적들로 인해 그들은 고산국의 그림자조차 볼 수 없었다.

성과 없이 피해만 커지자 정검회는 일단 공격을 멈추었다. 튼튼한 배를 건조하며 정예 병력에게 해전을 가르치기 시작했다.

정검회의 행동에 위기감을 느낀 단우세가는 단우비천이 성장할 때까지 시간을 벌기 위해 황룡문, 오호파, 흑사방에 인편을 보냈다.

몇 달 후 세 방파의 고위급 수뇌가 고산국을 방문했다.

그들에게 단우세가는 묵인의 존재를 알렸다. 그 끔찍한 괴물들의 먹이가 되고 싶지 않으면 힘을 빌려달라고 부탁했다. 믿기지 않으면 직접 조사해 보라고, 그 뒤에 다시 이야기하자고 덧붙였다.

자파로 돌아간 세 방파의 수뇌들은 정말로 조사를 해 보았다.

최근 몇 년간 광동, 강서, 절강의 고수들 시체 수천 구가 실종된 상태였다. 놀랍게도 그 시체들 중 일부가 버젓이 복건을 돌아다니는 게 목격되었다. 시험 삼아 공격을 해 보았는데, 그야말로 무시무시한 괴물들이었다.

그런 괴물들이 계속 늘어나고, 정검회가 다른 성을 차지할 야망을 품는다면, 최우선적으로 공격받는 건 바로 옆에 붙어 있는 광동, 강서, 절강이 될 것이었다.

그런 사태만은 무슨 수를 써서라도 막아야 했다.

일 년 후 황룡문과 오호파가 고위급 수뇌를 고산국으로

보냈다. 그들은 단우세가의 뜻대로 단우비천이 성장할 때까지 정검회가 고산국을 공격하지 못하도록 방해하겠다고 약속했다.

하지만 거기까지였다. 그들은 향후에 전쟁이 발발하면 병력을 지원해 주겠다고 했는데, 단우세가가 단칼에 거절했다.

때가 될 때까지 시간을 끄는 것은 서로의 이해가 일치된 것이기에 대가를 지불할 필요가 없었다. 하지만 두 방파가 직접적으로 전쟁을 도우면, 승리할 경우 대가를 지불해야 한다. 그 대가는 필시 복건의 땅이 될 터였다.

그것은 단우세가가 바라는 일이 아니었다.

복건의 땅 한쪽도 다른 성엔 주고 싶지 않았다. 줘서도 안 되었다.

황룡문과 오호파는 복건과의 경계에 천 단위의 거대 병력을 배치했다. 그런 식으로 정검회가 자신들에게 신경 쓰게 만들며, 한편으론 해상에도 인력을 풀어 정검회가 고산국을 공격하지는 않는지 감시했다.

황룡문과 오호파가 일을 잘한 덕분에 지금까지 정검회는 한 번도 고산국을 공격하지 못했다.

그렇게 황룡문과 오호파는 적극적으로 협조했지만, 흑사방은 아니었다. 묵인의 존재를 알렸던 회담 이후 흑사방은 두 번 다시 단우세가에 사람을 보내지 않았다.

도무지 이유를 알 수가 없어 동이 직접 사마후를 만나러

갔다.

그러나 그는 사마후는커녕 흑사방 내부에 들어가지도 못했다. 할 얘기 없으니 돌아가라는 사마후의 전갈을 문지기가 전해 주었을 뿐이다.

동은 포기하지 않고 석 달 동안 매일같이 만남을 요청했다. 하지만 사마후는 끝끝내 문을 열어 주지 않았다.

결국 사마후의 지원을 포기한 동은 힘없이 고산국으로 돌아갔다.

마지막으로 흑요는 현재 고산국의 전력은 쌍칼 해적단을 포함해 구천 명이며, 십 년 후엔 만 명 이상으로 늘어난다고 했다. 지금도 재능 있는 섬의 소년소녀들을 발굴해 열심히 키우고 있기 때문이다.

게다가 다들 풍마신장을 익혀 막강한 무력을 자랑했다.

또한 그녀는 올해 열두 살인 단우비천이 이 년 전에 가주가 되었으며 동은 양지각주, 춘은 십일 년 전에 죽은 마정에게 적귀대주 자리를 물려받았다고 알렸다. 단우비천은 일류고수이고 동과 춘, 황추와 그녀는 절정고수였다.

단우비는 멍하니 가까워지는 고산국을 바라보며 헛웃음을 터뜨렸다.

"비천……? 나와 할아버지의 이름을 한 자씩 땄네. 아들이…… 후훗, 아들이 하나가 더 있다니……!"

흑요는 두 눈을 부릅떴다.

"하나 더? 방금 하나 더라고 하신 겁니까?"

단우비는 뒤쪽에서 따라오는 작은 배를 가리켰다.

"응. 저기 저 녀석이야. 진주와의 사이에 얻은 아들이지."

"진주? 갓난아이일 때 식인마에게 먹혀 죽은 그……?"

"맞아."

"이런! 이제 보니 얼굴이 당신과 똑같군요. 설마 죽은 단우공 원주님이 거짓말을 했던 겁니까?"

"그렇더군. 나도 얼마 전에 알았어."

눈살을 찌푸린 흑요는 무거운 한숨을 내뱉었다.

"골치 아파지겠군요."

"전혀! 후계 문제는 없어. 저 녀석은 세가가 아니라 다른 방파를 물려받아야 하거든. 아니, 이미 물려받은 상태지. 그러니 세가는 비천이의 것이 된다. 걱정할 필요는 조금도 없는 거야."

"……당신 말대로 되었으면 좋겠군요. 쓸데없는 후계 문제 따위로 내분이 일어나는 건 최악이니까요."

"아아, 나만 믿어. 가서 내가 모두 처리할 거야."

"후…… 알겠습니다."

항구엔 족히 일만이 넘는 사람들이 모여 웅성거리고 있었다. 바다에서 경비를 서는 해적 이천여 명을 제외한 칠천여 명의 병력 전원이 모였고, 섬에 거주하던 아이들과 여인, 노인들마저 삼천 명 이상 단우비를 구경하러 나온 상태였다.

배가 항구에 접근하자 단우비는 선두의 끄트머리에 올라섰다.

당당하게 어깨를 편 그는 일만여 명의 군중들을 정면으로 응시하며 흑요에게 빌린 칼을 하늘 높이 치켜들었다.

그의 몸에서 무시무시한 기운이 폭발적으로 내뿜어졌다. 어찌나 거대한지 해적선의 해적들뿐 아니라 항구의 군중들마저 잠식당해 헛바람을 집어삼켰다. 그들은 덜덜 떨며 단우비에게서 시선을 떼지 못했다.

하늘을 찌른 칼이 삽시간에 뜨거운 불길로 휩싸였다.

불은 끝없이 번져 십 장 이상의 거대한 칼이 되었다.

눈이 멀 정도로 강렬하게 타오르는 태양의 칼이었다!

단우비가 그 태양의 칼로 재차 하늘을 찌르기 무섭게 군중들은 누가 먼저랄 것도 없이 두 손을 번쩍 쳐들며 천지가 떠나가라 함성을 내질렀다.

"우와아아아!"

"와아아아아악!"

수천 명이 격동으로 몸을 떨었고, 어떤 이들은 감격에 젖어 눈물마저 글썽였다. 그 상태로 그들은 계속해서 목이 터져라 함성을 질러 대었다.

유하는 혀를 내둘렀다.

"십삼 년의 공백을 단숨에 만회했네. 정말 대단한 인간이야."

단우묵의 입가에 옅은 미소가 떠올랐다.

"저 정도는 되어야 일세의 효웅을 자처할 수 있는 거겠지요. 제 아버지답습니다."

"후훗, 그러네."

해적선이 정박하자 단우비는 날렵하게 육지로 뛰어내렸다.

그는 가장 앞에 있는 무리에게 다가갔다. 동, 춘, 단우몽, 단우설, 단우세가의 오른팔과 왼팔인 정참맹주 현휘와 쌍칼 해적단 선장 황추였다. 그간 고생을 많이 했는지 다들 얼굴이 나이보다 몇 년은 더 삭아 있었다. 그들은 그 얼굴을 일그러뜨리며 흐르는 눈물을 주체하지 못했다.

가장 먼저 반응한 이는 단우설이었다.

"아아, 제비 님!"

탄성을 토한 그녀는 미친 듯이 달려 그대로 단우비의 품에 안겼다. 그게 시발점이 되어 다른 이들마저 우르르 달려가 단우비를 끌어안고 울부짖었다.

삽시간에 수백 명의 무리에 둘러싸인 단우비는 한 사람 한 사람을 안아 주며 재회의 기쁨을 나누었다.

이대로는 끝이 없을 것 같아 동과 춘이 사람들의 진입을 막으며 진정하라고 소리 질렀다.

하지만 단우설은 단우비의 손을 붙잡고 절대 떨어지지 않았다. 이 기쁨이 사라질까 봐 두려웠다.

그녀는 혼인을 하지 않았다. 짧은 시간 동안의 관계였을 뿐이지만 단우비를 잊을 수가 없었다. 그래서 지금까지 단우비가 남겨 놓은 씨, 단우비천을 키우는 일에만 전념했다.

그게 너무 고맙고 미안해 단우비도 단우설의 손을 힘껏 쥐었다. 헤어질 땐 작고 귀여운 열네 살의 소녀였는데, 이제는 스물일곱 살의 아름다운 여인이 되었다. 많은 풍파를 겪었는지 벌써부터 얼굴에 몇 가닥의 주름이 생겨나 있었다.

가슴 깊은 곳에서 복잡한 감정이 치솟아 단우비는 눈망울을 떨며 재차 그녀를 힘주어 안았다.

잠시 후 그는 단우설의 눈물을 닦아 주며 부드러운 미소를 던졌다.

"고생 많았어. 미안해."

"대체, 대체 그동안 어디서……!"

"다 말해 줄게. 그런데 비천이라고 했지? 어디에 있어?"

흐느끼는 단우설의 얼굴에 그늘이 드리워졌다.

"함께 오지 않았어요."

"응? 왜?"

"겁이 난 거예요. 화도 났고요. 당신을 한 번도 만난 적이 없으니까요. 살아 있었는데 지금까지 한 번도 자신을……."

"하긴, 그럴 만도 하군. 모두 만회할게. 약속해! 앞으로 당신과 비천이에게 최선을 다할게!"

"네에……."

단우비의 말을 야릇한 쪽으로 상상한 단우설은 얼굴을 붉히며 그의 가슴에 얼굴을 묻었다.

한편, 조금 전에 상륙한 흑요와 단우묵, 바퀴 달린 의자에 앉은 유하가 일행 쪽으로 다가왔다.

유하는 애정 행각을 벌이는 단우비와 단우설을 고까운 눈으로 째려보았다.

단우비는 머쓱하게 웃으며 유하와 단우묵을 일행들에게 소개했다.

당연하게도 다들 경악했다. 이십 년 전에 떠난 유하와 죽은 줄만 알았던 단우비의 큰아들이 나타난 것이니 말이다.

이미 단우세가는 단우비천을 중심으로 하나가 된 상태라 몇몇은 단우묵을 향해 우려의 눈빛을 던졌다.

그들의 불안을 파악한 단우비는 힘 있는 어조로 그들의 걱정을 해소시켜 주었다.

단우묵은 이미 천 년 역사를 자랑하는 살문을 물려받은 몸이기에 단우세가주는 될 수 없다고 말이다. 단우묵도 고개를 끄덕여 단우비의 말을 뒷받침해 주었다.

그 덕에 모두 안도의 한숨을 내쉴 수 있었다. 하지만 불안이 완전히 사라진 건 아니었다. 단우묵이 단우비의 큰아들이라는 것은 명백한 사실이니까.

단우비는 아무래도 시간이 걸릴 것 같다며 남몰래 씁쓸한 입맛을 다셨다.

유하와 단우설이 벌써부터 서로를 견제하는 것으로 보아 이쪽도 친해지려면 상당한 시간이 필요할 것 같았다.

정말이지 한숨밖엔 나오지 않았다.

크게 박수를 쳐 장내의 어색한 분위기를 바꾼 단우비는 일행들과 함께 단우세가의 새로운 본거지가 있는 중부로 향했다. 수천 명의 사람들이 웅성거리며 뒤따라왔다.

그렇게 걸으며 단우비는 십삼 년 동안의 이야기를 낱낱이 풀어놓았다.

백리소연의 배신, 주화입마, 창황과 독황, 내단 등 하나같이 기가 막힌 내용들 뿐이라 다들 벌린 입을 다물지 못했다.

단우비의 진솔한 이야기는 모두에게 적잖은 감동을 안겨다 주었다.

그는 폐인이 되고도 포기하지 않았다. 필사적으로 노력해 끝끝내 예전의 무공을 되찾았고, 거기서 더 나아가 무인이라면 누구나 바라는 꿈의 경지인 황의 고수가 되었다.

자신들과 마찬가지로 그도 십삼 년 동안 놀지 않은 것이다!

그래서 다들 마음속으로 단우비를 용서하게 되었다. 그에겐 그럴 만한 사연이 있었으니까 말이다.

단우세가 내부로 들어간 단우비는 우선 단우비천을 만나러 갔다. 혼자 가려고 했는데 단우묵이 따라왔다. 그도 동생을 보고 싶었다.

그사이 다른 이들은 회의를 준비하기로 했다. 단우비가 돌아왔으니 모든 계획을 전면 수정해야 하기 때문이다.

단우비천은 처소에 틀어박혀 있었다. 만나고 싶지 않다며 악을 질렀다.

단우비는 잠긴 문을 부수고 방 안으로 들어갔다. 단우비천도 사 척 육 촌으로 키가 작았다. 이건 무슨 저주가 아닌가 라는 생각마저 들 지경이었다.

얼굴 역시 자신과 상당히 닮았다. 우뚝 솟은 코만 단우설을 닮았을 뿐이다.

단우비는 억지로 단우비천을 끌어안았다. 단우비천은 싫다고, 놓으라고, 내 아버지는 죽었다고 몸부림을 쳤다. 하지만 단우비는 절대 놓아주지 않았다.

한 식경이 흐르자 단우비천의 저항이 사그라졌다. 그는 서럽게 울며 단우비의 가슴에 얼굴을 묻었다. 그렇게 그는 처음으로 아버지의 따스한 온기와 애정을 만끽했다.

단우비천은 소지하고 있던 통천마검과 귀곡도를 단우비에게 돌려주었다. 십삼 년 만에 다시 잡은 무기는 단우비에게 엄청난 감동을 안겨다 주었다. 어서 휘둘러보고 싶어 그는 뒤뜰로 나갔다.

단우묵과 단우비천도 얼른 그의 뒤를 쫓았다.

두 사람은 '너는 누구야? 왜 우리랑 얼굴이 닮은 거야?' '네 형이다.' '헛소리하지 마! 나한테 형은 없어!' '여기 있다. 앞으론 말조심해라.' '하! 어림도 없어!' '맞는다?' '해볼래? 나 엄청 세!' '상대를 보고 까불어.' '싫다면 어쩔래? 세가는 내 거야! 너한텐 절대 안 줘!' '줘도 안 가져!' '뭐라고?' 등등 한 치의 양보도 없는 기세 싸움을 벌였다.

하지만 그런 형제 다툼도 단우비가 목에 묶고 있던 황금빛 끈을 풀어 통천마검에 매달자 씻은 듯이 사라졌다. 그들은 숨조차 멈춘 채 단우비에게서 눈을 떼지 않았다.

통천마검의 양쪽 끝에는 세 개의 비스듬한 타원형 홈이 일정한 간격을 두고 파여 있었다. 활시위를 걸 수 있는 홈이 세 개나 되었기에 사용자가 원하는 대로 길이를 조절할 수 있었다.

단거리는 가장 안쪽의 홈에, 중거리는 중간의 홈에, 장거리는 바깥쪽의 홈에 활시위를 걸면 되었다.

단우비는 가장 위력적인 바깥쪽의 홈에 황금빛 끈을 단단히 묶었다. 다른 이들의 도움 없이, 그것도 아주 수월하게 통천마검을 통천마궁으로 바꿀 수 있었다.

오른손으로 통천마궁의 중간 부분을 잡은 그는 왼손으로 활시위를 잡았다. 두 다리를 대지에 박고 허리를 곧게 폈다.

'과연 내가 당길 수 있을까?'

잠깐 불신이 피어났는데, 그는 얼른 머리를 흔들어 각오를 다졌다.

두 개의 내단에서 사십 두의 내공을 모조리 끌어올린 그는 있는 힘껏 활시위를 당겼다.

활대가 팽팽하게 휘어지며 활시위가 심장 부근까지 바짝 당겨졌다.

흐뭇하게 웃은 단우비는 활시위를 살짝 놓았다.

그러기 무섭게 '펑!' 하고 무언가 폭발하는 소음이 터지더니, 단우비의 몸을 중심으로 살벌한 바람이 쾌속하게 사방으로 뻗어졌다. 나무가 흔들리고, 잡초들이 잘게 터져 흩날렸다. 한쪽에 나란히 서 있던 단우묵과 단우비천은 얼른 바닥에 납작 엎드려 풍압을 흘려보냈다.

그야말로 무시무시한 위력이라 두 소년뿐 아니라 단우비마저 경악했다. 그는 흥분을 감추지 못하며 단우비천을 채근했다.

"화살, 화살은 없느냐?"

"어, 어! 있어요! 있어! 기다려요! 가져올게! 내가 가져올거야! 너도 여기서 기다려!"

단우묵에게 눈을 부라린 단우비천은 얼른 어딘가로 사라졌다. 목을 긁적인 단우비는 단우묵을 보며 씁쓸하게 웃었다.

"너희도 친해지려면 시간이 걸릴 것 같구나."

"그리 오래 걸리진 않을 겁니다. 방법은 많으니까요."

"후후, 적당히 해라. 네 동생이니까."

"예. 압니다."

잠시 후 단우비는 단우비천이 가져온 화살을 활시위에 걸었다. 하늘을 겨냥해 가볍게 쏘았다.

가볍게 쏘았건만 위력은 기가 막힐 정도였다. 화살과 함께 거대한 바람이 뒤뜰 전체의 흙과 잡초들을 빨아들이며 쾌속하게 하늘로 솟구쳤다. 단우묵과 단우비천의 몸마저 잠시 허공으로 떠올랐을 정도였다.

단우비는 다시 화살을 활시위에 걸었다. 이번엔 통천궁을 전개했다. 맹렬하게 회전하는 화살과 반경 십여 장을 뒤덮는 거대한 소용돌이가 굉음을 터뜨리며 하늘을 뚫을 듯 끝도 없이 날아갔다.

뒤뜰에 있던 나무가 소용돌이에 휘말려 산산조각 났다. 나뭇조각들이 흙 속에 박혀 있던 크고 작은 돌들과 함께 솟구쳤다. 단우묵과 단우비천도 황급히 건물 벽에 두 손을 박아 몸을 지탱하지 않았다면 그것들과 같은 신세가 되었을 터였다.

정말이지 눈으로 보고도 믿어지지 않는 위력이었다.

단우비는 이번엔 귀곡도를 잡았다. 과거 사마영영이 그에게 준 그 귀곡도였다. 관리를 잘했는지 여전히 날카로움을 유지하고 있었다.

귀곡도를 흔들어 음공을 전개하려던 그는 두 아들을 보고는 욕심을 억눌렀다. 그저 몇 차례 휘둘러 손맛을 보기만 한 뒤에 두 아들 쪽으로 다가갔다.

“이만하면 되었어. 이제 회의 장소로 가자.”

단우비천이 불만을 던졌다.

“에? 벌써요? 귀곡성을 듣고 싶어요. 저는 아무리 해도 안 되더라고요.”

“후후, 귀곡도의 귀곡성은 피아 구분 없이 공격해. 너희도 피해를 입을 거다.”

“괜찮아요. 저 엄청 강해요! 충분히 버틸 수 있어요!”

“아아, 그래그래. 알았다, 알았어. 다음에.”

대충 단우비천을 다독인 단우비는 뒤뜰을 나서 회의 장소로 걸어갔다. 단우묵은 여전히 불만 가득한 표정을 짓고 있는 단우비천에게 물었다.

“내공이 얼마야?”

단우비천은 옳다구나 거드름을 피웠다.

“십팔 두! 놀랐어? 놀랐지? 열두 살에 십팔 두야! 이건 전무후무한 기록이라구! 이 몸의 위대함을 알았으면 어서 형이라고 불러! 으하하하!”

“고작 십팔 두로 그렇게 으스댄 거였군.”

“하! 뭐라고? 너는 몇 두인데?”

“이십오 두!”

“마, 마, 말도 안 돼! 거짓말하지 마! 안 믿어! 못 믿어!”

“곧 믿게 돼.”

“아오, 이건 진짜 어떻게 된 게 맘에 드는 구석이 하나도 없담? 사사건건 열 받게 하네!"

"있다가 너는 나랑 대화를 좀 해 봐야겠다."

"조, 좋아! 바라던 바야! 흥!"

그렇게 지치지도 않고 티격태격하는 두 형제를 단우비는 온화한 미소로 지켜보았다.

오색흑살초

회의실엔 단우몽, 동, 춘을 위시한 단우세가의 수뇌 이십여 명과 현휘, 황추를 위시한 동맹 방파의 수장 사십여 명이 모여 있었다. 단우설과 유하도 비어 있는 상석 근처에 나란히 앉은 상태였다.

동맹 방파의 구성은 단우세가가 회유한 복건 서부의 방파들과 단우비가 직접 회유한 동부의 방파들이었다.

십 년 전, 그들은 터전을 버리고 가족과 함께 단우세가를 따라 고산국으로 왔다. 가족을 남겨 두면 정검회가 찾아내 해코지할 가능성이 컸다. 어쩌면 모두 죽여 버릴지도 모르는 일이었다. 그런 위험을 감수할 수는 없었다.

십 년이나 살아서 그런지 어느덧 그들에게 고산국은 제이의 고향이 되었다.

가족들과 미혼인 강호인들은 섬의 사람들과 혼인해 자식을 낳아 키웠다. 고기를 잡거나 밭을 갈아 배를 채웠고 절강, 광동과 무역을 해 돈을 벌었다.

그렇게 이곳의 삶에 익숙해졌지만, 그래도 그들은 언젠가는 본토의 진짜 고향으로 돌아가길 바랐다. 그 열망을 버리지 못했다.

당초 예정은 단우비천이 스물두 살이 되는 십 년 후였다. 그때까지 어떻게든 단우비천을 삼십 두 이상의 고수로 키워 정검회를 박살 내고 당당하게 고향으로 돌아갈 계획이었다.

한데 단우비의 부활로 모든 것이 바뀌었다.

그래서인지 다들 엉덩이를 들썩이거나, 상기된 얼굴로 히죽히죽 웃거나, 차를 연신 마시며 타는 가슴을 진정시키는 등 흥분을 주체하지 못했다.

단우비와 두 아들이 등장하자 유하를 제외한 나머지 모두가 벌떡 일어나 정중히 맞이해 주었다.

단우비는 상석으로 걸어가며 좌중을 스윽 훑었다. 낯익은 얼굴도 있고, 문주가 교체되어 낯선 얼굴도 여럿이었다. 한 사람 한 사람과 눈인사를 주고받은 그는 상석에 엉덩이를 걸쳤다.

단우묵은 유하의 옆에, 단우비천은 단우설의 옆에 앉았다.

단우몽은 단우묵을 힐끗 응시하며 단우비에게 아버지인

단우공이 저지른 죄를 대신 사과했다.

단우비는 단우공이 죽었으니 이미 끝난 일이라고, 자신이 없는 동안 단우세가를 훌륭하게 이끈 공을 높이 사 당신에게까지 죄를 묻지는 않겠다고 약속해 주었다.

공식적으로 단우세가주는 단우비천이지만, 그의 나이가 어려 실제로는 단우몽이 모든 일을 처리해 왔기 때문이다.

수뇌들의 앞에서 단우비가 공식적으로 약속했기에 단우몽은 한시름 놓게 되었다. 혹여 단우공의 죄 때문에 외손자인 단우비천이 단우묵에게 후계자 자리를 빼앗길지도 모른다고 불안해했는데, 단우비의 확답을 받은 이상 이제는 향후 단우묵이 단우세가주 자리에 야망을 품어도 적극적으로 대처할 수 있었다.

우선 단우비는 모두에게 그간의 노고를 치하했다. 그런 후 동을 지목하며 복건의 현재 상황을 물었다.

동은 칠 년 전부터 양지각도 백 명을 복건 곳곳에 풀어 정보 수집을 시키고 있었다. 그는 그 정보들 중 핵심만 골라 보고했다.

복건 서부는 백리산의 둘째 사위인 사도진(司徒珍)의 사도세가가 관리했고, 동부는 독고세가가 관리 중이었다.

백리산은 백기회가 건재했다면 그들에게 서부를 맡겼겠지만, 단우비의 손에 박살 나 버렸기에 차선책인 사도세가를 선택했다.

그래서 사도세가는 본거지인 복건 북동부의 복정(福鼎)을 떠나 천주로 완전 이전을 했다. 단우세가의 터전을 새 보금자리로 꾸며 복건 서부를 다스렸다.

복건은 안정을 찾았기에 사도세가는 서부의 병력 대부분을 광동과의 경계에 배치시켰다. 그것은 독고세가도 마찬가지였다. 그들 역시 절강과의 경계에 동부의 병력을 집중시켜 둔 상태였다.

백리산은 바보가 아니었다. 그는 동시에 움직인 광동무림과 절강무림의 의도를 간파했다. 그래서 복주 동쪽의 민장강과 해상에도 정예 병력을 대거 배치해 고산국의 침공마저 철저히 대비해 두었다.

그런 한편 그는 정검회에 틀어박혀 묵인 제조에 열을 올렸다.

묵인만 만족스러운 숫자로 늘어나면 광동무림, 절강무림, 고산국, 세 곳이 동시에 침공을 해 오더라도 능히 쳐부술 수 있다고 믿었기 때문이다.

현재 묵인의 수는 이천 구로 추정되었다.

십 년 전 단우세가의 동맹 방파들이 정검회에 투항한 게 컸다. 오천여 명 중 이천여 명이 살해당했는데, 그 시체들은 고스란히 정검회로 옮겨졌다. 그리고 그중 무려 오백여 구가 묵인으로 재탄생되었다.

동이 그 이야기를 언급하자 당시 정검회에 투항했던 방파들의 수장들이 어색한 헛기침을 터뜨리며 단우비의 시선을 회피했다.

단우비는 그들의 반응을 모르는 척 넘기며 동에게 계속하라고 눈짓을 주었다.

정검회는 동, 서, 남과 달리 북, 강서무림은 그리 신경 쓰지 않았다.

무언가 믿는 구석이 있는 듯 북쪽엔 병력을 전혀 배치해두지 않은 상태였다.

동은 사마후가 백리산과 밀약을 맺은 것이 분명하다며 치를 떨었다. 이건 명백한 배신이라고, 반드시 대가를 치르게 해야 한다고 부르짖었다. 그의 목소리엔 무려 석 달 동안 만남을 시도했건만 끝끝내 거부당했다는 개인적인 원한도 섞여 있었다.

단우비는 사마후의 속내를 도무지 알 수가 없어 무거운 한숨을 내뱉었다.

그 후 동은 묵인을 제외한 정검회 병력은 천오백여 명이며, 상대해야 할 복건무림의 총병력은 만칠천에 육박한다고 밝혔다.

만칠천은 너무 많아 단우비는 동에게 물었다.

"만칠천 명 전부가 끝까지 우리와 싸울 각오인 거야? 아니면 정검회만 무너지면 우리 쪽으로 넘어오는 거야?"

공식적인 자리라 동은 경어를 썼다.

"백리산의 남은 두 아들은 정검회 소속의 여고수들과 혼인했지만, 여섯 딸은 각기 다른 방파에 시집을 갔습니다. 첫째 아내의 진조방은 우리 측에 가담했으나 다른 세 아내의 방파는 여전히 백리산을 따릅니다. 그러니 그 아홉 개 방파는 끝까지 싸울 겁니다. 하지만 나머지는 아닙니다. 우리의 노력으로 묵인의 존재가 복건무림 전원에게 알려진 상태니까요. 묵인 중엔 그들의 가족과 동료도 포함되어 있습니다."

차를 한 모금 마신 동은 얼른 말을 이었다.

"정보에 따르면 대다수의 방파가 정검회에 불만을 품고 있습니다. 묵인이 무서워 쉬쉬하며 따를 뿐이지요."

단우비는 한시름 놓은 표정을 지었다.

"다행이네. 정검회와 그 아홉 방파만 무너뜨리면 전쟁은 끝나겠어."

동은 그렇게 쉬운 일이 아니라고 안색을 굳혔다.

"백리산도 민심이 돌아섰다는 것을 압니다. 그래서 그는 정검회를 철옹성으로 변모시켰습니다. 수많은 함정과 기관장치를 설치해 두었지요. 게다가 이천 구의 묵인과 천오백의 병력마저 전부 정검회 내부에 대기시켜 두고 있습니다. 그들이 정검회 밖으로 나가는 건 어떤 방파가 불만을 드러내었다는 정보를 입수해 잔인하게 진압할 때뿐입니다. 진압한 후엔 바로 정검회로 돌아가고요."

동은 동쪽을 가리키며 인상을 찌푸렸다.

"복주 동쪽의 강과 해상도 문제입니다. 우리 입장에서 복주를 상대로 공성전을 벌이는 건 자살 행위입니다. 성벽이 견고한 데다 정검회가 복주의 모든 시민을 전장에 투입할 게 분명하기 때문이지요. 그러니 배로 해안에서 민장강으로 진입해 복주 동부에 상륙하는 게 최선입니다. 거기서 정검회까지는 한 시진 정도밖에 걸리지 않거든요."

혀로 입술을 훔친 동은 씹듯이 내뱉었다.

"문제는 정검회도 그것을 안다는 겁니다. 그래서 백리산은 믿을 수 있는 아내들과 딸자식들의 방파 아홉 개, 삼천팔백여 명의 고수 전원을 강과 해상에 배치시켜 두었습니다. 그들은 언젠가 우리 고산국을 공격할 선봉대이기도 해, 몇 년 전부터 사도세가주 사도진과 독고세가주 독고진이 직접 지휘하고 있지요. 이것은 백리산이 광동무림과 절강무림보다 우리를 더 위협적으로 생각하고 있다는 뜻입니다. 정말…… 얄미울 정도로 머리가 좋은 자입니다."

독고진이 언급되자 단우비의 두 눈이 오싹한 살기로 뒤덮였다.

동은 빠르게 나머지 부분을 설명했다.

"삼천팔백여 명의 병력은 우리가 상륙 가능한 모든 강변과 바다에서 민장강으로 진입하는 길목의 해상을 철통같이 장악하고 있습니다. 하구의 좌우 언덕엔 무려 백오십 문의 대포가 해상을 겨냥하고 있으며, 해상엔 삼십여 척의 대형선이 포진하고 있습니다. 게다가 다들 해전을 수련 중이라 바다에서도 우리가 우세라고는 할 수 없는 실정입니다."

갑갑한 현실이 새삼 수뇌들의 몸을 짓눌러 장내엔 무거운 공기만 흘렀다.

하지만 단우비는 아니었다. 살기를 지운 그는 쾌활하게 웃었다.

"잘됐군! 귀찮게 따로따로 처리할 필요가 없어졌어. 단 한 번의 공격으로 정검회와 아홉 방파 전부를 박살 낼 수 있는 거야."

수뇌들은 단우비가 여전히 멍청한 건지, 아니면 어떤 획기적인 계책이 있는 건지 도무지 알 수가 없었다. 그들은 불안 반, 기대 반으로 단우비를 바라보았다.

대표로 동이 넌지시 말했다.

"송구하지만 우리는 지금까지 정검회의 이 철통 같은 방어를 부술 묘책을 찾지 못한 상태입니다. 강과 해상의 병력 때문에 상륙하는 데에 많은 시간이 소요될 것이고, 그사이 정검회는 묵인을 움직일 겁니다. 솔직히 말하자면 묵인 절반, 천 구만 나서도 우리는 전멸합니다."

단우비는 의미심장한 미소를 던졌다. 왠지 약 올리는 것 같은 미소이기도 했다.

"묵인 대책을 전혀 세워 두지 않은 거야?"

"수입의 대부분을 현철을 구하는 데에 사용하고 있습니

다. 약물로 십삼 년 전보다 훨씬 더 강화되었기에 신병이기와 현철검 외의 다른 무기로는 묵인에게 상처를 입힐 수 없거든요. 신병이기는 구하기 힘드니 현철검 뿐인 거지요. 우리는 현재 이천여 자루의 현철검을 보유하고 있으며, 이십 두 이하의 고수들 중 내공이 높은 순서로 지급 중입니다. 이십 두 이상의 고수들은 현철검이 필요 없습니다. 풍마신장으로 묵인의 몸에 상처를 낼 수 있으니까요."

"현철검과 이십 두 이상의 풍마신장만 묵인에게 피해를 입힐 수 있다는 거군."

"예. 그래서 우리는 현철검과 풍마신장으로 묵인을 전투불능으로 만든 뒤, 기름을 끼얹고 불을 질러 태우는 전략을 수립했습니다. 현재로썬 이게 유일한 방법입니다. 문제는!"

"뭐지?"

"하나하나를 처리하는 데에 상당한 시간이 소요된다는 거지요. 놈들의 머릿수가 워낙 많은 데다, 정검회와 아홉 개 방파의 고수들이 구경만 하지는 않을 테니 그사이 우리는 전멸해 버릴 겁니다."

동은 땅이 꺼질 듯한 한숨을 내뱉었다.

"묵인을 조종하는 놈들을 찾아 죽이는 방법도 생각해 봤습니다. 하지만 그 계책은 바로 포기했습니다. 조종하는 놈들이 죽으면 묵인은 끝없이 인육을 먹어 치우는 짐승이 되어 버리니까요. 삽시간에 복건 전역이 지옥으로 변할 겁니다.

그런 일은 차마 할 수가 없었습니다."

"흐음, 그렇군."

절망적인 보고에도 단우비는 미소와 여유를 잃지 않았다. 짜증이 난 동은 언성을 높였다.

"비아냥거리시는 겁니까? 아니면 묘책이 있어서 그렇게 반응하시는 겁니까? 전자라면 욕먹어도 싸니 어쩔 수 없지만, 후자라면 뜸 들이지 말고 어서 말씀해 주십시오!"

단우비는 너무 놀려 먹었다는 것을 깨달았다.

호쾌하게 탁자를 치며 몸을 일으킨 그는 좌중을 훑으며 강건하게 외쳤다.

"한 개, 단 한 개의 상처면 충분해. 현철검이든 풍마신장이든 간에 묵인의 몸에 단 한 개의 미세한 상처라도 입히면, 놈들을 죽일 수 있어!"

당연하게도 반응은 폭발적이었다. 모든 이들이 충격과 흥분으로 몸을 들썩이며 웅성거렸다. 동은 손을 들어 그들을 진정시킨 후 단우비에게 물었다.

"정말입니까?"

"물론!"

"그게, 그게 어떻게 가능한 겁니까?"

"약물로 아무리 강화를 해도, 결국 묵인의 몸을 움직이는 건 귀활음고야. 귀활음고를 죽이면 묵인도 죽는 거지."

"마, 맞습니다. 그건 그렇지요."

"잘 들어. 귀활음양고는 묘강의 독충이야. 천독문은 그 묘강에서 천 년 넘게 연구를 해 왔어. 독황은 그 천독문의 사십팔 대 문주이고."

"맙소사! 설마……?"

"후훗, 그래! 나는 독황의 작업실에 비치된 역대 천독문주들이 작성한 수천 권의 책을 모두 읽었어. 다행히 귀활음양고와 그것을 죽이는 독초도 적혀 있더군!"

"오오!"

"우화하하!"

수뇌들은 탄성과 웃음을 멈추지 못했다. 그 지랄 같은 묵인을 죽일 방법이 있다는 것이니 당연한 반응이었다.

동은 눈을 빛내며 단우비를 채근했다.

"묵인만 처리하면, 이길 수 있습니다! 현재 전력으로도 충분합니다! 십 년을 더 기다릴 필요가 없는 겁니다! 그 독초, 그 독초의 이름이 뭡니까?"

단우비는 씨익 웃었다.

"오색흑살초! 이것을 끓이면 시커먼 진액이 흘러나와. 그 진액을 한 방울이라도 묵인의 상처에 바르기만 하면, 묵인의 몸에 서식하는 귀활음고는 단 한 마리도 남김없이 즉사한다!"

"이럴 수가! 당장, 당장 구해야겠군요! 모든 인력과 자금을 총동원해!"

바로 밖으로 달려가려는 동을 단우비가 붙잡았다.

"진정해. 오색흑살초는 묘강에만 있어. 사실 독황의 작업실에 있는 오색흑살초를 모두 가지고 왔는데, 구천 명 모두에게 지급하기엔 턱없이 부족하네. 그러니 묘강으로 가서 충분한 양을 직접 채집해야 해."

"그렇군요. 하면 채집대를 구성해 묘강으로 보내야겠습니다."

"됐어. 묘강은 위험한 곳이야. 멋모르고 갔다간 개죽음당할 가능성이 커. 그러니 내가 직접 가겠어. 가 본 적은 없지만 그곳의 지리와 환경, 오색흑살초가 자생하는 장소도 아니까."

"아, 안 됩니다! 드디어 돌아오셨는데, 가긴 어딜 가신단 말입니까? 정보만 주시면 됩니다. 그러면 우리가 반드시 구해 오겠습니다!"

동은 단우비를 또 잃을까 봐 두려웠다. 십삼 년 만에 돌아온 희망이 다시 사라질까 봐 너무나도 겁이 났다.

단우비는 동의 속내를 알았지만 그래도 고집을 꺾지 않았다. 이런 일로 단 한 명의 부하도 잃고 싶지 않았기 때문이다. 그는 황추에게 말했다.

"대추야, 아니 쌍칼 해적단 선장 황추!"

갑자기 지목을 받아 움찔한 황추는 퉁명스레 물었다.

"뭐, 뭐냐?"

"배 한 척과 부하를 백 명 정도 빌려 줘."

"핫, 그뿐 아니라 내가 직접 동행하겠다! 너 혼자만 보내진 않아! 그러니 동팔이도, 춘삼이도, 나머지도 안심해! 내가 책임지고 이놈을 안전하게 데리고 오겠어!"

한동안 수뇌들은 과연 이 결정을 받아들여야 할지 말지 갑론을박을 벌였다.

물론 무의미한 논의였다.

미우나 고우나 그들의 수장은 단우비이니까.

그 단우비가 이미 결심을 굳힌 상태니까.

마지막까지 저항하던 동마저 한 가지 조건을 받아들이면 수락하겠다고 백기를 들었다.

그 조건은 적귀대주 춘을 대동하는 것이었다.

아무래도 황추만으로는 안심이 되지 않아서였다.

단우비는 흔쾌히 받아들였다. 그는 거기서 더 나아가 아내들과 아들들에게도 함께 가자고 제안했다. 내심 이 여행을 계기로 그들이 친해지길 바랐다.

유하, 단우설, 단우묵, 단우비천은 즉각 수락했다.

단우비천은 벌써부터 신이 나서 방방 날뛰었다.

그렇게 일단락되자 회의는 세부적인 사항으로 넘어갔다.

단우비는 여행이 일 년 정도 소요될 거라고 보았다.

그래서 동과 수뇌들은 일 년 후까지 전쟁 준비를 철저하게 끝마치기로 했다.

밤늦게까지 이어진 회의는 화기애애한 분위기 속에 마무리되었다.

그로부터 보름 후, 한 척의 대형 해적선이 수천 명의 배웅을 받으며 고산국을 출발했다.
해적선이 돌아온 것은 정확히 십일 개월 후였다.
단 한 명의 사망자도 없이 전원 무사히 돌아왔다.
그때부터 고산국의 운명을 건 마지막 전쟁이 시작되었다.

최종전의 서막

단우비 일행이 고산국으로 돌아온 지 한 달이 지났다.

여름이 무르익은 팔월 초하룻날 저녁 무렵, 한 척의 범선이 어두운 바다를 유유히 가로지르며 복건 동부의 육지를 향해 나아갔다.

선미의 조타를 단우묵이 잡아 조종했고, 옆에는 단우비천이 서 있었다. 단우비는 선두의 끄트머리에 양반다리를 한 채 앉아 지그시 전면을 응시했다. 그의 주변 갑판엔 수십 개의 화살이 듬성듬성 박혀 있었다.

단우비천은 긴장을 감추지 못하며 연신 마른침을 삼켜 대었다. 그의 침 삼키는 소리가 단우묵을 짜증 나게 만들었다.

"그렇게 겁을 내면서 왜 따라오겠다고 고집을 부린 거야?

나 혼자 충분하다고 했잖아?"

"하! 형 혼자 아빠가 활약하는 걸 보게 두라고? 절대 안 되지! 나도 볼 거야! 나도 열심히 싸울 거야!"

"철없는 자식. 우리는 아버지를 구경하러 동행한 게 아니야. 임무를 잊지 마."

"마, 말이 그렇다는 거지! 나도 임무를 알아!"

"출발하기 전에도 했지만 내가 도와줄 거란 기대는 버려. 네가 위험에 처해도 나는 돕지 않아. 너 스스로 살아남아야 해."

"하핫, 그 말 그대로 돌려주지! 나도 절대로 형을 도와주지 않을 거야!"

육지가 보일 때까지 두 형제는 끊임없이 티격태격했다. 그렇다고 해서 서로를 정말로 싫어하는 것은 아니었다. 그저 이런 식으로나마 긴장을 풀고 싶었을 뿐이었다.

서서히 두 사람의 시야에 육지와 민장강으로 진입하는 하구가 보였다. 하구 주변의 해상엔 십오 척의 거대한 배가 일정한 간격을 두고 포진해 있었다. 나머지 십오 척의 배는 복주 동부의 강변에 정박해 있을 것이었다. 정보에 따르면 절반씩 교대로 해상을 지킨다고 했으니까 말이다.

배들은 점으로 보일 만큼 아직 거리가 멀었다.

하지만 두 소년은 대화를 중단했다. 바짝 긴장한 표정으로 불빛이 일렁이는 배들과 선두에 앉아 있는 단우비의 등을 뚫어져라 바라보았다.

잠시 후 조용하던 십오 척의 배들이 분주해졌다. 더 많은 횃불이 밝혀지고 여러 명이 고함을 지르며 돌아다녔다.

단우비 삼부자가 탄 배를 육안으로 확인한 것이다!

열두 척은 대기하고 세 척의 배만 조사를 위해 움직였다. 세 척의 배는 전면과 좌우로 흩어져 단우비의 배를 향해 다가왔다.

바닥에 내려놓은 통천마궁을 잡은 단우비는 뒤편의 단우묵에게 눈짓을 주었다. 얼른 고개를 끄덕인 단우묵은 조타를 힘주어 잡았다.

정면에서 다가오는 배와의 거리가 삼십여 장으로 좁혀지자 단우비는 갑판에 꽂아 놓은 화살 한 발을 움켜쥐며 번개같이 몸을 일으켰다.

그러기 무섭게 통천궁을 날렸다.

맹렬하게 회전하는 화살이 반경 십여 장을 뒤덮는 소용돌이를 동반한 채 배의 오른쪽 대각선으로 날아갔다. 배와 가까워지자 급격히 궤도를 변경했다. 화살은 배의 옆구리에 틀어박혔다.

천지가 진동하는 폭음이 터지며 통천궁은 배를 관통했다. 어마어마한 크기의 구멍을 뚫어 버렸다.

수십 명의 사람들이 박살 난 배의 파편들과 함께 분수처럼 사방으로 튀어 올라 바다에 빠졌다. 어떤 이들은 형체도 없이 몸이 터졌고, 어떤 이들은 치명상을 입어 피를 뿌렸다.

비명과 절규가 밤바다를 뒤덮었고, 배는 빠른 속도로 침몰했다. 그 때문에 배에 남아 있던 부상자들과 몸이 성한 자들 전원 욕설을 퍼부으며 바다로 뛰어들었다.

단우비는 두 발의 통천궁을 더 날려 좌우에서 다가오던 두 척마저 침몰시켰다.

조타를 놀려 배의 진로를 수시로 변경하던 단우묵은 단우비천을 윽박질렀다.

"시작됐어! 어서 움직여! 어서!"

"어, 어! 으응! 맡겨만 줘!"

단우비의 신위에 넋이 나가 있던 단우비천은 옆에 단단히 고정시켜 둔 커다란 보따리를 풀었다. 그 속엔 수십 개의 심지 달린 철구가 쌓여 있었다.

몇 개의 철구를 움켜쥔 단우비천은 좌측 끄트머리로 달려갔다. 바다를 내려다보니 부상을 입어 허우적거리거나 살기를 드러내며 이쪽으로 헤엄쳐 오는 적들이 보였다.

단우비천은 화섭자로 철구의 심지에 불을 붙여 후자를 향해 던졌다. 철구가 폭발하며 다가오는 적들을 무자비하게 터뜨려 버렸다.

열세 살 생에 첫 살인이지만 단우비천은 그리 영향을 받지 않았다. 살인의 충격에 빠져 있을 여유가 없었다. 그는 얼른 오른쪽으로 달려가 몇 개의 철구를 투척했다. 그 후에도 좌우로 분주하게 움직이며 철구를 던져 대었다.

대기하던 열두 척의 배는 사태의 심각성을 깨달았다. 누군가가 하늘을 향해 신호탄을 쏘아 올렸다. 한순간이지만 어두운 밤하늘이 대낮처럼 밝아졌을 정도로 거대한 신호탄이었다.

그 후 열두 척의 배는 빠른 속도로 단우비 삼부자가 탄 배를 향해 다가왔다. 벌써부터 대포를 쏘는 배도 있었다.

대포를 회피하는 역할은 단우묵이 맡았고, 바다에 빠진 적들은 단우비천의 몫이었다. 그래서 단우비는 그 둘을 신경쓰지 않았다. 오로지 열두 척의 배에만 집중했다.

그는 적선이 삼십 장 거리 안으로 들어오기만 하면 신속하게 통천궁을 날려 박살 내었다.

두 발도 필요 없었다. 배 한 척에 화살 한 발이면 충분했다.

통천마궁은 전설 그대로 정말이지 무시무시한 위력을 자랑하는 신병이기였다!

배는 침몰하고 비명은 끊임없이 터졌으며 바다는 피와 살점, 둥둥 떠다니는 시체들로 뒤덮였다.

불과 한 식경 만에 열다섯 척의 적선이 모조리 침몰되었다.

단우비 삼부자가 탄 배는 침몰된 적선들을 가로질러 하구로 다가갔다.

하구 좌우의 언덕에서 수십 발의 포탄이 동시다발적으로 짓쳐 들었다. 워낙 수가 많고 범위마저 넓어 단우묵이 아무리 노력해도 개중 몇 발은 맞을 수밖에 없었다.

눈을 번쩍인 단우비는 두 아들에게 손짓으로 명령했다. 그 즉시 무기를 챙겨 바다로 뛰어내렸다. 그는 수상비를 전개해 바다를 달려 좌측의 언덕으로 향했다.

단우묵과 단우비천도 배를 포기하고 바다로 신형을 날렸다. 단우비천은 수상비를 쓰기엔 내공이 부족해 단우묵이 그를 업고 우측의 언덕으로 달려갔다.

세 사람이 배를 떠난 직후 십여 발의 포탄이 배를 초토화시켰다. 조금만 늦게 반응했어도 단우비 삼부자는 죽거나 치명상을 입었을 것이었다.

단우비는 가파른 절벽을 평지처럼 달려 좌측 언덕 정상에 도착했다. 칠십오 문의 대포와 백오십 명의 고수들이 헛바람을 집어삼키며 그를 맞이해 주었다.

"단우비천! 열세 살짜리 꼬맹이가 벌써 이런 괴물이 되었단 말이냐? 일을 벌여도 최소 칠 년은 더 흐른 뒤에 벌일 거라고 예상했거늘! 화룡의 피는 정말이지 더럽게도 무섭구나!"

왠지 재미있어 단우비는 적들의 착각을 정정해 주지 않았다. 그는 가타부타 말 한마디 없이 활시위의 한쪽을 풀어 왼손목에 감았다. 나머지 한쪽이 묶여 있는 부근을 움켜쥐자 통천마궁은 통천마검이 되었다. 오른손으로 귀곡도를 뽑은 그는 백오십 명의 적들에게 달려갔다.

통천마검은 적들의 몸에 구멍을 뚫고 무기와 살, 뼈를 부수었다. 끔찍한 쇳소리를 터뜨리는 귀곡도는 범위 내의 모든 것을 두부 자르듯 너무도 수월하게 썩둑썩둑 썰어 버렸다.

백오십 명은 안간힘을 다해 맞서 싸웠지만 역부족이었다. 대부분은 제대로 된 공격 한 번 하지 못한 채 비명을 지르며 죽었고, 이십 두 이상의 내공을 자랑하는 몇몇 고수들마저 단우비의 몸에 생채기 하나 만들지 못한 채 피를 뿌렸다.

전투, 아니 일방적인 학살은 반 각 만에 종료되었다. 백오십 명 중 생존자는 단 한 명도 없었다. 십여 명이 도망치긴 했는데, 단우비가 허벅지에 묶어 둔 화살통에서 화살을 뽑아 통천마궁으로 모조리 죽여 버렸다.

적들의 피를 흠뻑 뒤집어쓴 단우비는 칠십오 문의 대포를 하나씩 언덕 아래의 바다에 빠뜨렸다. 그러며 그는 반대쪽 언덕을 바라보았다.

그곳의 전투는 아직 끝나지 않았다. 두 아들이 팔십여 명의 적들과 싸우고 있었다. 바닥에 나뒹구는 시체는 칠십여 구였다. 아마도 정검회는 양쪽 언덕에 백오십 명씩 배치해 두었던 것 같았다.

'보아하니 내가 갈 필요는 없겠군. 아 참! 내 정신 좀 봐!'

그는 얼른 품에서 묵직한 신호탄을 꺼내 하늘 높이 쏘았다. 새하얀 섬광이 밤하늘에 번쩍였다. 적선들뿐 아니라 언덕의 대포들마저 무력화하는 데 성공했다는 신호였다.

신호탄을 보았을 테니 해상에서 대기하고 있던 구천여 명의 아군 전원이 신속하게 다가올 것이었다.

그들이 도착할 때까지는 여유가 있어 단우비는 가부좌를 틀고 앉아 운기행공을 했다. 할 일이 많으니 기회가 있을 때마다 내공을 회복시켜 두는 것이 좋았다.

한 식경 뒤 우측 언덕의 전투가 끝났다. 다행히 단우묵과 단우비천이 이겼다. 지난 일 년 동안 틈틈이 무공을 가르쳤기에 단우비는 마치 자신이 이긴 것처럼 기뻐했다.

그맘때쯤 아군의 함선 네 척이 하구에 나타났다. 언덕을 내려간 단우비 삼부자는 수상비로 바다를 달려 좌측에서 두 번째 배에 뛰어올랐다.

대기하고 있던 정참맹주 현휘와 부맹주 애달이 단우비 삼부자에게 아낌없는 칭찬을 퍼부었다.

단우묵과 단우비천이 자잘한 상처를 몇 개 입어 배에 탄 정참맹도들이 빠르게 치료를 해 주었다. 그것을 확인한 단우비는 현휘에게 물었다.

"나머지는?"

"바다에 빠져 허우적거리는 적들을 처리하고 있소이다. 계획대로 우리가 복주 동부의 강변까지 진로를 확보하면, 즉각 합류할 것이오."

"그렇군. 바로 두 번째 작전을 시작한다!"

"좋소이다!"

단우비 삼부자와 애달은 좌측의 함선으로 이동했다. 그들이 탄 배는 하구 좌측의 육지로 향했다. 나머지 세 척은 우측의 육지로 나아갔다.

잠시 후 단우비 삼부자와 애달이 이끄는 정참맹도 이백 명은 하구 좌측의 육지에 상륙했고, 현휘가 지휘하는 나머지 정참맹도 육백 명 전원은 우측의 육지에 상륙했다.

두 번째 작전은 단우비 삼부자와 정참맹만으로 구성되었다. 단우세가의 진정한 오른팔이라면, 앞장서서 길을 열어야 한다고 현휘가 주장했기 때문이다.

팔백여 명의 병력은 동시에 육로를 따라 달려 민장강을 거슬러 올라갔다. 다들 적과 구분이 용이하게 단우세가의 상징인 적의를 입고 있어 마치 거대한 붉은 뱀이 어둠을 뚫고 나아가는 것처럼 보였다.

한 식경쯤 흘렀을 때 단우비의 시야에 강을 따라 줄줄이 내려오는 열다섯 척의 함선이 들어왔다. 좌우의 강변에서도 완전무장한 수백 명이 살기를 흘리며 질주하고 있었다.

그들도 단우비 일행을 봤는지 얼른 고함을 질러 함선에 경고를 했다. 그러고는 무기를 뽑으며 단우비 일행을 덮쳤다.

단우비는 빠르게 머리를 굴렸다. 이쪽의 적은 삼백 명이었다. 그러니 반대쪽 강변의 적도 삼백 명 정도라고 생각되었다.

이 정도 머릿수는 문제가 되지 않았다.

그런데 아군의 경고를 받은 함선들이 빠르게 두 패로 갈라져 강변으로 다가가고 있었다.

저 배들에서 병력이 우르르 쏟아지면 적들의 머릿수는 삽시간에 불어난다.

이쪽 강변은 자신이 있으니 괜찮지만, 저쪽 강변은 아니었다. 얼마나 많은 정참맹도들이 죽을지 알 수 없었다.

정참맹은 단우세가와 쌍칼 해적단 다음으로 강력한 무력을 자랑하는 아군의 주요 전력이기에 단우비는 정검회와의 본 전투까지는 손실을 최대한으로 줄이고 싶었다.

결심을 굳힌 그는 강변의 적들을 아들들과 정참맹도 이백 명에게 맡겼다. 그 뒤 병장기가 부딪치고 욕설과 비명이 난무하는 전장을 신속하게 이탈했다. 홀로 함선들 쪽으로 달려갔다.

통천마궁에서 통천궁이 순차적으로 쏘아졌다. 모든 화살들은 마치 눈이라도 달려 있는 것처럼 한 치의 오차도 없이 함선들의 옆구리에 틀어박혀 큼직한 구멍을 뚫었다.

열다섯 척의 함선 전부가 빠른 속도로 침몰했다.

단우비는 침몰하는 함선 위로 신형을 날렸다. 상황 파악이 안 되어 정신을 못 차리는 적들을 통천마검과 귀곡도로 부수고 썰었다.

그렇게 그는 배와 배를 건너다니며 참혹한 학살극을 벌였다.

한 식경이 지났다. 열다섯 척의 함선에 타고 있던 칠백여 명 중 살아서 강변에 도착한 자는 불과 오십여 명뿐이었다. 나머지는 전부 물고기 밥이 되었다.

마지막으로 침몰하는 배 위에 선 단우비는 좌우의 강변을 살폈다.

적들은 충격에 휩싸여 있었다. 무려 열다섯 척의 배와 아군 육백오십여 명이 단 한 명의 손에 박살 난 것이니 무리도 아니었다.

그래서인지 그들은 본 실력을 발휘하지 못했다.

현휘 측은 적들을 압도적인 힘으로 밀어붙이고 있었다. 벌써 백여 명 가까이를 죽였고, 겨우 대여섯 명만 잃었다.

애달 측도 승기를 잡은 상태였다. 하지만 머릿수가 딸리는 데다 적들도 한가락 하는 고수들이라 그리 압도적이지는 않았다. 이기긴 하겠지만 현휘 쪽보다는 훨씬 더 많이 시간이 소요될 것 같았다.

단우비는 얼른 애달 쪽으로 달려갔다.

그가 전투를 진두지휘하며 만부부당의 기세로 살육을 벌이자 상황이 급변했다.

가까스로 저항하고 있던 적들은 절망에 휩싸여 누가 먼저

랄 것도 없이 몸을 돌려 도망쳤다. 단우비는 강변을 거슬러 올라가는 놈들을 추적하되, 다른 방향으로 도망치는 놈들은 무시하라고 명령했다.

어차피 자신들의 목적도 강변을 거슬러 올라가는 것이니 전자는 쫓아도 되지만, 후자는 아니었다. 그들을 쫓는다고 시간을 낭비할 수는 없었다.

단우비 삼부자와 백칠십여 명으로 줄어든 정참맹도들은 적들을 추격해 숨통을 끊으며 빠른 속도로 강변을 질주했다. 현휘 측도 승리를 거두곤 적의 잔당을 사냥하며 강변을 따라 달렸다.

적들이 보유한 삼십 척의 배와 대포를 모두 처리했기에 애달은 하늘에 신호탄을 쏘았다. 적색 섬광이 밤하늘에 번쩍였다.

단우비 일행은 반 시진을 더 달렸다. 하지만 새로운 적은 나타나지 않았다. 어느덧 복주 동부에 다다랐다.

복주로 들어가는 경계의 강엔 철로 만든 거대한 수문이 건조되어 있었다. 단우비 삼부자와 정참맹은 일단 근처에 몸을 숨긴 채 대기했다.

한 식경 후 아군 팔천여 명을 실은 함선 수십 척이 일사불란하게 모습을 드러내었다. 수문 위에서 경비를 서고 있던 십여 명이 뒤편 육지를 향해 고함을 질렀다.

눈빛을 주고받은 단우비와 단우묵, 단우비천은 신속하게

수문으로 달려갔다. 그들은 경비 십여 명을 눈 깜짝할 새에 쓸어버린 후 수문의 좌우로 흩어졌다. 각기 한 짝의 문을 맡아 열었다.

수문이 완전하게 열리자 단우비는 뒤편 선두에서 다가오는 아군의 배를 보았다. 그 배에 타고 있던 동, 춘, 황추와 눈이 마주쳤는데, 네 사람은 약속이나 한 듯 동시에 환한 미소를 주고받았다.

단우비는 몸을 돌려 육지를 보았다.

강변은 곳곳에 밝혀진 횃불들로 대낮처럼 밝았다. 천오백여 명의 병력이 분주하게 움직이고 있었다. 여기까지 오며 이천삼백여 명을 처리했으니, 정검회가 이곳에 배치한 나머지 병력 전부가 저곳에 있는 셈이었다.

낯익은 독고진의 면상도 보였다. 그와 사도진으로 추정되는 사십 대 중반의 중년인은 초조한 얼굴로 부하들에게 연신 호통을 질러대었다. 효과가 있는지 천오백여 명은 빠른 속도로 진형을 구축해 나갔다.

독고진을 뚫어져라 노려보며 싸늘하게 웃던 단우비의 미간이 구겨졌다. 정보에 없던 오십 문의 대포가 속속 강변에 배치되고 있었다.

통천마궁을 움켜쥔 단우비는 재차 독고진을 노려보았다.

'통천궁은 네놈이 내게 가르쳐 준 무공이다. 이 무공의 위력을 두 눈으로 똑똑히 보아라! 네놈이 아버지를 죽이는 것

을 내 두 눈이 보았던 것처럼 말이다!'

육지와 거리가 너무 멀어 단우비는 수상비를 전개해 달려갔다. 거리가 삼십여 장으로 좁혀지자 번개같이 허공으로 뛰어오르며 상체를 비틀었다.

다섯 발의 통천궁이 순차적으로 통천마궁을 떠났다. 그것들은 오십 문의 대포를 집어삼켰다. 사십여 문의 대포가 박살 났고, 나머지 십여 문은 사용이 불가능할 정도로 손상되었다. 그뿐 아니라 대포를 옮기던 자들과 근처에 있던 자들 백여 명마저 통천궁의 제물이 되었다.

혼비백산한 독고진과 사도진은 부하들에게 당황하지 말라고, 진형을 재구축하라고, 무기를 날려 단우비천을 죽이라고, 저놈만 죽으면 적들의 사기는 대폭 꺾인다고 욕설을 퍼부었다.

그들도 단우비를 단우비천이라 착각하고 있었다.

언덕에서 싸웠던 놈들과 달리 단우비는 저놈들에게만은 반드시 착각을 정정시켜 줄 작정이었다.

물론 부하들과 함께 말이다.

날아오는 화살들과 암기들을 피해 수문으로 돌아간 그는 아군의 배들을 기다렸다.

대형선보다는 소형선이 상륙하기 편했다. 그래서 모든 배들은 일단 수문 앞에 멈춘 상태였다.

동은 함께 가져온 수백 척의 소형선에 팔천여 명의 병력과 조금 전에 합류한 정참맹도 전원을 신속하게 옮겨 실었다.

단우비 삼부자는 선두의 소형선으로 몸을 날렸다. 춘과 황추, 노를 잡은 적귀대원 삼십 명이 세 사람을 반겨 주었다. 주변의 소형선엔 나머지 적귀대 사백칠십 명 전원이 포진했다.

세 번째 작전, 복주 동부 강변 점령의 선봉대를 적귀대가 맡았기 때문이다.

적귀대주 춘이 수신호로 부하들에게 명령을 내리자 적귀대는 힘껏 노를 저어 빠른 속도로 수문을 넘어 강변으로 나아갔다. 나머지 병력은 적귀대와 약간의 거리를 두고 뒤따랐다.

단우비는 배의 앞에 어깨를 펴고 우뚝 섰다. 강변의 적들, 그중에서도 독고진을 노려보며 통천마검을 하늘 높이 치켜들었다.

육지와의 거리가 사십여 장으로 좁혀졌을 때, 독고진 무리가 먼저 행동에 나섰다. 수백여 발의 화살이 단우비와 적귀대를 향해 비처럼 쏟아졌다.

단우비도 질 수 없어 통천마검을 내리그으며 우렁차게 외쳤다.

"공격하라!"

말이 끝나기 무섭게 노를 젓던 자들 중 절반이 준비해 둔 활과 화살을 꺼내 적들에게 쏘아대었다.

교차되며 밤하늘을 수놓는 화살의 비는 그야말로 장관이었다.

"아아아악!"

"커어업!"

화살의 비는 쉼 없이 쏟아졌고 비명 또한 연신 터졌다.

단우비는 빠르게 뒤를 확인했다. 적들의 화살은 적귀대에 집중되고 있어 나머지 아군들은 별다른 피해를 입지 않고 있었다.

계획대로긴 한데, 그래도 죽거나 치명상을 입는 적귀대원들을 보고 있자니 마음이 심란했다.

'잠깐만 버티면 돼! 곧 상륙한다!'

독기를 품은 그는 육지와의 거리가 삼십 장으로 좁혀질 때까지 꾹 참고 기다렸다.

때가 되자 그는 통천궁을 마구잡이로 날렸다. 벌써 스무 발 이상의 통천궁을 쓴 상태지만, 두 개의 내단 덕분에 아직은 그리 힘들지 않았다.

통천궁은 강변의 적들을 무참하게 쓸어버렸다. 한 발이 최소 스무 명 이상의 몸을 터뜨렸다. 진형마저 엉망진창으로 만들어 적들이 날리는 화살의 수가 대폭 줄어들었다. 그와 달리 아군의 화살은 여전히 제 숫자를 유지하고 있었다.

육지와의 거리가 이십여 장으로 좁혀졌을 무렵, 적귀대 삼십여 명과 아군 이십여 명이 죽거나 전투불능이 되었고 독고진 측은 무려 삼백여 명을 잃었다.

천이백 대 팔천구백!

배가 상륙만 하면 전투의 결과는 불 보듯 뻔했다.

사도진은 독고진을 채근했다.

"이, 이제 어떡하나? 불과 두 시진 만에 일곱 방파의 주인들이 보낸 병력 이천삼백이 전멸했어! 우리도 삼백을 잃었고! 남은 건 우리뿐이야!"

그의 나이는 마흔아홉으로 독고진보다 열세 살이나 어렸지만 가족 간 서열은 위였기에 하대를 했다. 그는 단우비 무리를 삿대질하며 악을 질렀다.

"회주는 칠 년은 더 여유가 있다고 했어. 단우비천이 스무 살이 되는 칠 년 뒤까지는 놈들이 선제공격을 해 오는 일은 절대 없을 거라고 호언장담을 했지. 그 전에 우리가 먼저 준비를 끝내서 고산국을 공격해야 한다고 하기에, 몇 년 동안 집에도 못 가고 이곳에 틀어박혀 열심히 이놈들을 훈련시켰어! 그런데 이게 뭐야? 어떻게 놈들이 벌써 준비를 끝낸 거지? 저 엄청난 병력은 다 뭐야? 왜 우리는 이천육백을 잃었는데, 놈들은 전혀 타격을 받지 않은 거냔 말이야! 아무리 기습을 당했다고는 해도 이건, 이건 말이 안 돼!"

횡설수설하는 사도진을 무시하며 독고진은 점점 가까워지는 단우비를 뚫어져라 노려보았다. 사도진의 시선도 단우비에게로 옮겨졌다. 그는 옭다구나 분통을 토했다.

"단우비천! 회주가 틀렸어! 놈은 회주의 예상보다 훨씬 더 빨리 단우비를 능가하는 괴물이 되어 버렸어! 아니, 왕년의 단우비도 이 정도는 아니었어! 어떻게 화살 한 발이 쏘아질 때마다 수십 명씩 죽어 나간단 말이야?"

닫혀 있던 독고진의 입이 열렸다. 그는 존대를 하기 귀찮아 하대를 했다.

"단우비천이 아니야. 저놈은 단우비다."

"뭐, 뭐라고?"

"나도 이제야 알았다. 저 배를 보아라. 단우비와 닮은 얼굴이 셋이야. 가장 어린놈이 단우비천일 거다. 중간 놈은 누구인지 모르겠지만, 가장 나이 많은 놈은 분명 단우비다! 놈이 살아서 돌아왔어!"

"말도 안 돼! 놈은, 놈은 십사 년 전에 죽었어. 정검회가 죽였단 말이야!"

"나도 어떻게 된 영문인지 모르겠다. 하지만 지금은 그게 중요한 게 아니야. 단우비가 더 강력한 괴물이 되어 돌아왔다는 것만 중요할 뿐이다! 저놈의 존재 때문에 놈들이 오늘 공격을 감행한 거야! 저놈의 무력 때문에, 저 대량 학살이 가능한 황금빛 무기 때문에 이런 말도 안 되는 사태가 발생한 거다! 저 황금빛 무기는 대체 뭐지? 회주는 분리 합체가 되는 쌍검이라고만 했는데, 궁으로도 변신이 가능하다니! 실로 소름 끼치는 신병이기야. 회주는 저 무기를 빼앗기지 말아야 했어!"

"빌어먹을! 회주는 대체 무얼 하고 있는 거야? 두 시진 전부터 수시로 전서구를 보냈어. 그런데 그때마다 원군이 가고 있으니 조금만 더 버티라는 답장만 받았을 뿐이다. 그 곧 온다는 원군이 왜 지금까지, 도착해도 예전에 도착했어야 할 그놈들이 왜 지금까지 코빼기도 보이지 않는 거지?"

독고진은 피식 웃었다.

"훗, 결론은 한 가지뿐이지. 회주는 우리를 버린 거다. 놈들의 무력이 예상을 몇 배나 상회한다는 것을 깨달아 우리를 거짓말로 속여 시간을 끌게 만들고, 그사이 정검회의 방어를 더욱 철저하게 구축하기로 한 거야."

"뭐라고? 묵인만, 묵인 절반, 아니 반의 반만 보내도 저런 놈들 따위는 단번에!"

"그러게 말이다. 후훗, 회주가 무엇보다 효율을 우선시한다는 걸 알고 있었건만, 그래도 한 가족인 우리 아홉 방파마저 버릴 줄은 몰랐구나."

"제기랄! 그딴 빌어먹을 자식의 딸이랑 혼인하는 게 아니었는데!"

"나도 후회가 되는구나. 순순히 칼받이가 되어 줄 수는 없지! 정검회로 가자!"

"마, 맞아! 그래야 해! 우리는 할 만큼 했어! 두 시진 이상 시간을 끌었고, 적들의 머릿수도 줄였으니까! 그러니 당당하게 돌아가도 돼!"

자기 합리를 한 사도진과 독고진은 얼른 부하들에게 퇴각을 명령했다.

천이백여 명의 병력은 옳다구나 뒤 한 번 돌아보지 않고 신속하게 도망쳤다.

상륙한 단우비는 적귀대에게 도망치는 적들을 쫓지 말라고 외쳤다. 어떤 함정이 깔려 있을지도 모르니 섣불리 추격하는 건 위험했다.

지금은 모든 병력이 상륙하길 기다린 후, 대열을 정비해 신중하게 정검회로 나아가는 것이 최선이었다.

아쉽다면 아쉬운 일이었다.

예전의 그였다면 주저 없이 추격했을 텐데, 이제는 여러 가능성을 염두에 둘만큼 심계가 깊어진 상태라 그만 독고진의 목을 딸 천재일우의 기회를 놓치고 말았다.

너무 머리가 좋아진 것도 그리 좋은 일만은 아니었다.

최종전의 중막

날이 밝으려면 아직 멀어 복주 시내는 어둠에 휩싸여 있었다.

사람의 그림자는 코빼기도 보이지 않았다.

단우비 일행은 적막만 감도는 거리를 신중하게 가로질러 정검회로 나아갔다.

정검회의 정문은 동과 서 두 개였다. 원래는 북과 남에도 문이 있었는데 철옹성으로 개조하는 과정에서 없애 버렸다.

가까운 동문은 단우세가와 정참맹을 포함한 사천여 명이, 먼 서문은 쌍칼 해적단을 위시한 사천구백여 명이 맡았다.

정검회 내부는 어둡고 죽은 듯이 조용했다.

단우비는 거대한 철문과 높은 성벽을 응시하며 눈살을 찌푸렀다.

"알 수가 없군. 함정도 없고, 시민들도 공격을 해 오지 않아. 너무 수월하게 도착해서 그런지 영 찝찝하구만."

동이 옅게 웃으며 단우비의 의문을 해소해 주었다.

"그만큼 당황 중이란 거지. 대비할 시간도 부족했고. 우리는 겨우 세시진 반 만에 여기까지 와 버렸으니까."

"그 머리 좋은 백리산이 당황하고 있다고? 이런 상황도 염두에 두었을 텐데?"

"완벽한 인간은 없어. 그렇기에 백리산도 실수를 해."

단우비가 언덕에서 싸운 자들에게 입수한 정보에 따르면 백리산은 단우세가 연합군의 공격을 최소 칠 년 이상 후로 상정해 두었다.

정검회 내부에 함정을 설치하는 게 우선이고, 외부는 그다음이었다. 칠 년이나 여유가 있으니 천천히 해도 되었다.

여기까지 오는 동안 단우비 일행이 아무런 함정도 발견하지 못했다는 건, 아직 정검회 내부의 함정이 완벽하게 설치되지 않았음을 뜻했다.

백리산은 너무 여유를 부린 것이다!

신빙성 있는 추측을 근거로 정검회 외부에 함정이 없던 이유와 내부의 함정마저 완벽하지 않음을 간파한 동은 시민들이 공격해 오지 않은 부분으로 넘어갔다.

그는 이곳으로 오는 길에 이천오백이 넘는 병력이 정검회

쪽으로 회군한 흔적을 발견했다. 이것은 묵인 천 구와 여섯 개 검대 천오백여 명 전원을 투입해 강변에서 끝장을 보려던 정검회가 급히 계획을 바꾸었다는 뜻이었다.

이천 구의 묵인은 세 명이 조종했다.

백리산이 천 구, 둘째 아들인 백리종이 오백 구, 막내아들인 백리제가 오백 구였다.

조종자가 묵인의 곁에 있어야 하고, 백리산이 확실하게 이긴다는 보장이 없는 위험한 전장에 직접 나설 리 만무하니 회군한 이천오백여 명의 정체는 두 아들이 조종하는 묵인 천 구와 여섯 개 검대가 확실했다.

병력이 회군한 이유는 아마도 단우세가 연합군의 전력이 예상보다 훨씬 더 막강해, 전면전을 벌이면 피해가 너무 커진다고 판단했기 때문일 것이다.

백리산은 효율을 추구하는 인물이었다.

그의 입장에서 독고진과 아홉 개 방파는 전멸해도 되었다. 시체만 온전하면 묵인으로 만들 수 있으니까.

하지만 두 아들과 여섯 개 검대는 아니었다. 아들들이 죽으면 대가 끊기고 묵인은 통제 불능이 된다. 또한 묵인만으론 통치가 불가능하니 반드시 살아 있는 인간, 여섯 개 검대가 필요했다.

그러니 두 아들을 살리고 여섯 개 검대의 희생을 최소한으로 줄이려면 전면전보단 수성이 나았다.

문제는 내보낸 병력이 돌아오는 데에 많은 시간이 걸렸다는 것이다.

단우세가 연합군의 전력이 예상과 다르니 수성 전략도 바꾸어야 했다.

그 바뀐 전략을 두 아들과 여섯 개 검대가 알아야 실행할 수 있었다.

단우세가 연합군의 진군 속도마저 빨라 백리산은 여섯 개 검대에게 시민들을 강제로 집에서 끄집어내 칼받이로 투입하는 것과 바뀐 수성 전략을 가르치는 것, 두 가지 모두를 할 시간이 없음을 깨달았다.

그의 선택은 후자였다.

뜻대로 칼받이가 되어 줄지 아니면 도망칠지 알 수 없는 시민들에게 시간을 투자하는 것보다는 두 아들과 여섯 개 검대에게 바뀐 수성 전략을 가르쳐 철저하게 정검회를, 자신을 지키는 것이 더 낫다고 판단했기 때문이다.

동은 어두운 하늘을 가리키며 말을 이었다.

"정검회를 떠나는 수십 마리의 전서구들이 목격되었어. 복건무림의 나머지 모든 문파들이 올 때까지 버틸 작정인 거야. 그만큼 철옹성인 이곳의 방어력을 믿는 거지."

단우비는 입맛을 다셨다.

"그놈들이 올까?"

"오긴 올 거야. 묵인이 무서우니까. 일단 와서 전황을 보고 어느 쪽에 붙을지 결정하겠지."

"그놈들이 정검회를 택한다면…… 끝장이겠지?"

"뭐, 그렇지. 우리가 질 거야."

솔직할 동의 대답에 단우비는 눈을 번쩍였다.

"시간은 우리의 편이 아니군. 그놈들이 도착하기 전에 끝장을 보거나, 우리 측에 붙을 만큼 압도적으로 승기를 잡아야만 해!"

"맞아! 모든 준비는 끝났어. 다들 자신의 역할을 숙지한 상태고, 무기에 오색흑살초를 발랐으며 여분의 즙도 지니고 있어. 화약과 금창약, 해독약, 기름, 화섭자 등등도 넉넉하고. 반 시진 후면 대추 형 쪽이 서문에 도착해. 도착하는 즉시 신호탄을 날리기로 했으니까 그에 맞춰 우리도 신호탄을 날린 후 동시에 공격을 하면 돼!"

"반 시진 후라…… 우리가 먼저 공격을 한다면?"

"적의 병력이 우리 쪽에 집중되겠지. 그만큼 우리의 피해가 늘어날 거야. 결정은 대장의 몫이지만, 그래도 나는 동시 공격이 가장 효율적이라고 생각해."

단우비는 아쉽지만 동의 조언을 받아들이기로 했다. 그는 후방으로 물러나 부하들의 보호를 받으며 운기를 해 내공을 회복시켰다.

반 시진이 지났을 무렵 서서히 날이 밝아졌다.

새벽이 찾아온 것이다.

저 멀리 서쪽 하늘에서 적색 신호탄이 번쩍인 것은 그때였다. 동도 얼른 파란 신호탄을 쏘았다.

대기하고 있던 적귀대원 세 명이 자기 몸집만 한 화약통을 하나씩 들고 동문으로 달려갔다.

그들이 동문의 이십 장 앞까지 다가갔을 때, 성벽 위에서 십여 개의 암기들이 짓쳐 들었다. 머리카락만큼 얇고 쾌속하며 소리마저 들리지 않아 세 명의 적귀대원은 즉사하고 말았다.

성벽 위엔 암기술의 고수들이 숨어 있었다!

그게 시작이었다.

정검회 내부에서 수백 발의 불화살이 사방으로 쏟아졌다.

불화살은 단우비 일행을 노리지 않았다. 모조리 성벽의 이십 장 앞 땅에 꽂혔다. 그 부근에 뿌려 둔 기름에 불이 붙으며 불꽃이 치솟았다. 죽은 적귀대원들이 가져갔던 화약통들이 굉음과 함께 터졌다.

삽시간에 무려 이십만 평의 대지를 자랑하는 정검회의 외벽 전체를 너비 이 장, 높이 삼 장의 거대한 불의 장벽이 에워쌌다. 불꽃의 세기로 보아 상당한 양의 기름을 뿌려 둔 것 같았다. 쉽게 꺼지지 않는다는 뜻이었다.

흠칫한 단우비는 헛웃음을 터뜨렸다.

"이 자식들, 시간 끌겠다는 의도를 노골적으로 드러내는구만!"

통천마궁을 움켜쥔 그는 동문의 불 벽 바로 앞에 섰다. 화살을 활시위에 걸어 오른쪽 불길을 향해 통천궁을 날렸다. 그 즉시 왼쪽의 불길에도 통천궁을 쏘았다.

좌우로 날아간 두 발의 통천궁은 땅을 큼지막하게 헤집으며 불의 벽을 소멸시켰다.

단우비가 흡족한 미소를 머금을 때, 성벽 위에서 수백 발의 불화살이 쏘아졌다.

불화살은 불의 벽이 있던 자리에 우수수 꽂혔다. 활대에 매달아둔 기름병이 깨지며 소멸된 불의 벽이 단번에 원상 복구되었다.

오기가 생긴 단우비는 눈에 힘을 주었다. 그는 뒤에 있는 아군들을 향해 우렁차게 외쳤다.

"내가 길을 열겠다! 모두 나를 따르라!"

"우와아아!"

"와아아아아!"

아군들은 함성으로 대답을 대신했다.

단우비는 재차 불길의 좌우에 통천궁을 날렸다. 그 즉시 불화살이 날아온 성벽 곳곳에도 네 발의 통천궁을 쏘았다.

폭음과 함께 통천궁에 격중된 성벽이 통째로 날아갔다. 큼지막한 돌덩이와 돌가루가 흩날렸고, 몸이 터진 수십여 명의 시체들도 폭죽처럼 사방으로 튀어 올랐다.

효과가 있는지 불화살의 비가 그쳤다.

씨익 웃은 단우비는 동문을 향해 내력을 듬뿍 담은 통천궁을 날렸다. 그 단 한 번의 공격으로 두꺼운 철로 만들어진 동문이 너덜너덜해졌다. 통천궁 한 발이 더 꽂히자 완전히 파괴되어 입구를 활짝 열었다.

삼천 명의 고수들은 단우비가 만들어 놓은 길을 따라 달렸다. 단우비의 믿어지지 않는 신위에 다들 머리끝까지 흥분한 상태였다.

나머지 천 명과 동, 춘, 단우묵, 단우비천은 뒤에 남았다. 그들에겐 따로 해야 할 일이 있었다.

단우비가 동문 앞에 도착하고 선두의 병력 수백 명이 십 장 앞까지 다다랐을 때, 다시 성벽 위에서 불화살이 퍼부어졌다. 벌써 재정비를 마친 것이었다.

그것들은 선두의 병력과 주변의 땅에 틀어박혔다. 그러기 무섭게 천지가 진동하는 폭음이 터졌다.

땅에 묻어 둔 대량의 화약이 폭발한 것이다!

한순간에 이백여 명의 몸이 산산조각 났다. 부상을 입은 자도 여럿이었다. 게다가 땅이 움푹 패어 이동에 지장을 주었다.

'이십 장 앞에는 기름을, 십 장 앞에는 화약을? 개자식들!'

이를 간 단우비는 내력을 담아 소리쳤다.

"당황하지 마라! 전진하라! 나를 믿고 전진하라!"

"으아아아악!"

"와아악!"

혼란에 휩싸인 아군들은 단우비의 외침에 정신을 차렸다. 저마다 괴성에 가까운 함성을 토하며 죽기 살기로 달렸다. 그런 그들에게 불화살과 암기들이 무차별적으로 짓쳐 들었다.

동문을 넘어 정검회 내부로 들어간 단우비는 주변을 훑었다. 좌우의 성벽과 아래의 땅엔 독고세가 육백여 명과 삼검대 백여 명이 포진해 있었다. 좀 전에 날렸던 통천궁에 죽거나 부상을 입은 자는 오십여 명이었다.

좌측은 독고진이, 우측은 삼검대주 백리순이 지휘했다.

'서문엔 사도세가가 있겠군. 백리산 이 자식, 도망친 독고세가와 사도세가를 알차게도 부려 먹는구만. 묵인과 여섯 개 검대를 최대한 아껴 두고 있어!'

오로지 효율만을 추구하는 백리산에게 혀를 내두른 단우비는 두 발의 통천궁을 독고진과 백리손에게 날렸다.

독고진과 백리손은 혼비백산해 번개같이 신형을 날렸다. 두 사람 모두 절정고수라 아슬아슬하게 피할 수 있었다. 하지만 부하들은 아니었다. 한데 뭉쳐 있던 터라 무려 백여 명이 성벽의 일부와 함께 박살 났다.

두 사람은 동시에 악을 질렀다.

"퇴각하라! 퇴각하라!"

삼검대 팔십여 명이 앞장서서 정검회 내부로 달려갔고, 독고세가 문도들이 뒤를 따랐다.

그것을 본 단우비는 다리를 멈추었다.

독고세가는 정검회 내부에 만들어진 함정을 피하는 방법을 모른다. 그래서 그것을 아는 삼검대가 그들을 이끌고 움직인 것이 분명했다.

예상대로 정검회 내부에는 수많은 함정이 도사리고 있다는 뜻이다!

함정이 완벽하지 않다는 건 동의 추측일 뿐이었다. 더구나 전체적으로 완벽하지 않은 건지, 아니면 일부만 그런 건지 알 수 없었다.

무엇보다 단우비는 정검회가 만든 함정의 위력을 너무도 잘 알고 있었다. 그것 때문에 무려 십삼 년의 세월을 잃어버렸으니까 말이다.

그래서인지 그는 섣불리 적들을 추격할 수가 없었다.

정검회가 성문을 포기했기에 삼천에서 이천칠백으로 줄어든 병력은 수월하게 내부로 진입했다. 그들은 좌우로 갈라져 길을 열었다.

그 열린 길로 후방에 대기하고 있던 동, 춘, 단우묵, 단우비천과 나머지 천 명이 들어왔다. 그들은 삼백 마리의 말이 이끄는 삼백 대의 수레를 대동한 상태였다. 모두 대형선에 싣고 있던 것들로 강변에 상륙한 후 하선해 여기까지 끌고 왔다. 육백 마리 중 절반은 이곳에, 나머지 절반은 서문에 배치했다.

각각의 수레엔 성인 사내 몸집만 한 크기의 나무통이 빼곡하게 채워져 있었다.

동은 우선 백 마리의 말을 삼 열 종대로 줄 세웠다. 각 열의 간격은 이 장으로 꽤 넓었다. 동과 춘, 단우비천이 선두의 말 세 마리를 하나씩 맡아 엉덩이를 쳐서 전면의 길로 보냈다. 약간의 시간을 두고 다음 세 마리를 보냈다. 그런 식으로 계속해서 말들을 투입했다.

이십여 장을 달려가던 선두의 말 세 마리가 한순간에 단우비 일행의 시야에서 사라졌다. 그 직후 말들의 비명이 터졌고, 요란한 폭발이 세 번 연속으로 발생했다.

일정 이상의 충격을 받으면 나무통 속에 채워 둔 화약이 터진다.

화약이 터졌다는 건 이십 장 너머부터 함정이 깔려 있다는 뜻이었다. 말들이 시야에서 사라졌으니 진법마저 설치되어 있음이 분명했다.

다음 세 마리의 말은 단우비 일행의 시야에서 사라지고 잠시 후 비명을 질렀다. 이것은 처음 세 마리보다 조금 더 나아갔다는 뜻이었다.

스물네 번의 폭음이 터졌다. 말들의 비명에 사람의 비명이 섞이기 시작했다. 매복해 있던 적들이 화약에 당한 것이었다.

스물다섯, 여섯, 일곱 번째로 보낸 말은 이십여 장을 나아가고도 단우비 일행의 시야에서 사라지지 않았다.

화약으로 인해 진법이 파괴된 것이다!

단우비 일행은 말들의 희생으로 열린 길을 따라 정검회 중부로 나아갔다. 백리산은 중부의 정검전에 있을 테니까 말이다.

그들은 이동하는 길목에 있는 주변의 모든 건물과 숲에 불을 질렀다. 그것들 자체가 진법의 일부이거나 매복, 함정이 도사리고 있을지도 모르니 철저하게 파괴하는 것이 좋았다.

시간은 흘러갔고 백 마리의 말이 죽었다.

그들의 희생 덕분에 단우비 일행은 단 한 명도 죽지 않았다. 지나온 길에는 깊은 구덩이와 암기를 발사하는 기관 장치, 검은 기름과 불, 진법의 일부로 보이는 기괴한 도구 등등 수없이 많은 함정들이 파괴되어 있었다.

말들이 아니었다면 이렇게 빠른 속도로, 게다가 병력의 희생 없이 전진하지 못했을 거였다.

동은 다음 백 마리의 말을 삼 열 종대로 줄 세웠다. 이번에도 역시 세 마리씩 투입했다.

달려가는 말들을 보며 단우비는 씁쓸하게 웃었다.

"대량의 화약 앞에서는 그 어떤 함정도 무용지물이구만.

왠지 말들에게 미안해지는데…… 쩝."

그의 옆에 서 있던 단우묵이 무뚝뚝하게 대답했다.

"사람이 죽는 것보다는 낫지요."

단우묵은 기계적으로 말들의 엉덩이를 쳐서 전면으로 보내는 동을 지그시 바라보았다.

"정말 뛰어난 책사입니다. 모든 핵심 전략을 저분 혼자서 만들었습니다. 수뇌들이 제안한 전략들 중 쓸 만한 것들만 골라 완성한 것도 저분입니다. 저분 한 명의 가치는 분명 일류고수 천 명 이상일 겁니다."

단우비는 호쾌하게 웃어젖혔다.

"후하하하! 당연하지! 내 부하 일 호니까! 이십육 년 전에 처음으로 받아들인 부하다! 그러니 이 정도는 해 줘야 해!"

어느덧 아침이 되었다. 한여름의 태양이 처참하게 파괴된 정검회 내부를 환히 비추었다.

백팔십 마리의 말이 죽었다. 그 대가로 단우비 일행은 정검회 중부의 정검전에 도착했다. 황추 일행은 보이지 않았다. 저 멀리서 간헐적으로 폭음만 터지는 것으로 보아 합류하려면 상당한 시간이 걸릴 것 같았다.

정검전은 텅 비어 있었다.

백리산은커녕 사람의 그림자조차 전무했다.

적귀대 백 명을 이끌고 정검전을 수색한 춘이 정보를 가지고 돌아왔다. 지붕 위에서 주변을 훑었는데 정검회 남부의 산에 수많은 인영이 분주하게 움직이고 있었다.

산은 예전의 모습이 아니었다. 지형 자체가 바뀐 상태였다. 동쪽, 남쪽, 서쪽이 원형으로 매끄럽게 깎여 사람이 오를 수 없는 높다란 절벽이 되었다. 절벽 위를 역시 원형의 성벽이 에워싸고 있었다.

성벽 내부로 들어가는 길은 북쪽의 좁은 경사로뿐이었다. 그 경사로를 여섯 개 검대, 수련생 복장을 한 수백 명, 독고세가, 사도세가가 달려 성벽 안쪽으로 들어가고 있었다.

정검회의 미래라고 할 수 있는 수련생들은 다들 활과 화살을 소지했다. 그것으로 보아 그들이 북쪽과 남쪽 성벽에서 불화살을 날려 불 벽을 만들었던 것 같았다.

동은 서둘러 춘을 추궁했다.

"적의 모든 병력이 지금 산에 들어가고 있다고?"

"응. 그게 왜?"

동은 씨익 웃었다.

"매복을 포기했어! 예상치 못한 우리의 전략 때문에 피해만 커지자 산을 제외한 나머지 모든 땅을 버린 거야!"

단우비는 눈을 빛냈다.

"그 산이 놈들의 최종 방어선이다?"

동은 큰 소리로 외쳤다.

"확실해! 모두 그곳에 있어! 수적으로 열세이니 이런 넓은 곳보다는 좁은 산에서 방어하는 게 더 효과적이거든. 그곳만 무너뜨리면! 그러면!"

"전쟁은 끝나는 거군!"

동과 단우비는 뜨거운 미소를 주고받았다.

단우비 일행은 즉각 남쪽으로 방향을 바꾸었다. 동은 하늘에 신호탄을 날렸다. 서문의 황추에게 하던 일을 모두 중단하고 성검회 외곽을 에둘러 동문으로 와서 합류하라는 뜻이 담겨 있었다.

이번에도 동은 먼저 말을 세 마리씩 투입했다. 매복은 없지만 함정은 그대로이기 때문이다.

단우비 일행이 산 하부에 다다르는 데에는 구십 마리의 말이 소모되었다. 이제 남은 말은 삼십 마리뿐이었다. 동은 부디 황추가 삼백 마리의 말을 모두 소진하지 않았기를 바랐다.

산의 유일한 입구는 북쪽에 있고, 단우비 일행은 그 북쪽에서 내려왔기에 바로 경사로를 볼 수 있었다.

경사로의 각도는 완만했고 바닥을 다듬어 잘 정돈되어 있었다. 너비는 십 장 정도였으며 하부에서 중부의 성벽까지는 백여 장을 올라가야 했다. 경사로 좌우의 땅을 수직으로 매끈하게 깎아 놓아 발을 잘못 디디면 추락하고 말 것이었다.

성벽 앞 부근의 경사로엔 흑의 복면인 이백오십 명이 십열 종대로 정렬해 있었다. 흉흉한 살기와 칙칙하게 죽은 눈빛으로 보아 묵인이 분명했다.

동은 병력을 반월형으로 포진시켜 경사로 하부를 에워쌌다. 그런 뒤 묵인을 응시하며 인상을 구겼다.

“좁은 지형의 이점을 최대한 살릴 작정이군. 여기서는 병력의 우위를 살릴 수 없어. 백 단위의 전투가 반복될 거야. 개개인의 무력은 묵인 쪽이 위고, 사람처럼 지치지도 않으니 올라오는 족족 모조리 죽여 버리겠다? 그렇게 끝없이 죽이다 보면 우리 쪽이 전멸할 것이다?”

독백과도 같은 동의 중얼거림에 단우비가 반응했다.

“그게 백리산의 전략이야?”

“아마도.”

“훗, 가소롭구만. 잘되었어. 소수의 전투는 내 쪽에서 바라던 바다. 나 혼자 가서 저것들을 모조리!”

동은 흥분하는 단우비를 달래었다.

“아니, 대장은 나서지 마. 백리산은 분명 비장의 패를 몇 개 더 숨기고 있을 거야. 대장은 그 비장의 패가 나올 때까지 최대한 힘을 비축해 두어야 해. 여기는 우리에게 맡겨.”

단우비는 이해가 안 되어 물었다.

“우리 측의 피해가 커질 텐데?”

동은 힘주어 웃었다.

“우리를, 부하들의 힘을 믿어 줘. 여태까지 대장 혼자 다 했다고 해도 과언이 아니야. 다들 이렇다 할 활약을 못 했기에 몸이 근질거리고 있어. 그들에게도 활약을 할 기회를 주라구. 무려 십사 년을 기다려온 복수전이니까 말이야."

멈칫한 단우비는 주변을 물끄러미 훑었다. 다들 투기를 내뿜으며 혁혁한 안광을 번뜩였다. 특히나 춘은 가슴을 탕탕 치며 무언의 압박을 가했다. 싸움밖에 할 줄 모르는 그가 지금까지 제대로 된 전투를 한 번도 못 했으니 어쩌면 당연한 일이었다.

춘과 부하들의 기세에 단우비는 피식 웃으며 백기를 들었다.

"어쩔 수 없군. 하지만 계획이 뜻대로 되지 않으면!"

동은 가볍게 어깨를 으쓱였다.

"그때는 부탁할게. 마음껏 날뛰어 줘."

"훗, 좋아!"

팔짱을 낀 단우비는 뒤로 물러났다. 단우묵과 단우비천도 그의 옆으로 이동했다.

동은 바로 전투를 명령하지 않았다. 황추 일행이 합류하기를 기다렸다. 그동안 삼천 칠백여 명의 병력은 교대로 운기를 하거나 식사를 하는 등 휴식을 취했다.

시간은 흘러가 정오가 되었다.

그 무렵 황추가 사천삼백여 명으로 줄어든 병력과 백오십 마리의 말을 끌고 도착했다. 서문을 부수는 과정에서 오백여 명을 잃었고, 백여 명은 백오십 마리의 말이 미처 파괴하지 못한 함정에 당했다. 단우비 같은 황의 고수도, 동 같은 책

사도 없다 보니 예상보다 더 큰 피해를 입고 말았다.

동은 황추에게 물었다.

"복건무림의 병력은 보지 못했어? 가까운 곳에 위치한 몇몇 방파는 도착할 때가 되었거든."

"오는 길에 내심 그놈들과 마주칠까 봐 긴장했는데, 코빼기도 안 보이더라."

쾌재를 부른 동은 주먹을 불끈 쥐었다.

"늑장을 부리고 있군! 누가 이기는지 구경이나 하고 싶은 거야! 아주 좋아!"

동은 삼천 명의 병력을 풀어 산의 나머지 삼면을 철통같이 포위했다. 그는 이곳에서 끝장을 볼 작정이었다. 화근을 없애려면 단 한 놈도 도망치게 놔두어선 안 되었다. 마지막 하나까지 모조리 죽여 버려야 했다.

삼천 명이 제 위치로 이동하자 동은 천 명을 절반씩 나눠 경사로 좌우의 아래에 배치시켰다. 그들의 임무는 경사로 아래로 추락하는 자들 중 아군은 살리고, 적군은 죽이는 것이었다.

나머지 사천여 명의 주 병력은 경사로 아래에 포진했다.

단우비, 단우묵, 동을 제외한 절정고수 삼십팔 명 전원과 이십 두 이상의 고수 삼백여 명, 현철검을 든 일류고수 천구백여 명, 현철검이 주인을 잃으면 그것을 대신 사용할 고수 천칠백여 명으로 구성되었다.

현철검은 이천백 자루가 있었는데 아쉽게도 여기까지 오는 사이 이백여 자루를 잃어버렸다.

최종전의 선봉은 황추와 춘이 자원해서 맡았다.

황추는 튀는 걸 좋아하고 춘은 무조건 선봉을 맡을 거라고 결심을 굳힌 상태였다. 각 방파의 주인인 절정고수 여섯 명과 이십 두 이상의 고수 백 명, 현철검을 든 삼백 명이 합류했다.

나머지 삼천육백여 명은 사백여 명씩 한 조를 이루어 대기했다. 경사로가 좁아 다 같이 싸우는 건 무리였다. 그러니 선봉인 황추 일행이 위험에 빠지면 다음 공격 조인 사백여 명이 교대를 하는 방식이 최선이었다.

모든 준비가 끝나자 동이 큰 소리로 외쳤다.

"시작한다!"

그와 동시에 사천여 명은 좌우로 빠르게 이동했다. 그들이 만든 길을 백팔십 마리의 말이 삼 열 종대로 통과해 경사로 위를 향해 돌진했다.

땅이 울리고 흙먼지가 비산했다.

성문 바로 위의 성벽에 서 있던 누군가가 말들을 가리키며 악을 질렀다. 그러자 선두의 묵인 십 구가 자세를 낮추며 두 손을 앞으로 내밀었다.

말들이 십여 장 앞으로 다가오자 묵인들의 두 손에서 무시무시한 장풍이 뿜어졌다. 말들의 몸이 형체도 없이 터지고 그 충격으로 수레에 쌓여 있는 화약통들이 폭발했다.

시꺼먼 연기와 불꽃이 경사로를 뒤덮었다. 곳곳의 땅이 움푹 패어졌으며 조각난 말들의 시체와 수레의 파편들, 크고 작은 돌들이 경사로 좌우의 절벽으로 추락했다. 절벽 아래에 있던 천 명은 혼비백산해 얼른 물러났다.

장풍은 계속 발출되었기에 순식간에 무려 삼십 마리의 말과 수레가 폭발했다.

동은 급히 백이십 마리의 말을 멈추었다. 나머지 삼십 마리는 이미 경사로를 올라간 상태라 어쩔 수 없었다. 그 삼십 마리도 묵인들의 십 장 안까지 접근조차 못 했다. 그 전에 모두 터져 버렸다.

"와하하하하핫! 크하하하하하!"

성문 위에 있던 자가 들으란 듯이 광소를 터뜨렸다.

황추는 성문 위를 노려보다가 동에게로 시선을 옮겼다.

작전이 초반부터 어긋나 동은 분개한 상태였다. 그는 힘주어 고개를 끄덕였다.

그게 신호였다.

"모두 나를 따르라!"

우렁차게 외친 황추는 쌍도를 뽑아 경사로를 올라갔다. 오 척짜리 대검을 움켜쥔 춘과 사백여 명의 선봉대가 얼른 그의 뒤를 따랐다.

이백오십 구의 묵인들도 마주 달려갔다.

육십 마리의 말을 처리한 십 구의 묵인이 돌진해 오는 황추와 춘에게 재차 장풍을 뿌렸다. 두 사람은 날렵하게 뛰어올라 장풍을 피한 후 묵인들을 덮쳤다.

그들은 현철검을 소지하지 않았지만 절정고수였다. 그렇기에 묵인들의 몸에 기다란 상처를 하나씩 안겨 줄 수 있었다.

얕은 상처이기는 했지만 그걸로도 충분했다.

무기에 듬뿍 발라져 있던 오색흑살초의 즙이 상처를 통해 묵인의 몸 내부로 침입했다.

반응은 즉각적이었다.

"끼에에에!"

"끄끼끼으으아!"

십 구의 묵인은 괴성을 토하며 몸을 배배 꼬았다. 전신의 모든 구멍에서 머리카락보다 가늘며 새끼손톱만큼 짧고 시커먼 귀활음고들이 꿈틀거리며 튀어나왔다. 독이 잠식하고 있는 숙주의 몸을 탈출하려는 것이다.

그러나 단 한 마리도 살아서 탈출하지 못했다.

모조리 죽어 버렸다.

귀활음고가 전멸했기에 묵인은 시체로 돌아가 바닥에 널브러졌다.

"효과가 있다! 효과가 있어! 크하하하!"

황추는 성문 위를 노려보며 광소를 터뜨렸다. 좀 전에 받은 모욕을 고스란히 돌려준 것이었다.

춘도 신이 나서 나머지 이백사십 구의 묵인들에게 뛰어들었다.

그때부터 치열한 전투가 벌어졌다.

오색흑살초의 즙이 있다지만 그래도 묵인들은 하나하나가 상상을 초월하는 괴물이었다.

황추 일행은 접근해서 현철검으로 베거나 풍마신장으로 상처를 낸 다음 오색흑살초의 즙이 들어 있는 병을 던졌다. 묵인들은 그 공격을 피하며 무자비한 살초를 퍼부었다.

경사로가 좁아 실제로 싸우는 건 양측을 합쳐 백오십여 명 정도였다. 나머지는 뒤에서 호시탐탐 기회를 엿보았다.

그래서 춘은 동이 사전에 지시한 대로 부상당한 자를 얼른 뒤로 물리고, 그 자리를 건강한 자로 대체하는 차륜전을 구사했다.

그런 그들과 달리 묵인들은 차륜전은커녕 서로 협력하지도 않았다. 그저 가까이에 있는 적을 마구잡이로 공격할 뿐이었다.

폭음과 병장기 소리가 끊임없이 터지고 비명, 괴성이 난무했다. 바닥은 피와 살점, 시체들로 흥건히 젖어 갔다.

좌우의 절벽 아래로 추락한 묵인들과 황추 일행의 병력도 수십이 넘었다. 전자는 아래에서 대기하던 자들이 끝장을 내었고, 후자는 힘을 모아 받아내어 부상을 치료해 주었다.

처절한 전투는 반 시진 후에 종료되었다.

이백오십 구의 묵인은 전부 시체로 돌아갔고, 황추 일행도 이백오십여 명을 잃었다. 거의 일대일로 교환을 한 셈이었다.

피해가 크긴 하나 그래도 승리했기에 황추와 춘, 생존한 백오십여 명은 천지가 떠나가라 짜릿한 함성을 터뜨렸다.

함성은 오래가지 않았다.

이백오십 구의 새로운 묵인들이 성벽 아래로 뛰어내렸다.

"공격하라! 저것들도 박살 내라!"

흥분할 대로 흥분한 황추는 크게 외치며 묵인들에게 달려갔다.

춘이 급히 그의 어깨를 붙잡았다. 그러고는 아군들에게 명령했다.

"퇴각한다! 저놈들은 이 진에게 맡긴다!"

"우와아아!"

다들 지치고 부상당해 황추의 명령보단 춘의 명령이 더 끌렸다. 그래서 그들은 함성을 지르며 얼른 몸을 돌려 경사로를 내려갔다. 황추도 춘에게 끌려 억지로 퇴각했다.

이 진은 정참맹주 현휘를 중심으로 한 정참맹과 대여섯 개 방파의 주력이었다.

현휘는 경쟁자인 황추의 승리에 조바심이 났다. 단우비의 왼팔인 황추보다 오른팔인 자신이 더 뛰어나다는 것을 모두에게 증명하고 싶었다.

그의 강력한 의지는 사백여 명 모두에게 전염되었다. 그래서인지 다들 죽음을 도외시한 필사의 각오를 품었다.

하나 그런 각오가 무색하게도 이 진은 승리를 거두지 못했다. 백오십 구의 묵인을 처리했지만 그 대가로 무려 삼백여 명을 잃어버렸다.

이대로는 전멸한다는 생각에 동은 얼른 삼 진을 투입했다. 현휘 일행은 신속하게 묵인들의 퇴로를 차단했다. 그사이 삼 진이 도착해 묵인들을 덮쳤다.

다시 팔십여 명이 죽었고, 나머지 묵인 백 구는 전멸했다.

힘겨운 승리를 거둔 이 진과 삼 진은 경사로 아래로 내려갔다.

동은 정검회가 백 구의 묵인을 지원하지 않은 이유를 간파했다.

지금까지 처리한 묵인 오백 구는 백리종이 조종하는 놈들이었다. 성문 위로 얼굴을 내밀었던 백리종을 보았으니 분명했다.

그는 다음 대의 정검회주로 내정되어 있었다.

문제는 이렇게 전쟁이 발발했다는 것이다. 그런 이상 백리제에게도 기회가 있었다. 이 전쟁을 잘만 이용하면 백리종에게서 후계자 자리를 빼앗을 수 있었다.

바로 그 야심 때문에 백리제가 보유한 묵인들을 투입하지 않은 것이었다. 백리종의 묵인들이 줄어들면 들수록 그가 후계자가 될 가능성이 높아지니까 말이다.

이것 외에는 정검회가 백 구의 묵인을 죽게 내버려 둔 이유가 설명되지 않았다. 그래서 동은 흐뭇하게 웃을 수 있었다.

백리종의 묵인은 전멸했기에 이제 백리제가 성문 위에 모습을 드러내었다. 그는 사백 구의 묵인을 경사로에 배치했다. 머릿수가 부족한 것이 패인이라고 판단해, 단우비 측과 비슷한 숫자를 내보내기로 한 것이다.

동은 사 진과 오 진을 순차적으로 투입했다. 죽으면 죽은 만큼의 머릿수를 육 진과 그 이하의 조원으로 충당했다.

백리제도 묵인의 머릿수를 사백으로 유지했다.

전투는 좀처럼 끝이 보이지 않았다. 그 정도로 치열했다.

전투를 시작할 때는 중천에 떠 있던 해가 어느덧 기울어져 황혼이 되었다.

"우와아아아!"

"크하하하!"

경사로를 장악한 삼백여 명의 병력이 목이 터져라 함성을 지른 것은 그 무렵이었다.

그들과 사망한 동료 팔백이십여 명이 힘을 합쳐 오백 구의 묵인을 모조리 쓸어버렸다. 단 한 놈도 남겨 두지 않았다.

희생이 큰 만큼 승리의 쾌감도 컸다. 그들은 동이 회군을 명령할 때까지 서로 부둥켜안고 방방 날뛰었다.

그런 그들과 달리 동의 표정은 좋지 않았다.

천 구의 묵인을 처리하는 대가로 무려 천사백오십여 명을 잃었다.

오색흑살초, 현철검, 풍마신장 등 만반의 준비를 갖추었음에도 이 정도 피해를 입은 것이었다.

오색흑살초가 아니었다면 자신들이 졌을 것이다.

그 정도로 묵인은 정말이지 더럽게도 강력한 괴물이었다.

게다가 아직 전투는 끝난 것이 아니었다.

백리산이 보유한 묵인 천 구와 여섯 개 검대, 수련생들, 독고세가, 사도세가가 남아 있었다. 그래서 동은 빠르게 대형을 재정비했다.

주 병력은 이천오백여 명이었고, 삼십팔 명의 절정고수들은 다행히 모두 생존해 있었다.

동은 우선 산의 나머지 삼면에 배치해 둔 삼천 명 중 무공이 강한 순서로 천백 명을 소환했다. 삼천육백여 명으로 늘어난 병력을 사백여 명씩 아홉 개 조로 나누고, 각 조마다 절정고수들을 예닐곱 명씩 배치했다.

재정비가 끝나자 그는 성문 쪽을 응시했다.

어느샌가 성문 앞에 붉은 황혼을 한 몸에 받고 있는 흑의 복면인이 우뚝 서 있었다.

그 혼자뿐 다른 이들은 보이지 않았다.

적들의 작전이 변경되어 동은 혼란에 휩싸였다. 묵인의 숫자를 늘리는 대신 오히려 하나만 내보내다니, 동은 백리산의 속내를 도무지 알 수가 없었다.

그가 당황하는 사이 현휘가 독기를 품었다.

“묵인 중에서도 최강을 자랑하는 병기라 혼자 내보낸 거겠지! 저 묵인으로 분위기를 반전시킬 속셈! 네놈들의 그 보잘것없는 전략을 내 무참하게 박살 내주지! 나도 절정고수다! 일대일로는 절대 지지 않아! 좀 전에 당한 패배의 치욕을 모두 만회하겠다!”

현휘는 동이 뭐라고 외치기도 전에 쾌속하게 신형을 날렸다. 눈 깜짝할 사이에 경사로를 다 올라가 우두커니 서 있는 묵인에게 혼신의 힘을 다한 풍마신장을 날렸다.

짓쳐 드는 풍마신장을 보며 묵인은 검을 느릿하게 치켜들었다. 평범한 한 자루의 검이 삽시간에 황혼보다 더 붉고 뜨겁게 불타올랐다.

불타는 검은 대각선으로 그어졌다. 단지 그것뿐이건만 풍마신장은 소멸되었고 현휘의 몸마저 두 조각으로 썰렸다.

단우비의 오른팔이자 이십팔 두의 내공을 자랑하는 절정고수 현휘가 묵인의 단 한 수에 살해당하고 만 것이다!

최종전의 종막

현휘의 허무한 죽음에 동과 수천 명의 병력은 너나 할 것 없이 입을 쩍 벌렸다.

그중에서도 가장 큰 충격을 받은 이는 단우비였다.

그는 미미하게 몸을 떨며 흑의 복면인을 노려보았다. 그러다 이를 앙다물고는 성큼성큼 앞으로 걸어갔다.

뒤늦게 정신을 차린 단우묵과 단우비천이 얼른 그의 뒤에 붙었고, 아군들은 흠칫하며 좌우로 물러나 길을 열어 주었다.

대형의 선두엔 황추, 춘과 사백여 명의 병력이 자리했다. 충분히 휴식을 취했기에 다음 전투는 그들이 맡기로 되어 있었다. 동도 전략을 지시하기 위해 황추의 곁에 서 있었다.

단우비는 그 선두의 병력마저 통과했다.

"대, 대장!"

동이 급히 단우비를 불렀다. 단우비는 거칠게 몸을 돌렸다. 단호하게 손을 들어 다가오는 단우묵, 단우비천, 동, 춘, 황추를 막았다.

"이건 나의 싸움이다! 누구도 따라오지 마라!"

"에? 아빠? 시, 싫어! 싫어요! 나도! 나도!"

다른 이들은 단우비의 굳은 결의를 파악해 어쩔 수 없이 다리를 멈추었지만, 단우비천은 세차게 머리를 흔들며 계속 단우비에게 달려가려고 했다. 그런 그의 어깨를 단우묵이 붙잡았다.

단우묵은 심각한 표정으로 단우비를 바라보았다.

"……태양환광검인 거지요?"

단우비는 말없이 고개를 끄덕였다.

그것으로 끝이었다. 몸을 돌린 그는 홀로 경사로를 올라갔다.

뒤에 남은 자들은 숨조차 죽인 채 단우비의 등을 뚫어져라 응시했다.

단우비는 성문 앞의 흑의 복면인에게 다가가며 바닥의 시체, 병장기 같은 것들을 모두 좌우의 절벽 아래로 떨어뜨렸다. 거치적거리는 것들을 최대한 줄이기 위해서였다.

잠시 후 그는 흑의 복면인의 삼 장 앞에 도착했다. 흑의 복면인의 초점 없는 눈을 노려보고 있는데, 뒤편 성문의 왼쪽 문짝이 열렸다.

묵인들의 보호를 받고 있는 두 노인이 등장했다. 육십 대 후반의 비쩍 마른 백리산과 육십 대 중반의 뒤룩뒤룩 살찐 단우선이었다.

단우비는 단우선을 보며 피식 웃었다.

"훗, 그러고 보니 당신도 있었지. 까맣게 잊고 있었군."

단우선은 지방으로 덮인 두 볼을 부르르 떨며 삿대질을 퍼부었다.

"빌어먹을 새끼! 나는 아직도 네놈에게 세가를 빼앗긴 것과 세뇌당해 인형처럼 조종당하던 그때의 굴욕을 잊지 못한다!"

"자업자득이잖아? 안 그래?"

"이익! 대체 어떻게 살아 있는 거냐? 시체를 확인했어! 그, 그 무기들도 찾았고! 그런데 어떻게?"

"운이 좋았지. 자세히 설명하긴 귀찮아."

일방적으로 단우선과의 대화를 끝낸 단우비는 백리산을 노려보며 흑의 복면인을 가리켰다.

"아주 재미있는 짓을 해 주셨더군."

"재미있다니 다행이구나. 만든 보람이 있어."

백리산의 노골적인 조소에 단우비는 이를 갈았다.

"목이 잘렸다고 했어. 그걸 본 사람도 있어. 묵인은 시체가 온전해야만 만들 수 있잖아?"

"너무 강하니까. 귀활음고는 시체가 강하면 강할수록 좋아하거든. 주저 없이 기생을 하더구나. 목은 그 뒤에 붙였다."

"빌어먹을!"

"네 질문에 대답했으니 이번엔 내 차례다."

백리산은 경사로를 뒤덮은 전투의 흔적을 가리켰다.

"나도 모르던 귀활음양고의 약점을 찾아냈더구나. 그것이 무어냐?"

"당신 눈엔 내가 바보로 보여?"

"후후, 역시 대답을 듣기는 무리인가? 좋다. 다른 것을 물으마."

씁쓸하게 웃은 백리산은 통천마검을 지목했다.

"그 무기는 무어냐? 나름대로 조사를 해 보았다만 특이한 금속으로 만들어진 분리 합체의 쌍검이라는 것밖엔 알아내지 못했다. 궁으로도 바꿀 수 있다더군. 막내 사위는 그 궁 하나 때문에 이 사단이 벌어진 거라고 했다. 삼십 척의 함선도, 강변의 병력도, 본회의 성문마저 그 궁 하나에 무너졌다고 말이야."

이 부분은 숨길 필요가 없다고 생각해 단우비는 솔직하게 말했다.

"통천마황은 알지?"

말이 끝나기 무섭게 백리산은 두 눈을 부릅떴다. 그러다 허탈한 웃음을 토했다.

"……통천마궁이었군. 통천이란 글자를 보았지만, 네 별호가 통천귀이라 네가 새긴 거라고 여겼다. 그게 실수였군. 전설은 사실이었던 건가?"

"아아."

"무이산에 활시위는 없었다. 그걸 찾기 위한 십사 년이었던 거냐? 사천마황의 무공마저 익혔느냐?"

"얘기가 길어. 그것까지 당신에게 다 설명해 줘야 할 이유도 없고. 나머지 묵인을 모두 내보내."

"저것 하나면 충분하다고 생각한다만. 설사 네가 사천마황의 무공을 모두 익혔어도 상관없다. 저건 내가 보유한 최강의 병기니까."

"저것이라…… 후후후, 후하하하! 당신은 정말 재수 없는 작자야!"

"칭찬으로 받아들이마. 으음, 좋다! 확실한 것이 좋으니 네 뜻대로 둘을 더 추가하마. 너희도 나가거라."

백리산은 자신을 보호하고 있는 묵인들 중 둘을 가리켰다. 그들은 즉각 단우비의 삼 장 앞에 서 있는 흑의 복면인 옆으로 이동했다.

"모두 복면을 벗어라."

세 묵인은 바로 복면을 벗어 던졌다.

그들의 정체는 단우천, 단우일, 그리고…… 단우영이었다.

이십 년 전에 죽은 그들이, 단우비의 눈앞에서 죽은 단우영이 묵인이 되어 나타난 것이다!

다들 피부는 새까맸지만 용모는 이십 년 전과 동일했다.

단우천은 예상했으나 단우영은 아니었다. 단우비는 주체할 수 없는 격동으로 몸을 크게 떨었다. 인형이나 다름없는 단우천과 단우영의 무표정한 얼굴을 보고 있자니 정말 미쳐 버릴 것만 같았다.

그의 전신에서 무시무시한 살기가 폭발적으로 내뿜어졌다. 그 살기는 백리산에게 집중되었다. 사랑하는 할아버지와 아버지를 이런 괴물로 만들어 농락하고 있는 백리산이 너무나도 증오스러웠다.

흠칫한 백리산은 부하를 시켜 얼른 성문을 닫았다.

그런 그의 입가엔 비릿한 미소가 하나 가득 걸려 있었다.

더 이상 병력을 잃는 건 위험해 승부수를 던졌다.

다행히 적중했다. 어제오늘 짜낸 모든 전략이 실패해 이런 궁지에 몰렸지만, 마지막 전략 하나가 드디어 성공한 것이다!

단우비는 동요하고 있었다. 그것으로 보아 단우천 일행을 쉽게 공격하지 못할 것이 확실했다. 하지만 단우천 일행은 주저 없이 단우비를 공격할 수 있었다.

그 차이는 아주 컸다.

단우비만 죽이면 분위기는 반전된다. 적들의 사기가 대폭 저하될 것이니 천여 구의 묵인과 남은 병력들로 지원군이 올 때까지 충분히 버틸 수 있었다.

지원군이 오면 적들을 모조리 죽인 뒤, 그 시체들을 묵인으로 만들어 피해를 모두 만회할 것이었다.

'지금의 단우천은 왕년의 사천마황 모두가 덤벼도 못 이긴다! 동요하는 단우비 따위는 상대가 아니야!'

그는 단우천이 질 거라는 생각은 눈곱만큼도 하지 않았다. 그 정도로 심혈을 기울여 만든 단우천의 막강한 무력을 믿기 때문이었다.

성문 위의 성벽으로 올라간 백리산은 단우천, 단우일, 단우영에게 단호히 명령했다.

"놈을 죽여라!"

단우천의 검이 다시 뜨겁게 불타올랐다. 단우일과 단우영도 검을 뽑았다. 세 사람은 쾌속하게 단우비를 덮쳤다.

단우비는 흔들리는 마음을 다잡았다. 필사적으로 각오를 다졌다.

할아버지와 백부, 아버지는 이미 죽었다. 그러니 그가 할 일은 한시바삐 저분들의 육신을 백리산의 마수에서 해방시켜 주는 것이었다.

그게 진정으로 세 분을 위하는 길이었다!

최대한 빨리 끝내고 싶어 그는 두 개의 내단에서 사십 두의 내공을 모조리 끌어내었다. 그 즉시 오른손에 든 귀곡도를 있는 힘껏 흔들었다.

삽시간에 찢어지는 귀곡성이 산 전체를 뒤덮었다. 대기가 흔들리고 대지마저 요동쳤다. 마치 거대한 귀신이 귀곡도에 현신해 울부짖는 것만 같았다.

단우일과 단우영의 몸이 크게 휘청거렸다. 그들의 몸속에 서식하는 귀활음고들이 타격을 받은 것이다.

하지만 단우천은 아니었다. 호신강기로 몸을 보호했기에 그는 한순간의 멈춤도 없이 계속해서 단우비에게 달려갔다.

단우천의 손에 들린 태양환광검이 단우비의 얼굴에 내리꽂혔다. 단우비도 통천마검으로 태양환광검을 전개해 휘둘렀다.

두 자루의 태양환광검이 정면으로 격돌했다.

산이 울릴 정도로 어마어마한 폭음이 터졌고, 수천 개의 불꽃 파편들이 사방으로 비산했다.

단우비는 고통에 얼굴을 일그러뜨리며 오 장여를 물러났다. 단우천은 삼 장여를 뒷걸음질 쳐 몸을 다잡았다.

힘은 단우천 쪽이 위였다. 생전에 보유한 삼십사 두의 내공과 수십 차례나 약물로 강화된 육체 덕분이었다.

이를 피가 나올 정도로 앙다문 단우비는 주저 없이 단우천에게 돌진했다. 단우천도 마주 달려가며 환상검법의 정수를 아낌없이 뿌렸다.

단우비는 맞상대하는 대신 회피에 주력했다. 기회가 생기자 신속하게 단우천의 뒤편으로 이동해 아직도 휘청거리는 단우일과 단우영에게 달려갔다. 그들에게 먼저 안식을 줘서 단우천과 일대일의 구도를 만들 작정이었다.

그가 두 사람의 삼 장 앞까지 다가갔을 때 뒤에 있던 단우천이 어느새가 눈앞에 나타났다. 약물 덕에 속도마저 단우비를 능가하고 있었다.

'제기랄!'

단우천의 무차별 공세가 코앞에 다다라 단우비는 별수 없이 마주 검을 휘둘러 상대했다. 몇 차례 초식을 교환한 그는 크게 뒤로 물러났다. 태양환광검을 거두고 모든 내력을 귀곡도에 쏟아부었다.

준비가 끝나자 그는 귀곡도를 허공에 그었다. 느릿하게 허공을 가르는 귀곡도에서 대량의 기가 뿜어졌다. 그 기는 빠르게 고밀도로 압축되어 무려 십 장 크기의 거대한 칼이 되었다.

거대한 칼은 귀곡도를 떠나 하늘로 날아갔다.

하늘을 질주하는 칼이 어느 순간 수천 개의 작은 칼로 분열되었다. 마치 하나하나가 살아 있는 것처럼 칼은 세 패로 나뉘었다. 그 뿐 아니라 허공에서 급격히 궤도를 변경해 각각 단우천, 단우일, 단우영을 향해 짓쳐 들었다.

개량한 천진만변도법의 최후 절초, 대천조였다!

단우천은 환상검법 제십육 초식 밀막환을 전개했다. 옷 군데군데가 잘리고 피부에 자질한 생채기도 몇 개 입었지만, 그게 다였다. 그 정도 피해만으로 그는 대천조를 소멸시켰다.

그러나 단우일과 단우영은 아니었다. 여전히 귀곡성의 타격을 회복하지 못한 상태라 그들은 대천조를 직격으로 받았다.

그 대가로 그들의 몸은 수천 조각으로 잘게 썰렸다. 그렇게 잘린 조각들이 우수수 바닥에 쌓였다. 피와 살점들이 꿈틀거리기 시작했다. 숙주의 몸을 조종할 수 없게 된 귀활음고가 밖으로 나오는 것이었다.

하늘 높이 뛰어오른 단우비는 피와 살점들을 향해 거대하게 확장시킨 태양환광검을 후려갈겼다. 강렬한 불꽃이 피와 살점들을 하나도 남김없이 집어삼켜 불태웠다.

단우비는 울분을 토했다.

'백부님, 아버지, 미안해요. 육신을 보존해 주고 싶었는데, 할아버지가 너무 강해. 나중에 재라도 모아서 무덤을 만들어 줄게요. 그걸로 용서해 줘. 부탁해.'

지상에 착지하는 단우비를 향해 단우천이 달려가며 환상

검법을 뿌렸다. 단우비는 허공에서 몸을 비틀어 거대한 형태를 유지하고 있는 태양환광검을 무차별적으로 휘둘렀다.

단우천은 단우비의 공격을 쳐 내며 뒷걸음질 쳤다. 단우비도 충격을 받아 뒤로 크게 날아갔다.

그로 인해 두 사람의 거리는 십여 장으로 늘어나게 되었다.

단우비는 귀곡도를 허리춤에 꽂았다. 단우천과 정면으로 마주 보게 섰다. 두 다리를 어깨너비만큼 벌린 뒤 무릎을 조금 굽혔다. 두 손으로 태양환광검을 잡아 단우천을 향해 수평으로 곧게 내밀었다.

무언가 낌새를 챘는지 단우천도 단우비와 똑같은 자세를 취했다.

두 자루의 검을 뒤덮고 있던 불꽃이 빠르게 끝으로 응집되어 갔다. 종래엔 모든 불꽃이 검 끝에 집중되어 어린아이 머리통만 한 구체로 변했다.

여기까진 동일했지만 그 뒤부턴 아니었다.

한 가지가 달랐다.

단우천이 만든 구체는 변화가 없었는데, 단우비가 만든 구체는 마차의 바퀴처럼 맹렬하게 회전하고 있었다.

단우비는 단우천을 지그시 바라보며 처연하게 웃었다.

'할아버지, 우리 마음이 통했네. 둘 다 태극환에 승부를 걸었어. 내 태극환은 할아버지가 아는 것과 조금 다르지?

개량해서 그래. 태극환에 풍마신장 격공 편 제십이 초식 광풍을 섞었거든. 환상검법의 최후 절초가 태극환인 것처럼 광풍도 풍마신장의 최후 절초야.'

단우비는 눈에 힘을 주었다. 이번 공격에 전심전력을 다할 각오를 품었다.

'환상검법과 풍마신장의 최후 절초를 하나로 합쳤기에 이 초식은 내가 익힌 모든 무공을 통틀어 최강이라고 자부해. 할아버지를 위해서야. 할아버지에게 내가 그동안 얼마나 성장했는지 보여 주고 싶었어. 갈게! 내 모든 것을 받아줘!'

"으아아아악!"

괴성을 지른 단우비는 한 줄기 빛처럼 단우천을 향해 달려갔다. 어느샌가 그의 두 눈에선 뜨거운 눈물이 흘러내리고 있었다.

무표정한 얼굴의 단우천도 마주 신형을 날렸다. 그의 속도는 단우비보다 훨씬 더 빨랐다.

이윽고 태극환과 태극환이 정면으로 충돌했다.

우레와 같은 폭음이 터지며 흙먼지와 돌가루, 주변의 바닥에 있던 피와 살점들이 흩날려 경사로 전체를 자욱하게 뒤덮었다.

경사로 아래에 대기 중인 단우세가 연합군 전원은 조마조마한 심정을 억누르지 못하며 어서 빨리 흙먼지 등이 가라앉아 승부의 결과를 보여 주길 바랐다.

그들의 염원대로 흙먼지 등은 서서히 소멸되었다.

경사로 중간에 깊이 삼 장, 너비 십 장의 거대한 웅덩이가 생성되었다.

그 웅덩이 중앙에 단 한 명의 사람이 우뚝 서 있었다.

두 손으로 황금빛 검을 전면에 곧게 찌른 상태로 정지해 있는 사내!

단우비였다!

그가 이긴 것이다!

"우와아아아!"

"카하하하하하핫!"

단우세가 연합군 측에서 환희로 가득 찬 함성과 대소가 연신 터졌다.

그들의 축하를 받는 단우비의 몰골도 그리 좋지는 않았다. 옷은 넝마가 되었고 전신에 크고 작은 상처들이 가득했다. 내상마저 입어 일그러진 얼굴로 몸을 미미하게 떨었다.

그는 가만히 전면, 아무것도 없는 허공을 바라보았다.

단우천의 육신은 귀활음고와 함께 털끝 하나까지 모조리 소멸되었다. 흔적도 없이 사라졌다.

개량한 태극환의 위력이 이 정도일 줄은 본인조차 몰랐던 터라, 단우비는 좀처럼 복잡한 상념에서 벗어나질 못했다.

'미안해, 할아버지. 미안해…… 백리산! 백리사안! 너어어어어어!'

단우비는 죄책감을 모조리 백리산을 향한 분노로 바꾸었다. 그는 소름 끼치는 살기를 내뿜으며 성문 쪽으로 질주했다.

성벽 위에서 묵인들이 우르르 뛰어내렸다. 끝도 없이 튀어나왔다. 백리산이 단우비가 부상당한 이 기회를 놓치지 않으려고 천여 구의 묵인을 모조리 투입한 것이었다.

'바라던 바다!'

두 눈을 광기로 물들인 단우비는 과감하게 묵인들의 무리로 달려갔다. 한데 갑자기 뒤에서 급격한 변화가 느껴졌다.

힐끔 뒤를 보니 동이 초조함이 가득한 얼굴로 전 병력과 함께 경사로를 올라오고 있었다. 부상당한 자신을 구하기 위해서였다.

'내가 또 걱정시켰군! 제기랄!'

동 덕분에 끊어진 이성을 되찾은 단우비는 얼른 손을 들어 아군을 정지시켰다. 그는 동에게 좌우를 가리켰다.

그것이면 충분했다.

고개를 끄덕인 동은 병력을 경사로 밑으로 물렸다. 삼천 육백여 명 중 이천 명을 두 패로 나누어 경사로 좌우의 절벽 아래로 보냈다. 그들은 이미 그곳에 대기하고 있던 천여 명과 합류했다.

귀곡도를 뽑은 단우비는 짓쳐 드는 묵인들에게 마주 달려가며 힘껏 흔들었다. 찢어지는 귀곡성이 재차 울려 퍼졌다.

단우비는 귀곡성의 범위를 반경 십여 장으로 조절했다. 적만 골라 공격하는 건 무리지만, 오랜 수련으로 범위는 조절할 수 있게 되었다.

십 장 내엔 아군이 없으니 귀곡성을 받는 건 묵인들뿐이었다.

수백 구의 묵인들이 다리를 멈추며 비틀거렸다. 호신강기로 몸을 보호해 귀곡성에 당하지 않은 묵인도 수백 구였다. 그들은 단우비에게 살수를 퍼부었다.

단우비는 계속 귀곡도를 흔들며 전진했다. 통천마검으로 태양환광검을 전개해 공격해오는 묵인들과 가까이에서 비틀거리는 묵인들을 순차적으로 후려갈겼다.

그는 묵인들과 정면으로 싸워 주지 않았다. 치명상을 입히려고 노력하지도 않았다. 회피에 주력하며 묵인들의 몸뚱이를 경사로 좌우의 절벽 아래로 추락시키는 데에만 힘썼다.

태양환광검이 한 번 휘둘러질 때마다 최소 십 구 이상의 묵인들이 추락했다.

추락 중이라 운신이 어려워 묵인들은 지상에서 대기 중

이던 고수들의 풍마신장과 투척된 현철검을 피할 수 없었다. 현철검에 부상을 입은 묵인은 그대로 끝장났고, 풍마신장에 당한 묵인은 뒤이어 투척된 오색흑살초의 즙이 든 병에 맞아 시체로 돌아갔다.

그렇게 묵인들은 단 한 구도 살아서 지상에 착지하지 못했다.

어느덧 밤이 찾아와 사위가 어둑어둑해졌다.

귀곡성은 계속되고 있었다. 묵인들의 몸뚱이도 계속 추락했다. 숫자가 천여 구나 되는 데다 개중엔 강력한 놈들도 많아 좀처럼 끝이 나지 않았다.

반 시진이 더 흘러 해시 초가 되었다.

어제 해시 초에 해상에서 전투를 시작했으니 꼬박 하루가 지난 셈이었다.

"허억! 헉! 흐아! 흐허허헉!"

마지막 여덟 묵인의 몸을 후려갈겨 경사로 오른쪽 아래로 추락시킨 단우비는 무너지듯 엎드려 거친 숨을 토했다. 머리부터 발끝까지 피와 땀으로 얼룩져 있었고, 크고 작은 부상을 몇 개 더 입어 온몸이 욱신거렸다. 내공도 엄청난 양이 소진되었다.

그야말로 만신창이었다.

귀곡성이 사라졌기에 아래에서 대기하던 천육백여 명의 병력이 신속하게 달려왔다.

동과 춘, 황추, 단우묵, 단우비천이 단우비를 에워쌌다. 동은 단우비의 상처에 금창약을 발랐다. 춘은 동이 치료한 부분을 얼른 붕대로 단단히 감았다.

단우비는 동을 응시하며 씨익 웃었다.

"묵인은 모조리 처리된 거지?"

동은 마주 웃었다.

"응! 수고했어!"

이천 구의 묵인이 모두 죽은 이상 이제 정검회의 묵인 공장만 박살 내면 묵인이란 소름 끼치는 괴물은 지상에서 사라진다!

정보대로라면 묵인 공장은 정검회 북동쪽에 위치한 고서탑이었다.

하지만 동은 왠지 이 산이 수상했다. 백리산은 고서탑 대신 이 산을 최종 방어선으로 선택했기 때문이다.

확신을 기하려면 고서탑 뿐 아니라 이 산 전체를 불태워 버리는 것이 좋았다.

동의 말을 들은 단우비는 지친 몸에 억지로 힘을 불어 넣으며 벌떡 일어났다.

"좋아! 백리산이 또 뭔가 꿍꿍이를 꾸미기 전에 신속하게 끝장을 보자! 적들은 아직도 많이 남아 있어! 전투 가능한 병력을 모조리 이끌고 따라와!"

"예! 가주님!"

격식을 갖추어 대답한 동은 경사로 좌우의 절벽 아래에 배치한 삼천여 병력을 모두 불러 모았다.

아군의 병력이 속속 모일 때 단우비는 두 아들과 함께 성문으로 진격했다. 거리가 이십여 장으로 좁혀지자 두 발의 통천궁을 연속으로 날렸다.

성문이 박살 나며 내부의 모습을 공개했다.

독고세가 사백여 명과 여섯 개 검대 천이백여 명, 수련생 사백여 명이 반월형을 그리며 포진해 있었다. 독고진과 일검대부터 오검대까지의 대주들도 함께였다. 백리정의 사후 새로이 창설된 육검대를 맡은 백리종과 백리제는 합류하지 않고 뒤편의 백리산, 단우선 곁에 서 있었다.

사도세가가 보이지 않아 단우비는 고개를 갸웃거렸다.

그때 산 동남쪽 하부에서 비명과 병장기 소리가 울려 퍼졌다.

단우비는 대번에 상황을 파악했다.

'사도세가는 도망쳤군! 밧줄을 사용해 절벽을 내려가는 중인가? 뭐, 산 하부 전체를 천구백 명이 포위하고 있으니 고작 몇백 명뿐인 사도세가 따위는 신경 쓸 필요 없겠지. 오히려 이놈들의 머릿수가 줄어들어 싸우기 더 편해졌어! 흐하하하!'

속으로 사도진에게 감사를 표한 단우비는 성문 앞까지 다가간 후 정지했다. 독고진을 노려보며 동이 부하들을 이끌고 합류하기를 기다렸다.

단우비천이 나직이 중얼거렸다.

“쟤들은 왜 저기 서 있기만 하는 거래? 최고 전력인 묵인들이 다 죽을 때까지 한 놈도 도와주지 않았어.”

그의 의문을 해결해 준 이는 단우묵이었다.

“묵인은 명령에 방해되는 존재는 아군이라고 할지라도 공격해. 함께 싸우는 건 애초부터 무리였던 거야.”

“엥? 진짜? 히햐햐! 그래서 구경만 했던 거야? 안 싸운 게 아니라 못 싸운 거였다니!”

“완벽한 병기는 없다는 뜻이지. 묵인도 약점이 많아.”

“그러게!”

두 형제의 얄미운 대화는 고스란히 독고세가와 정검회 무리의 귀에 들어갔다. 뭐라고 반박할 말이 없어 그들은 뒤편의 백리산을 힐끔거리기만 했다.

백리산은 묵인들이 시간을 끌어 준 덕분에 아군이 올 때가 다 되었다고 했다. 자신의 예상으론 한 시진 후면 최소 수천 명의 아군이 모습을 드러낸다고 확신을 담아 외쳤다.

그러니 한 시진만 더 버티면 된다!

수적으로 열세이니 포진이 뚫리면 끝장이었다.

경사로가 좁아 성문과 성벽을 통해 안으로 들어오는 적의 숫자는 적을 수밖에 없었다. 어떻게든 그놈들을 막아서 시간을 끌어야 했다.

승리할, 아니 살아남을 유일한 방법이기에 다들 필사의 각오를 다졌다.

이윽고 단우비를 선두로 한 사천육백여 명의 대병력이 공격을 개시했다. 수십 명씩 성문을 통과하고 성벽을 뛰어넘어 내부로 들어갔다.

백리산은 악을 질러 아군의 사기를 진작시켰다.

"싸워라! 전부를 걸고 싸워라! 뚫리면 모든 것이 끝난다! 모두 죽는다! 하지만 막으면 이긴다! 한 시진만 막으면 우리가 이긴다!"

"크아아아아!"

"와아아악!"

독고세가와 여섯 개 검대, 수련생들은 함성을 토하며 모든 내공을 끌어 올렸다. 단우비 일행도 질 수는 없어 마주 함성을 터뜨렸다.

지형과 포진 상 지키는 쪽이 몇 배는 유리했다.

이천여 명이 성 내부로 들어온 수십 명을 순차적으로 처리해나가기만 하면 되었다.

문제는 가장 먼저 성 내부로 들어온 수십 명 중 절정고수가 무려 사십일 명이나 포함되어 있다는 것이었다.

단우세가 측이 보유한 모든 절정고수들이 선봉을 맡은 것이다!

동은 단우비를 제외한 삼십구 명의 절정고수들을 세 패

로 나누어 전면, 좌우로 보냈다. 그들은 과감하게 적의 두꺼운 포진 속으로 뛰어들었다.

절정고수 하나하나의 무력은 엄청나 포진은 삽시간에 엉망이 되었다. 독고세가와 여섯 개 검대, 수련생들은 절정고수들을 상대하느라 바빠 뒤따라 들어오는 후속 병력을 공격할 수가 없었다.

그 때문에 후속 병력은 너무도 수월하게 절정고수들과 합류했다.

포진은 바로 무너졌고 전투는 난전으로 변했다.

동이 수립한 전략의 무서움을 새삼 피부로 실감한 단우비는 단우비천과 함께 독고진에게로 달려갔다. 길을 막는 잔챙이들은 단우비천과 근처의 부하들에게 맡겼다. 부상도 크고, 내공마저 얼마 남지 않아 잔챙이들을 상대할 여유가 없었다.

짓쳐 드는 단우비를 보았는지 분주하게 부하들을 지휘하고 있던 독고진은 헛바람을 집어삼켰다.

"마, 막아라! 놈은 부상당했다! 막아! 막으란 말이야!"

삼백여 명으로 줄어든 독고세가 문도들은 서둘러 독고진에게로 모였다. 하지만 독고진의 곁에 도착한 자는 채 오십이 되지 않았다. 나머지는 단우비 측의 병력에 발이 묶였다.

동이 얼른 적귀대원 오십 명을 단우비에게 보내 주었다.

단우비천은 그 적귀대원들을 이끌고 독고진을 지키는 자들을 덮쳤다. 전투를 벌이며 조금씩 좌우로 이동해 길을 만들었다.

"고맙다, 비천아!"

막내아들에게 찬사를 던진 단우비는 독고진에게로 이어진 길을 신속하게 가로질렀다. 아버지의 칭찬에 신이 난 단우비천은 미친 듯이 날뛰었다.

독고진과의 거리가 오 장으로 좁혀지자 단우비는 태양환광검을 전개했다. 독고진의 눈엔 저 불타는 검이 지옥의 입구처럼 보였다. 그는 안절부절못하며 주위를 두리번거렸다. 사방에서 전투가 벌어지고 있어 몸을 빼낼 구석이 없었다.

"비, 빌어먹을!"

욕설을 퍼부은 그는 뒤편 하늘로 있는 힘껏 뛰어올랐다. 일단 혼전 속에 몸을 숨길 작정이었다.

단우비는 비릿하게 웃었다.

'그래! 그래야지! 네놈은 그렇게 끝까지 비겁한 놈으로 남아 있으면 되는 거야! 맞서 싸웠다면 소연이 때문에 마음이 약해졌을지도 모르는데, 아주 잘 되었다!'

태양환광검을 거둔 그는 통천마검에 활시위를 걸었다. 통천마궁에 화살 한 발을 걸어 지상에 착지하는 독고진의 등짝을 향해 내공이 듬뿍 담긴 통천궁을 날렸다.

통천궁은 대기를 찢어발기며 쏘아져 독고진을 집어삼켰다.

그러기 무섭게 독고진의 몸뚱이는 수천 조각으로 갈가리 찢겼다. 그의 피와 살점들이 비처럼 쏟아졌다.

단우비는 그것을 지극히 차가운 눈으로 지켜보았다.

'네놈이 가르쳐 준 통천궁이다! 죽어서도 고통받길 바란다!'

이십 년 만에 드디어 단우영의 복수를 했다.

단우비는 가슴 깊은 곳에서 뜨거운 무언가가 치솟아 한동안 제자리에 못 박힌 듯 서 있기만 했다.

잠시 후 그는 정신을 차렸다. 빠르게 전황을 훑었다.

절정고수인 정검회 다섯 개 검대주를 역시 절정고수인 단우묵, 황추, 춘, 정참맹 부맹주 애달, 쌍칼 해적단 일호선장 홍교가 상대했다. 다른 아군의 절정고수들도 여섯 개 검대의 절정고수들과 싸웠다.

절정고수의 숫자도, 병력의 머릿수도 아군이 압도하고 있어 이미 승기를 잡은 상태였다.

돕지 않아도 될 것 같아 단우비는 백리산을 찾았다.

그런데 조금 전까지만 해도 여섯 개 검대를 지휘하고 있던 백리산이 보이지 않았다. 눈을 씻고 샅샅이 훑었건만 도저히 찾을 수 없었다.

불길한 예감이 단우비의 가슴에 피어올랐다.

'도망? 이런, 빌어먹을! 이 산에 우리가 모르는 비밀통로가 있다면 큰일이다! 놈을 놓치면 이겨 봤자 헛수고야!'

조초해진 단우비는 얼른 백리산이 있던 자리로 달려갔다. 감각을 극대화해 집중했다. 남쪽 방향으로 멀어지는 몇 개의 기척이 느껴졌다.

'저기다! 절대 놓치지 않는다!'

독기를 품은 단우비는 남쪽으로 번개같이 달려갔다.

일각 후 그는 기척들을 따라잡았다.

"커헉! 으으으!"

갑자기 전면 숲에서 고통에 찬 신음이 터졌다. 기척 하나는 멈추었고 나머지 셋은 계속 남쪽으로 도망쳤다.

어떻게 된 일인지 영문을 몰라 단우비는 일단 남겨진 기척에게로 향했다.

바닥에 널브러진 백리산이 부러진 왼쪽 무릎을 붙잡은 채 덜덜 떨고 있었다. 단우비를 본 그는 헛바람을 집어삼키며 흙바닥을 엉금엉금 기었다. 조금이라도 멀리 떨어지려고 애썼다.

복건의 주인다운 풍채는 어디에도 없었다.

단우천을 비롯해 자신에게서 모든 것을 빼앗고, 수없이 많은 절망을 안겨다 준 대악당다운 면모는 어디에도 없었다.

저기에 있는 것은 그저 살기 위해 몸부림치는 늙고 왜소

한 노인일 뿐이었다.

성큼성큼 백리산에게 다가간 단우비는 통천마검을 들어 올렸다. 그것은 백리산의 오른쪽 무릎을 관통해 바닥에 절반 이상 틀어박혔다.

백리산의 절규를 뒤로하고 단우비는 남쪽으로 도망치는 기척들을 추격했다. 반 각 후 백리종, 백리제, 단우선의 오 장 뒤까지 따라잡았다.

단우선은 뒤를 돌아보며 울상을 지었다.

"뭐, 뭐야? 저놈이 왜 저기에 있어? 왜 우리를 쫓아와? 백리산을 죽여야지! 네 원수잖아? 네 원수는 백리산이잖아?"

백리종과 백리제도 욕설을 퍼부었다.

"빌어먹을 자식! 이러면 아버지를 배신한 의미가 없잖아? 왜, 대체 왜 우리를 쫓아오는 거란 말이냐?"

'기가 막히는구만!'

실소를 머금은 단우비는 귀곡도를 뽑아 세 사람을 덮쳤다.

백리종과 백리제는 절정고수였지만 단우비의 상대는 아니었다.

단 사 초식 만에 그들은 사이좋게 머리가 잘렸다.

남은 한 사람, 단우선은 부들부들 떨며 필사적으로 웃었다.

"제, 제비야, 제비야! 내가 잘못했다. 내가 잘못했어! 용서해 다오. 나는, 나는 정검회 놈들의 꼬임에 넘어간 것뿐이다. 그놈들 때문이야! 모두 그놈들 때문이란 말이다! 제비야, 제발…… 헤헤헤, 백부다! 나는 네 백부야! 우리는 한 가족! 크어어! 아아아악! 이이……!"

단우비는 주저 없이 단우선을 머리부터 사타구니까지 세로로 쪼개 버렸다. 신경질적으로 귀곡도에 묻은 피를 털어 낸 그는 멸시를 담아 단우선의 시체를 내려다보았다.

그게 끝이었다. 바로 몸을 돌린 그는 백리산에게로 돌아갔다.

백리산은 통천마검을 뽑지도 않았다. 그 자리에 가만히 주저앉아 있기만 했다. 그는 창백한 얼굴로 식은땀을 흘리며 코앞까지 다가와 우뚝 선 단우비를 올려다보았다.

"자식 놈들은?"

"둘 다 죽었어. 당신 아들들답더군. 그들도 효율을 추구했어."

"후후후…… 그러게 말이다. 나를 버리는 게 살아서 도망칠 가능성이 더 높긴 하니까."

"이제 안 건데, 당신 엄청 약하네. 맞지?"

백리산은 어깨를 으쓱였다.

"그래, 맞다. 이 나이가 될 때까지 겨우 십삼 두의 내공을 쌓았을 뿐이거든."

"하하핫, 어이가 없구만! 어이가 없어!"

단우비는 웃음을 멈추지 못했다. 이렇게 약한 늙은이 한 명 때문에 그 고생을 한 거라고 생각하니 웃음밖엔 나오지 않았다.

백리산은 무거운 한숨과 함께 입을 열었다.

"내겐 재능이 없었어. 별짓을 다 해도 허사였지. 그래서 학문에 파고들었다. 그래서 무인들이 미웠다. 너무나도 미웠다."

상처가 욱신거려 그는 거친 숨을 토했다. 잠시 후 평정을 되찾아 말을 이었다.

"내가 약하다는 것을 아는 이는 아무도 없다. 모두 죽였거든. 철저하게 비밀에 붙였지. 무력도 강하지만 지력이 더 중요하기에 무공을 쓰지 않는 거라고 모두를 속였다. 겁이 났기 때문이야. 부하들이 내 비밀을 안다면 배신할 게 분명하다고 떨었다. 다른 방파의 놈들이 나를 비웃고 업신여길까 봐 두려웠다."

"그래서 묵인을 만든 거야?"

"아아. 묵인은 내가 약해도 절대 배신하지 않으니까. 그러니 나를 지키려면, 내가 계속 복건의 주인으로 군림하려면 묵인이 필요했다."

"이해는 되는군. 하지만 용서는 안 돼. 당신은 너무 많은 죄를 지었어!"

백리산은 두 팔을 활짝 펼쳤다.

"후후, 안다. 끝내려무나. 네가 이겼다. 이제 네가 복건의 주인이다."

단우비는 통천마검을 뽑았다. 그것을 백리산의 심장에 겨냥하며 살기를 흘렸다.

"당신 때문에 나는 할아버지, 아버지를 잃었다. 내 손으로 두 분을 다시 죽이는 지랄 같은 일마저 해야 했다! 두 분뿐 아니라 수많은 사람을 잃었어! 내 심장인 장무와 첫사랑인 영영이마저 눈앞에서 죽는 걸 봐야 했고! 이제 그 대가를 치를 차례다! 내 복수는 정당하다!"

"커헉! 끅!"

단우비는 주저 없이 백리산의 심장에 통천마검을 꽂았다.

아니, 심장 바로 위에 꽂았다.

사마영영이 언급되자 백리산의 눈에 의혹이 떠올랐기 때문이다. 그것은 바로 사라졌지만 그는 분명하게 보았다.

즉사는 면했지만 치명상이라 백리산은 빠른 속도로 생기를 잃어갔다. 단우비는 얼른 그의 멱살을 붙잡고 흔들었다.

"정신 차려! 십오 년 전 당신은 적화사신에게 내 목을 청부했다! 그는 나 대신 장무와 영영이를 죽였어!"

"그, 끄으…… 그게…… 무슨……?"

"맙소사! 당신…… 모르는군. 적화사신에게 청부를 한

건 당신이 아니었던 거야!"

"으, 으으, 흐으으……!"

마지막 신음을 토한 백리산은 축 늘어졌다.

그와 동시에 저 멀리서 단우세가 연합군의 우렁찬 함성이 들려왔다.

기나긴 전쟁의 끝을 알리는 함성이었다.

終

단우세가 연합군은 정검회에 머물며 빠른 속도로 뒤처리를 해 나갔다.

우선 복건의 모든 방파에 전서구를 날려 새 주인이 탄생했음을 알렸다. 그런 후 정검회 내부의 나머지 함정을 제거했고, 묵인 생산 공장을 찾았다.

동의 예상대로 묵인 생산 공장은 산 남쪽 상부의 동굴 속에 만들어져 있었다. 동은 동굴 안으로 직접 들어가 약물 속에 잠겨 있는 오백여 구의 시체들과 비활성화 상태인 묵인 백 구, 유리병 속에든 귀활음고와 몇 마리의 귀활양고를 찾았다.

정검회 문도들의 식솔인 노인과 아녀자들, 아이들의 시체

삼천여 구도 그곳에 있었다.

패배를 직감하자 단우세가 연합군의 손에 살해당하느니 제 손으로 아이들을 죽이고 자결하는 쪽을 택한 것이었다.

전쟁이란 이렇게 참혹한 것이었다.

동은 동굴에 불을 질러 모든 것을 태웠다.

이튿날부터 각 방파의 주인들이 속속 모습을 드러내었다. 복주 인근에 위치한 몇몇 방파는 전투 도중에 도착했지만 정검회를 돕지 않았다고 자랑스럽게 외쳤다.

그들은 단우비에게 충성을 맹세했다. 정검회를 무너뜨린 장본인이자 황의 고수인 까닭에 일말의 주저도 없었다.

절강과 광동의 경계에 주둔하고 있던 자들은 사도세가와 독고세가의 잔당들의 머리를 수레에 가득 싣고 왔다. 여러 방파의 주인들도 백리산과 혈연으로 묶여 있던 나머지 일곱 개 방파 잔당들의 머리를 단우비에게 바쳤다.

죽은 독고세가 잔당들 중엔 백리소연과 독고인도 포함되어 있었다.

단우비는 누가 그들을 죽였는지 묻지 않았다.

두 사람의 수급도 보지 않았다.

그저 동에게 모두 불태워 버리라고 명령했을 뿐이다.

며칠 후, 고산국에 남겨 둔 유하와 단우설, 흑요가 도착했다.

단우비가 두 아내와 재회의 기쁨을 나눌 때, 절강과 광동의 경계에서 급보가 날아들었다.

절강무림과 광동무림이 동시에 침공을 개시했다!

복건이 어수선한 틈을 노려 복건의 땅을 최대한 많이 빼앗기로 한 것이다!

"동맹이란 참으로 얄팍한 것이구만."

씁쓸하게 웃은 단우비는 복건무림의 병력을 두 패로 나누었다.

그는 가까운 절강 쪽으로 가고, 동을 광동 쪽으로 보냈다.

절강무림은 단우비의 가공할 신위에 경악해 불과 십 개월만에 침공을 포기하고 휴전 협정을 체결했다.

단우비는 즉각 광동 쪽으로 이동했다.

광동무림도 십사 개월 후 복건무림과 휴전 협정을 맺었다.

정검회와의 전쟁, 이 년여에 걸친 광동무림, 절강무림과의 전쟁으로 인해 복건무림은 막심한 피해를 입었다.

복구하려면 최소 삼십 년 이상이 소요될 것으로 예측되었다.

동은 복건의 모든 인력과 자금을 강제로 쥐어짜면 절반으로 줄어들 거라고 했다.

단우비는 일단은 서서히 복구해 나가는 쪽으로 방향을 잡았다.

아무튼 전쟁이 끝났기에 단우비는 논공행상을 시행했다.

새로이 정참맹주가 된 현휘의 큰아들 현고에게 독고세가의 터전인 녕덕을 주었고, 황추에겐 복주를 주었다.

황추는 모두 박살 난 정검회를 어떻게 쌍칼 해적단의 본거지로 꾸밀지 암담하다며 투덜거렸다.

전쟁에 공을 세운 모든 방파들도 합당한 대가를 받았다.

다들 고산국에서 가족을 데려와 고향으로 돌아갔다.

논공행상을 마무리한 단우비도 가족, 단우세가 문도들과 함께 천주로 향했다. 사도세가가 차지했던 단우세가의 본거지를 예전의 모습으로 재건하려고 애썼다.

이 년 후 단우세가의 정비가 끝났다.

복건도 그런대로 안정을 되찾았다. 모든 방파는 서로 다투는 대신 잃은 전력을 회복하는 일에만 힘썼다.

어느덧 마흔이 된 단우비는 단우묵 한 사람만 대동한 채 천주를 떠났다.

두 사람의 목적지는 북쪽, 강서성이었다.

야심한 시각, 사마후는 아내와 함께 처소의 침상 위에 곤히 잠들어 있었다. 무언가 이상한 감각이 피부에 와 닿아 그는 얼른 눈을 떴다.

어느샌가 침상 바로 옆에 두 개의 의자가 나란히 놓여 있었다. 그 의자에 두 사람이 앉아 자신을 빤히 바라보았다.

피식 웃은 사마후는 단우비에게 말을 건넸다.

"예상보다 이 년 정도 늦었구나."

"내가 올 거란 걸 알고 있었군요."

"궁금한 게 많을 테니까."

"사실입니다."

"내 호위대는?"

"여기 내 아들이 모두 죽였습니다."

사마후는 눈살을 찌푸리며 단우묵을 째려보았다.

"잠재운 게 아니라 다 죽인 거냐?"

단우비는 가볍게 어깨를 으쓱였다.

"귀찮게 그렇게 해야 할 이유를 찾지 못했습니다."

"후우, 뭐 네 반응도 예상했던 것이니 놀랍지는 않구나."

"……."

"자, 물어보아라. 전부 솔직하게 대답해 주마."

"백리산과 거래를 했습니까?"

"그럴 리가? 그는 그저 나란 인간의 본질을 꿰뚫어 본 것뿐이다."

"계속하십시오."

"이십 년 전에 나를 구한 일을 기억하느냐?"

"예. 사마혜를 죽이고 당신의 권력을 되찾아주었지요."

"나는 동생에게 졌다. 천하를 차지할 야망을 품었던 내가 고작 동생 하나를 이기지 못한 거다. 그때 나 자신의 그릇을 깨달았다. 얼마나 작고 보잘것없는 그릇인지를 뼈저리게 깨달은 거야."

사마후는 아내의 수혈을 짚었다. 그런 후 느릿하게 침상 아래로 내려갔다. 창가로 다가가 닫힌 창문을 열었다. 밤하늘을 지그시 응시하며 나직이 말을 이었다.

"천하일통의 야망을 버린 것은 그때다. 나는 못 해. 할 수 있는 그릇이 아니야. 그것을 인정하니 앞으로 무얼 해야 할지를 알게 되었다."

"……아무것도 하지 않는 거였군요."

"후후후, 흐하하하! 맞다! 맞아! 현상 유지! 그게 내가 해야 할 일이었다. 동맹이든 묵인이든 정검회와의 전쟁 재개든 내 알 바 아니야. 다음 대의 놈들에게 강서무림을 넘겨주기만 하면 내 일은 끝난다."

"백리산은 그것을 간파한 거군요. 그래서 강서와의 경계에 병력을 배치하지 않은 거였어요."

"뭐, 그렇지. 아주 머리가 비상한 작자였거든."

단우비 방향으로 몸을 돌린 사마후는 장난기 가득한 미소를 던졌다.

"재미있는 이야기를 하나 해 줄까?"

"하십시오."

지금으로부터 오백오십여 년 전, 당시 호북의 주인이던 무당파에 후계자 싸움이 발발했다.

후계자는 후보는 두 명으로 무염도장과 무진도장이었다.

무당파엔 음과 양이 조화를 이룬 태극혜공이란 절세의 심법이 있었다.

무염도장은 태극혜공의 정수는 '음'에 있다고 믿었고, 무진도장은 반대로 '양'에 있다고 믿었다.

무당파의 문도들은 무염도장과 무진도장 중 누가 장문이 되는가에 따라 향후 무당의 무공이 나아갈 길 또한 달라질 거라는 것을 깨달았다.

그래서 그들은 구경만 하지 못했다. 두 패로 나뉘어 자신들이 선택한 후보를 후계자로 만들기 위해 수단과 방법을 가리지 않았다.

그것은 내전이란 최악의 결과를 불러왔다.

무당파의 전력은 급속도로 약화되었고, 그 틈을 노리고 공격한 축신방과 삼십여 개 방파의 손에 무너졌다.

대부분이 살해당했는데 역설적이게도 내전의 당사자인 무염도장과 무진도장은 죽지 않았다. 살아서 도망쳤다.

두 사람은 도호를 버렸다. 무당파에 입문하기 전에 쓰던 속세의 이름으로 바꾸었다. 그뿐 아니라 호북성을 떠나 고향으로 돌아갔다.

무염도장, 사마일도는 강서성에 자리를 잡고 태극혜공의 '음'을 개량 발전시켰다.

말년에 그는 깨달음을 하나로 정리해 흑사도법을 창시했

다.

흑사방이란 문파를 일으켜 자신의 깨달음을 보다 많은 사람들에게 전파했다.

무진도장, 백리무경은 복건성에 자리를 잡았다. 태극혜공의 '양'을 개량 발전시켜 역시 말년에 정백검법을 창시했다.

그가 일으킨 문파가 바로 정검회였다.

사마일도와 백리무경은 죽음이 다가온 후에야 서로의 존재를 알게 되었다.

그들은 무당파의 문도였을 때처럼 경쟁심을 불태웠다.

각자 아들들에게 시간이 얼마나 걸리든 누가 옳은지 반드시 증명하라고 유언을 남겼다.

바로 그것이 흑사방과 정검회가 이백 년 넘게 전쟁을 벌인 진짜 이유였다.

사마후는 두 팔을 펼치며 환한 미소를 머금었다.

"정검회는 끝장났고, 흑사방은 건재하다! 결국 우리가 옳았던 거야! 네 덕분에 오백 년 넘게 이어진 논쟁이 마침내 나의 대에서 결론 나게 되었구나! 고맙다!"

단우비는 천천히 통천마검을 뽑았다.

"흑사방은 건재할지 몰라도 당신은 아닙니다."

미소를 지운 사마후는 입맛을 쩝 다셨다.

"결국 이렇게 되나? 각오는 해 둔 상태다. 영원한 비밀은 없으니까. 영영이에 대해 알아낸 거지?"

단우비의 두 눈에 이채가 번뜩였다. 그것으로 사마후는 실언을 깨달았다.

"이런, 몰랐군."

"백리산은 적화사신을 고용한 적이 없다더군요. 그래서 여러 정황을 토대로 앞뒤를 맞춰 보았습니다. 당신의 이름이 나오더군요. 나를 죽이려고 한 이유가 궁금했습니다. 당신에게 그 대가를 치르게 해 주려고 온 겁니다. 그런데…… 영영이였습니까? 처음부터 영영이를 노린 겁니까?"

"하여간 이놈의 입이 방정이란 말이야. 나는 너와 인연을 끊고 싶었다. 정검회와의 전쟁을 돕기도 싫고, 천하일통 전쟁도 벌이기 싫었어. 그러기 위해선 너와 나를 잇는 연결 고리, 영영이가 죽어야만 했다."

"하! 그러고 보니 당신은 영영이의 죽음을 내 탓으로 돌렸지요. 그러며 정검회와의 전쟁을 도와주지 않겠다고 했습니다. 후후후, 그게 당신의 노림수였군요!"

"사실이다. 인정하마."

"그딴 개떡 같은 이유로 당신은 친동생을 죽인 겁니다! 친동생을!"

"개떡 같은 이유가 아니야. 내게는 그 무엇보다 중요한 이유다. 친동생을 희생할 가치가 있었어."

통천마검을 들어 올린 단우비는 소름 끼치는 살기를 내뿜었다.

"이십 년 전 그때 당신을 구해 주지 말아야 했어!"

사마후의 두 눈이 서늘하게 가라앉았다.

"그래, 맞다. 그러면 나도 내 그릇의 크기를 모른 채 죽었겠지. 야망을 버리는 일도, 영영이를 죽이는 짓도 하지 않았을 거다. 너는 이상을 품으며 죽을 수 있었던 나를 살려, 참담한 현실 속으로 밀어 넣었어! 이렇게 하루하루 현상 유지만 하며 무미건조하게 살아가는 현실 속으로!"

"이이이!"

"자, 무얼 하느냐? 죽여라. 저항하지 않을 거다. 나는 황의 고수인 너를 이기지 못하니까."

실제로 사마후는 두 팔을 벌린 채 웃기만 했다. 내공을 한 점도 끌어 올리지 않았다.

그는 단우비의 떨리는 손을 보며 말을 이었다.

"흑사도법 뿐 아니라 네가 내게 준 풍마신장의 원류마저 무당파더구나. 그 덕분에 두 무공을 하나로 합칠 수 있었다. 그 무공, 풍마흑사도법을 이미 내 아들들과 손자들에게 전수했다. 시간이 흐르면 손자들 중에 황의 고수가 탄생할지도 몰라. 가능성은 충분하다. 더구나 큰아들을 후계자로 책정해 두었기에 후계 문제도 발생하지 않겠지. 내가 죽어도 흑사방은 건재하다!"

단우비는 성큼성큼 사마후에게 다가갔다. 그의 심장 바로 앞에 통천마검을 갖다 대었다.

사마후의 눈이 흔들렸다. 각오를 끝낸 상태지만 그래도 막상 죽음이 코앞에 다가오니 평정을 유지하기 힘들었다.

"마지막으로 하나만 물어도 되겠느냐?"

"……."

"천하는 넓다. 너무나도 넓어. 정말 천하를 노릴 거냐?"

"……."

단우비는 말없이 사마후의 심장에 통천마검을 깊숙이 꽂았다.

사마후는 피를 흘리며 쓰러졌고, 그의 시체를 잠시 응시하던 단우비는 단우묵과 함께 흔적을 완벽하게 지운 후 떠났다.

복건무림과 강서무림의 전쟁을 막기 위해서였다.

지금 복건무림은 전쟁을 할 여력이 없었다.

복건으로 향하며 단우비는 단우묵에게 물었다.

"유하에게 듣자 하니 고산국으로 갈 거라고 하더구나. 맞느냐?"

"예. 그곳을 살문의 새로운 터전으로 만들고 싶습니다. 제가 육지를 떠나는 게 세가의 입장에서도 낫고요. 비천이는 괜찮다고 하지만 수뇌들의 눈치를 받는 게 영 껄끄럽습니다."

"너도 성인이니 간섭은 하지 않으마. 알아서 하려무나."

"감사합니다."

잠시간의 침묵이 흘렀다.

단우묵이 지나가는 어투로 물었다.

"천하를 노리십니까?"

아무래도 그게 못내 궁금했던 모양이다.

단우비는 가만히 밤하늘을 올려다보았다.

복건무림의 전력은 약화되었고, 절강무림과 광동무림은 휴전협정을 체결한 뒤에도 호시탐탐 기회를 엿보고 있다.

이제는 강서무림마저 복건을 노릴지도 몰랐다.

게다가 천하엔 그들과 동등한 힘을 지닌 성이 무려 열네 개나 더 있었다.

사마후의 말대로 현실은 참담했고, 천하는 너무나도 넓었다.

단우비는 웃었다.

수많은 의미가 담겨 있는 미소였다.

"글쎄…… 후후후후."

〈완결〉